HEYNE

D1936749

Fantasy

Ein vollständiges Verzeichnis aller
im HEYNE VERLAG erschienenen Romane aus
der aventurischen Spielewelt
finden Sie am Schluss des Bandes.

Das Schwarze Auge

THOMAS BAROLI
VOLKER WEINZHEIMER

LICHTER TAG

Im Schatten der Dämmerung
1. Teil

*Fünfundsechzigster Roman
aus der
aventurischen Spielewelt*

begründet von
ULRICH KIESOW

Originalausgabe

WILHELM HEYNE VERLAG
MÜNCHEN

HEYNE SCIENCE FICTION & FANTASY
Band 06/6065

Umwelthinweis:
Dieses Buch wurde auf chlor- und
säurefreiem Papier gedruckt.

Originalausgabe 06/2002
Redaktion: Angela Kuepper

http://www.heyne.de
Printed in Germany 2002
Umschlagbild: Zoltán Boros & Gábor Szikszai/Agentur Kohlstedt
Kartenentwurf: Ralf Hlawatsch
Umschlaggestaltung: Nele Schütz Design, München
Technische Betreuung: M. Spinola
Satz: Schaber Satz- und Datentechnik, Wels
Druck und Bindung: Elsnerdruck, Berlin

ISBN 3-453-21375-0

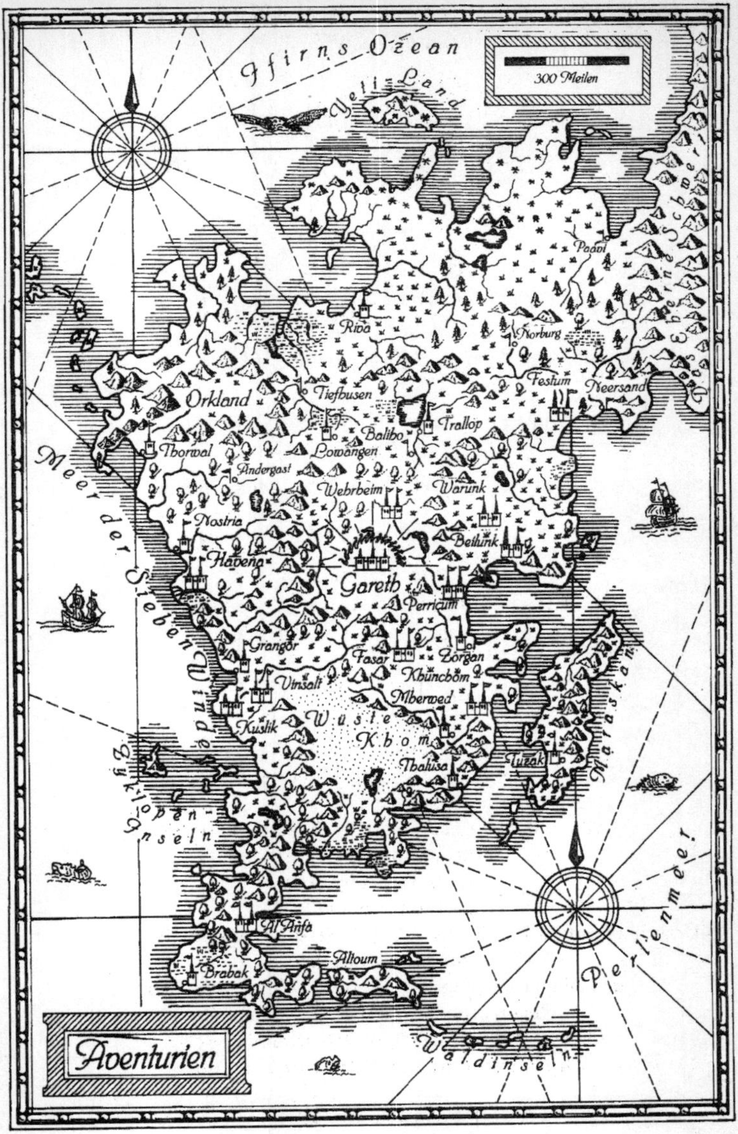
Ifirns Ozean
Yeti-Land
300 Meilen
Das Eherne Schwert
Paavi
Riva
Norburg
Festum
Neersand
Orkland
Tiefhusen
Trallop
Balibo
Thorwal
Lowangen
Andergast
Wehrheim
Warunk
Nostria
Beilunk
Havena
Gareth
Perricum
Grangor
Fasar
Zorgan
Vinsalt
Khunchom
Mherwed
Kuslik
Wüste Khom
Thalusa
Tuzak
Maraskan
Meer der Sieben Winde
Zyklopen-Inseln
Perlenmeer
Al'Anfa
Altoum
Brabak
Waldinseln
Aventurien

*Wir möchten uns bei allen bedanken,
die uns bisher ertragen und
bei diesem Werk tatkräftig unterstützt haben.*

*Weiterer Dank gilt Mascha Kaléko,
deren Gedicht wir in
leicht abgewandelter Form verwendet haben.*

Prolog

Mit einem pompösen Schlussakkord war der Praiosdienst zu seinem Ende gekommen. Die hohen Knabenstimmen schienen noch in der Luft zu hängen, als hätten sie sich irgendwie in den gewaltigen Säulen und Verstrebungen der Kuppelhalle verfangen und suchten nun ihrerseits nach den Echos längst verlesener Messen.

Khorena beugte den schmalen Kopf, als sie raschen Schrittes durch das Gewirr von Holzbänken und glühenden Kohlenbecken dem Ausgang entgegensteuerte. Angewidert betrachtete sie die Versammlung von Menschen, die gleich ihr dem Praiosdienst gelauscht hatten: verweichlichte Stadtbüttel, debile Adelige, Bürger, deren Wämser sich über den feisten Bäuchen spannten, als gäbe es im ganzen Lande kein Elend. Fast fühlte sie sich versucht, wenigstens ein paar dieser Spießbürger eigenhändig aus dem Tempel zu prügeln. Wahrlich, der Herr hatte da eine Ansammlung von Duckmäusern um sich geschart, die zu ertragen alle Kraft erforderte. Zwar war jeder dieser Menschen mehr als nur bereit, andere zu denunzieren und der Inquisition zu übergeben; wenn man aber mehr von ihnen verlangte, wenn sie wahrlich nach dem Willen des Götterfürsten streben sollten, dann verkrochen sie sich wie Maden feist und blind in ihrem Unterschlupf.

Ein grimmiges Grinsen verzerrte ihr Gesicht bei dem Gedanken, irgendeinen dieser Tölpel aus dem Schutz der Masse herauszuziehen, ihn vor allen anderen der Ketzerei zu bezichtigen und abzuwarten, was dann geschehen würde.

Sie würden ihn ohne mit der Wimper zu zucken steinigen, bloß um das eigene erbärmliche Leben zu retten. Herr, diese Menschen sind widerwärtig. Wie kannst du dieses Gewimmel von Ratten bloß als dein Volk akzeptieren? Aber du bist großherzig in deiner Vergebung und gerecht in deinen Taten, und so mag das Leid, das nach dem Land greift, nichts anderes sein als das Fanal deiner Abscheu.

Mit einem Frösteln schlug die in einfache Gewänder gekleidete Frau beim Verlassen des Tempels das Symbol der Praiosscheibe und schritt zügig auf das alte Marktviertel zu.

Das große Fachwerkhaus, welches direkt neben dem kleinen Phexschrein stand, erhob sich hoch über den Marktplatz. Die oberen Stockwerke ragten ein wenig hervor, sodass man, wenn man direkt an der Hauswand stand, das Gefühl hatte, das Haus stürze vornüber.

Die dunklen, vom Alter verzogenen Holzbalken bildeten einen scharfen Kontrast zu den geweißten Lehmwänden, in die zahlreiche winzige Fenster mit echten Butzenscheiben eingelassen waren – Zeichen des großen Wohlstands des Hausbesitzers. Ein bronzenes Schild über dem Eingang wies in schwungvollen Lettern darauf hin, dass HENGHIN BÄRCHERS LINNEN UND TUCHE weithin gerühmt seien, und aus der kleinen Krone neben dem Garether Stadtwappen ging zweifelsfrei hervor, dass selbiger Henghin zudem königlicher Hoflieferant war.

Der Innenraum des Geschäfts war mit farbenfrohen Läufern ausgelegt, und die Zahl der umherwieselnden Verkäufer unterstrich einmal mehr den Reichtum des Kaufmanns.

Scheinbar interessiert wandte sich Khorena einer

Auslage erlesener Seidenstoffe zu, Importware, deren Preis pro Schritt in etwa dem Jahresverdienst eines städtischen Beamten entsprach.

Ein leises Hüsteln in ihrem Rücken ließ die Frau herumfahren. Die Hand bereits auf dem Griff ihrer Waffe, besann sie sich gerade noch rechtzeitig und schenkte ihrem Gegenüber, einem pockennarbigen Laffen und augenscheinlich einer der Verkäufer, ein mildes Lächeln. »Eine wirklich erstklassige Ware, werte Dame, obgleich sie wahrscheinlich Eure finanziellen Mittel, wenn Ihr mir dies verzeihen mögt, bei weitem übersteigen wird.«

Khorena hob eine Augenbraue, während sie den jungen Mann mit einem stahlharten Blick taxierte. »Ich werde mir wahrlich überlegen, ob Eure Herablassung zu verzeihen ist. Bis ich darüber entschieden habe, meldet mich Eurem Herrn, dem Tucher Henghin. Sagt ihm nur, Donna Emilia habe mich geschickt, ihm meine Aufwartung zu machen; alles Weitere werde ich mit ihm unter vier Augen besprechen.«

Der Verkäufer war bei der Nennung des Namens sichtlich zusammengezuckt, beherrschte sich aber und entfernte sich nach einer raschen Verbeugung in Richtung der hinteren Räume. Kurz darauf erschien er wieder, nun bleicher als zuvor, und bat die Besucherin ergeben in die Privaträume seines Herrn.

Khorena folgte ihm durch verwinkelte Flure eine schmale Treppe hinauf und betrat auf die stumme Aufforderung des Dieners hin ein geräumiges Arbeitszimmer, welches die gesamte Front des ersten Stockwerks des Kaufmannshauses einnehmen musste. Die zum Markt führenden Fenster waren abgedunkelt und der Raum bis auf einen wuchtigen Schreibtisch, einen Stuhl und einen kleinen Tisch mit Intarsienarbeiten, auf welchem die Statuette eines Fuchses stand, leer.

Den hoch gewachsenen Mann hinter dem Schreibtisch ignorierend, lenkte Khorena ihre Schritte zunächst zu dem Tischchen, verbeugte sich kurz und legte eine große Goldmünze auf die spiegelnde Tischplatte, ein Verhalten, welches der Stoffhändler mit einem gutmütigen Lächeln quittierte.

»Es freut mich, Eure Bekanntschaft zu machen, werte Khorena von Erris. Euer guter Ruf ist Euch, so scheint's, vorausgeeilt, und ich begann mich schon zu fragen, wo Ihr bleibt, habt Ihr die Stadt doch schon vor drei Tagen betreten.«

»Erspart mir bitte Eure Spielchen, werter Henghin. Auch wenn wir uns noch nie gesehen haben, weiß ich um die Fähigkeiten der Diener des Fuchses, was ...« – beruhigend hob sie die Hand, als Henghin eine unbewusste Geste der Abwehr machte – »natürlich nichts mit Euch zu tun hat. Wer das Geld hat, dem öffnet der Fuchs fast jede Tür. Aber wie gesagt, erspart mir die Spielchen, auch wenn Phex mir deshalb gram sein mag. Ich wurde hierher bestellt, um die Informationen zu erwerben, die mir seitens des Kartells angeboten wurden. Wenn Ihr nicht gewillt seid, mir diese zu verkaufen, dann werde ich Euer Geschäft auf der Stelle verlassen. Gefeilsche werde ich nicht dulden, genauso wenig wie ich dulden werde, dass man mich zum Narren hält. Fangt also an.«

Der Kaufmann senkte zustimmend den Kopf und hob dann ein kleines Silberglöckchen von seinem Schreibtisch auf. Der Ton schwebte kurz im Raum, als sich auch schon die Tür öffnete und eine einfach gekleidete Frau mit einer in Leder gebundenen Briefmappe eintrat.

»Was kostet die Drôler Spitze heuer, Selena?«

»Fünfhundert Dukaten, Meister Henghin.« Die Stimme der Frau war angenehm, auch wenn sie ein wenig unsicher klang. Fragend blickte der Kaufmann in Khorenas Gesicht, worauf diese nickte und somit bestätigte, dass sie die Bezahlung veranlassen würde.

»Lies der Dame bitte den Brief vor, den wir von unserer Handelspartnerin in Drôl bekommen haben.« Die Frau öffnete die Mappe, kramte ein wenig darin herum und las erst mit zaghafter Stimme, dann aber immer sicherer werdend vor:

»An Meister Henghin Bärcher, Westkontor, Gareth.

Werter Herr, in wenigen Tagen wird sich besagte Khorena von Erris bei Euch einfinden und nach Informationen fragen, welche wir ihr an anderer Stelle angeboten haben. Wir ermächtigen Euch hiermit, Khorena von Erris gegen Spende eines noch näher zu benennenden Betrages folgende Informationen zu übermitteln:

Wir beobachten schon seit längerer Zeit die Bemühungen der Institution, welcher die Dame angehört, an gewissen Orten Deres Fuß zu fassen. Da wir aus anderen Gründen ein Interesse daran haben, mit eben jener Institution in gutem Einvernehmen zu stehen, und auch die Angelegenheit uns gut zupass kommt, möchten wir eine Kooperation vorschlagen.

Unlängst ist einer unserer Mitarbeiter auf gewisse Spuren gestoßen, welche den Schluss zulassen, dass eine höher gestellte Persönlichkeit des Alten Reiches mit dem gemeinsamen Feind konspiriert. Da eine Beweisaufnahme wie auch eine Verurteilung nicht in unser Aufgabengebiet fallen, sind wir gern bereit, diese Information beziehungsweise deren Exklusivität zu veräußern.«

Khorena schnitt der Frau mit einer energischen Bewegung das Wort ab. »Genug von diesem langatmigen Geschwafel. Ich habe meine Zeit nicht aufgewendet, um mir dergleichen anzuhören. Kommt zur Sache!«

Henghin lächelte beim Ausbruch der drahtigen Frau. »Man hatte mich gewarnt, dass Eure Geduld Eurem Temperament in nichts nachsteht. Gut, dann also die Kurzfassung: Der Granduco Laserian di Mestilio Cavalese al Escobar, erster Finanzrat der Krone und als solcher Vorsitzender des Commercienrates, beheimatet in

Vinsalt, wird von unserer Seite des Borbaradianertums verdächtigt.«

Der Blick, mit dem der Kaufmann Khorena maß, war kühl. »Natürlich hätten wir diese Informationen auch dem DBA oder dem Adlerorden zuspielen können, aber, wie gesagt, erschien uns in diesem Fall eine Zusammenarbeit mit Euch vielversprechender.«

»Und lukrativer, erscheint mir.«

Entwaffnet breitete der Kaufmann die Arme aus: »Touché! Aber vergebt mir, wenn ich darauf hinweise, dass die Summe bei einer so brisanten Information geradezu lächerlich wirkt.«

Khorena lächelte säuerlich. *Wenn von dem, was du sagst, mein Freund, auch nur die Hälfte wahr und mit Beweisen zu untermauern ist, dann haben wir endlich unseren Fuß in der Tür zum Lieblichen Feld. Schließlich würde die Enttarnung di Mestilios durch die KGIA endgültig beweisen, dass die horasischen Ordnungskräfte in bestimmten Bereichen schlichtweg ungeeignet sind. Und in einer Zeit, in der borbaradianische Umtriebe nachgerade an der Tagesordnung sind, wäre dies der entscheidende Punkt, auf unsere Fähigkeiten und die Unverzichtbarkeit unserer Unterstützung hinzuweisen. Abgesehen davon könnte man die lieben Nachbarn dazu bringen, mehr ihrer eigenen Truppen an unsere Front zu verlegen. Das Horasreich würde uns wie auf dem Silbertablett serviert.*

»Nun, mein lieber Henghin, wir wollen nicht übertreiben. Ihr liefert mir erstklassige Ware, und ich werde das meinige dazu tun, Euch dafür redlich zu entlohnen. Wie viel müsste ich für Euer Schweigen bezahlen? Immerhin möchte ich keine böse Überraschung erleben, wenn ich meine Leute nach Vinsalt schicke.«

Ein Grinsen stahl sich in die Züge Henghins, doch nach einem raschen Blick in Richtung seiner Sekretärin verschwand es wie weggewischt, und er erwiderte Khorena mit unbewegter Miene: »Ich wäre ein schlechter Kaufmann, wenn ich die Qualität meiner Waren selbst mindern würde, auch sagt das Sprichwort: ›Ein zufriedener Kunde kommt wieder, ein unzufriedener auch, doch bringt er seinen Dolch mit.‹ Vertraut meinem Wort als Händler und Anhänger des Nächtlichen, wenn ich Euch versichere, dass meine Organisation niemand anderem als Euch diese Informationen verkaufen wird. Seid überdies gewiss, dass wir Euch auch weiterhin für einen kleinen Obolus mit Rat und Tat zur Seite stehen werden. Ich werde Euch noch heute unsere gesamten Informationen schriftlich überstellen lassen und den Namen eines unserer freien Mitarbeiter in Vinsalt beifügen.«

Khorena verbeugte sich tief. »Es war mir eine rechte Freude, mit Euch Geschäfte zu machen.«

Der Kaufmann eilte an ihre Seite und geleitete sie zur Tür. »Beehrt uns bald wieder, werte Dame, und grüßt die Euren ganz herzlich.«

Heiser lachend schloss Khorena die Tür hinter sich, eilte die Treppe hinunter und verließ den Laden.

Vorsichtig schloss Henghin die Tür zum Flur und drehte sich um. Auf seiner Stirn standen feine Schweißtropfen und seine Hand zitterte merklich. »Seid Ihr zufrieden?« Aus dem Zimmer drang ein leichtes Rascheln, als Selena hinter dem Schreibtisch des Kaufmanns Platz nahm, ein silbernes Etui hervorzog und diesem einen schmalen Zigarillo entnahm.

»Ihr habt mich nicht enttäuscht, Henghin.« Ein leises Klicken ertönte, gefolgt vom Geräusch zischenden Zunders; ruhig zog die Frau den würzigen Rauch des Mohacca ein, während sie scheinbar ihren Gedanken nachhing. »Ich werde noch heute nach Drôl zurückkehren und unsere Freunde über den Stand der Dinge in Kenntnis setzen. Auch muss ich ein Schreiben an Generaladvokat Pherion di Avona entwerfen.«

»Aber ich habe doch gerade in Phex' Namen ...«

»Gar nichts habt Ihr!« Die Abfuhr wirkte beinahe wie das gereizte Fauchen einer Wildkatze. »Ihr habt durchaus die Wahrheit gesagt, als Ihr die Exklusivität der angebotenen Information betont habt. Kein Wort davon wird an andere Ohren dringen. Aber wir werden das Horasreich darüber informieren, dass es sich auf Besucher einrichten muss. Schließlich wollen wir doch, dass das Spiel nicht allzu langweilig wird. Dazu waren die Vorbereitungen viel zu aufwendig. Wenn diese Gerüchte über den Granduco stimmen, muss der Schurke natürlich bestraft werden, ansonsten werden wir abwarten, wie sich die Geheimdienste der beiden Großreiche, die sich allzu oft in ihrer Selbstherrlichkeit sonnen, schlagen werden. Dann werden wir ja sehen, wer in diesem Rennen der Schnellere ist. Wenn aber all diese Beschuldigungen nur leeres Geschwätz sind, so haben wir nichts verloren, im Gegenteil, wir haben uns bei einem königlichen Spiel prächtig amüsiert.«

»Dann wünsche ich uns viel Glück.«

Der Blick, mit dem Selena Henghin musterte, zeigte stille Belustigung. »Meister Henghin, mit Glück hat das nichts zu tun. Wenn Ihr es wirklich zu etwas bringen wollt, dann rate ich Euch, nur Spiele zu beginnen, die Ihr mit Sicherheit gewinnt. Die Kunst hierbei ist es, die eigene Selbstüberschätzung abzulegen.« Während die Frau hinter dem Schreibtisch in ein heiseres Lachen ausbrach, fing sich ein einzelner Sonnenstrahl in den edelsteinbesetzten Augen der Fuchsstatuette und ließ diese hell aufflackern.

Kapitel 1

Die Dunkelheit ist Phexens Geschenk an seine Anhänger, die es ihnen erlaubt, ihren ungesetzlichen Tätigkeiten nachzugehen. Doch schützt sie nicht nur diese, sondern auch allerlei anderes Gesindel …

Die Nacht hatte sich bereits seit mehreren Stunden über Wehrheim gesenkt, als eine Gruppe von drei schwarz vermummten Gestalten in eine enge Gasse in der Nähe des Marktplatzes einbog. Der weite Mantel der Nacht verbarg die sich leise und vorsichtig bewegenden Männer, deren Absichten genauso finster wie das Gässchen waren, welches sie soeben durchquerten. Das Geräusch von genagelten Stiefeln, die schwer auf das Kopfsteinpflaster hämmerten, ließ die drei Männer aufhorchen. Sie pressten ihre Körper gegen die Wand und lauschten gespannt den sich nähernden Schritten. Metall blinkte im Mondlicht, als eine Abteilung der Stadtwache ihre nächtliche Runde drehte. Angetan mit schweren Kettenpanzern, das Kurzschwert an der Seite und die Hellebarde geschultert, marschierten fünf Soldaten über den Marktplatz. Schon bald verhallte der Lärm der Wachen, und der Anführer der drei Nachtschwärmer gab seinen beiden Kumpanen ein Handzeichen. Auf leisen Sohlen, aber dennoch schnellen Schrittes überquerten die Männer den leeren Marktplatz. In einigen Stunden würden sich hier wieder Menschenmassen tummeln, ein Gemisch aus verschiedensten Düften die Luft erfüllen und phexgefälliger Handel die Tagesordnung bestimmen. Doch all dies kümmerte die in Schwarz gehüllten Männer nicht. Sie bewegten sich mit gnadenloser Präzision auf ihr Ziel zu, welches jetzt noch ruhig in Borons Armen schlummerte und von den Absichten dieser Männer nichts ahnen konnte.

Die Gruppe bog in eine kleine Seitenstraße ein, die sich in der Nähe des Rondratempels befand. Vor einem großen Fachwerkhaus hielten die Vermummten an und musterten aufmerksam die Umgebung. Die Stimme des Anführers klang durch die Gesichtsmaske leicht erstickt: »Wir gehen vor wie besprochen. Quendan, du hältst Wache! Caric, du steigst durch das Kellerfenster ein, das die Grundrisszeichnung uns als Einstiegsmöglichkeit aufgezeigt hat. Ich versuche, die Tür zu knacken, dann dringe ich in das Arbeitszimmer des Kaufmanns ein und suche nach den Beweisen.« Er zog ein Lederetui aus seinem Wams und fischte vorsichtig einen Dietrich heraus. »Viel Glück!« Mit diesen Worten trennten sich die drei Männer.

Langsam umrundete Caric das große Haus. Ein kleiner Zaun stellte das einzige Hindernis dar. Behände schwang er sich über die Einzäunung und hatte nach wenigen Wimpernschlägen das Haus erreicht. Vorsichtig schlich er sich an der Wand entlang und erreichte nach vier Schritten das besagte Kellerfenster. Ein rostiges Metallgitter versperrte den Eingang. Er packte es mit beiden Händen und prüfte dessen Festigkeit. Ein leises Stöhnen entwich seiner Kehle, als sich seine Muskeln anspannten und Druck auf das Gitter ausübten. *Bei allen Göttern, wie kann ein so rostiges Gitter nur so starken Widerstand leisten?*, schoss es ihm durch den Kopf. Doch dann verkündete ein knirschendes Geräusch den Erfolg seines Unterfangens. Fast lautlos legte er das Gitter ins Gras und wandte sich der schmalen Öffnung zu. Verhalten keuchend, presste er seinen Körper hindurch und ließ sich in den Keller des Hauses hinunter. Ein hastiger Blick nach links und rechts bestätigte ihm, dass er allein war.

Ein wenig Madaschein fiel durch das Kellerfenster in den Raum und füllte diesen mit gespenstischem Halbdunkel. Behutsam setzte Caric den rechten Fuß nach vorn und stieß prompt gegen eine kleine Kiste. Bemüht, keine weiteren Geräusche zu machen, schlich er voran und fand schließlich eine Tür, die der einzige Ausgang aus diesem Raum zu sein schien.

Vorsichtig öffnete Caric die Kellertür ein kleines Stück und spähte in den dahinter liegenden Flur. Eine aus Stein gehauene Treppe führte nach oben ins Erdgeschoss. Mit einem leisen Quietschen öffnete er die Tür ganz und huschte aus dem Kellerraum. Mit wenigen schnellen Schritten erklomm er die Stufen und stand dann im Flur, direkt neben der Eingangstür. Innerlich verfluchte er den Grundrissplan, den er und die anderen studiert hatten. Dieser Plan hatte einen *weiteren* unterirdischen Raum gezeigt, der mit dem Keller durch eine Tür und einen Gang verbunden war. Jedoch hatte Caric dort unten außer Kisten, Lebensmittelvorräten, einem Bierfass und einem alten Sattel nichts entdecken können. Man durfte bei solchen Aktionen kein Risiko eingehen, und allein der Gedanke an einen undurchsuchten Raum in seinem Rücken ließ ihn schaudern.

Rechter Hand führte der Flur zur Küche, auf der linken Seite befanden sich zwei Räume. Eines dieser beiden Zimmer wurde nach Auskunft des Plans von den Dienern des Kaufmanns, das andere von seiner Tochter bewohnt. Sich nach allen Seiten umsehend, schlich Caric in die Küche, vorbei an der Treppe, die zum Obergeschoss führte. Im Plan war hinter der Küche ein weiterer Raum eingezeichnet gewesen, dessen Funktion aber nicht näher beschrieben gewesen war. Tatsächlich fand sich eine Tür in der Küche, aber als Caric vorsichtig die Klinke herunterdrückte, musste er feststellen, dass der Zugang verschlossen war. Er zog ein Etui mit Einbruchswerkzeug aus seinem Wams und suchte nach dem rechten Dietrich, als er plötzlich aufschreckte. Sein Herz begann wie wild zu hämmern, und er konnte nicht feststellen, ob da tatsächlich ein Geräusch war oder ob ihm seine Phantasie einen Streich spielte. Das laute Schlagen seines Herzens hallte in seinen Ohren, trotzdem war er nun sicher, Schritte zu hören, ein leises Tappen. *Bei Boron, wer stapft zu einer solchen Zeit im Haus umher? Und ausgerechnet dann, wenn ich hier in dieser verdammten Küche in der Falle sitze! Nun ja, ich stand noch nie unter einem besonders glücklichen Stern, warum sollte sich daran ausgerechnet jetzt etwas ändern?*

Sein Selbstmitleid abstreifend, presste er sich neben die Eingangstür der Küche und hielt die Luft an. Die Schritte kamen näher und der Schein einer Kerze erhellte den Flur. Aus einer Lederscheide an seinem rechten Unterarm zog Caric einen scharfen Dolch und umklammerte den Griff der Waffe mit starken Fingern.

Ein Arm mit einer angezündeten Kerze in der Hand schob sich durch den Eingang; Caric hob den Dolch und konzentrierte sich darauf, die Person so schnell wie möglich unschädlich zu machen.

Wachs tropfte auf den Boden und eine kleine Gestalt betrat die Küche. Das knapp achtjährige Mädchen trug ein weißes, wollenes Nachthemd, das ihr bis zu den Knien reichte. Ihre langen blonden Haare fielen ihr bis auf den Rücken. Verzweiflung zerfraß in Windeseile Carics Entschlossenheit. *Warum? Bei Praios, das kann nicht gerecht sein!* In diesem Augenblick drehte sich das Mädchen um, entdeckte ihn und schrie entsetzt auf. In wilder Panik stürzte sie davon, schrill kreischend, sodass wohl das ganze Haus in wenigen Augenblicken von dem Eindringling wissen würde. Jetzt kam es auf

Schnelligkeit und Präzision an. Mit ein paar Sätzen war er bei dem Mädchen, aber bevor er sie packen konnte, riss sie die Tür der Bedienstetenkammer auf und stürmte hinein. »Geron, Rondrian! Schnell, da ist ein fremder Mann im Haus!«

Nur wenige Herzschläge später schob sich der Oberkörper eines dunkelhaarigen Mannes mit breitem Schnurrbart durch die Tür. Er trug ein mit Flicken besetztes Nachtgewand und seine rechte Hand umfasste eine dicke Kerze mit festem Griff. Seine Anspannung wich nach dem Bruchteil eines Augenblicks blankem Entsetzen, als er die vermummte Gestalt auf sich zurennen sah. Den Mund weit zum Schrei aufgerissen, entglitt ihm die Kerze und fiel polternd zu Boden. Caric stürmte aus vollem Lauf heran und holte weit aus. Seine rechte Faust traf den Diener krachend auf die Nase. Geron, der Knecht, wurde von dem Hieb schwer gegen den Türrahmen geschleudert. Ächzend hielt er sich die Nase und versuchte gleichzeitig wieder aufzustehen. Caric hatte seine überlegene Position sofort erkannt; blitzschnell reagierte er und rammte dem Knecht das Knie gegen den Brustkorb. Aufstöhnend brach der Diener zusammen. Aus dem Zimmer war weiteres Geschrei zu vernehmen. *Diese Mission ist ein einziges Desaster. Wenn ich das Kind nicht schleunigst zum Schweigen bringe, wird das unser aller Untergang werden.* Mit grimmiger Miene stürmte Caric in das dunkle Zimmer und wurde prompt zu Boden gerissen. Jemand hatte ihn von hinten gepackt und sich mit seinem ganzen Gewicht auf ihn geworfen. Kräftige Arme tasteten nach seiner Kehle und schlossen sich zu einem Würgegriff. Langsam spürte er, wie der Druck immer schwerer auf seinem Körper lastete, während er um Atem kämpfte. Verzweifelt begann er zu zappeln und um sich zu treten. Er spürte in seinem Nacken bereits den heißen Atem seines Gegners, dem ein böses Kichern entwich: »So, du Bürschchen.

Jetzt ist es aus mit dir. Ich zerquetsche dich wie eine schimmelige Nuss!« Wie um seine Worte zu bekräftigen, drückte der Diener noch fester zu. Caric stöhnte auf vor Schmerzen, dennoch gelang es ihm, den Dolch in seiner linken Hand Stück für Stück so zu drehen, dass sich die Spitze der Waffe dem Oberschenkel des Dieners näherte. Das Atmen fiel ihm immer schwerer, und schwarze Flecken tanzten vor seinen Augen.

Als der Diener sein Gewicht verlagerte, schoss ein stechender Schmerz durch die Rippen auf der linken Seite seines Körpers und Caric begann nach Luft zu schnappen wie ein Fisch auf dem Trockenen. Schweiß rann ihm in Strömen über sein rot angelaufenes Gesicht, und als ihm seine feuchten Finger schließlich den Dienst versagten, fiel die Waffe scheppernd auf den Dielenboden.

Ein lautes Aufstöhnen aus der Richtung der Tür wurde hörbar. Der kräftige Mann zuckte zusammen und lockerte für einen Lidschlag den Griff seiner Arme. Caric handelte, ohne zu überlegen. Er warf den Kopf nach hinten, sodass dieser mit voller Wucht gegen das Gesicht des Dieners krachte. Ein stechender Schmerz zuckte durch seinen Hinterkopf, aber die Arme des Dieners hatten sich nun endgültig von seinem Hals gelöst. Caric bäumte sich mit dem Mut der Verzweiflung auf und schleuderte den Diener zur Seite. Sofort wirbelte er herum, tauchte unter den nachgreifenden Armen des Mannes hindurch und hieb diesem die geballte Faust auf die ohnehin schon blutende Nase. Ein splitterndes Geräusch belohnte ihn, während der Diener aufheulend zur Seite kippte.

Caric zog sich in eine Ecke des Zimmers zurück, während er in tiefen Zügen Luft durch seine brennende Kehle pumpte. Die Augenlider halb geschlossen, lauschte er angestrengt auf die Schritte seines Gegners. In der herrschenden Dunkelheit musste er vollkommen auf seine Instinkte vertrauen. Caric zwang sich, flach zu atmen und die Knie ein wenig anzuwinkeln. Ein leichter Luftzug, ein Knarren der Dielenbretter … Instinktiv duckte sich Caric unter den Schwinger seines Gegners und versetzte diesem einen kräftigen Haken in die Magengrube. Blitzschnell schlug er ein zweites Mal zu, seine Fäuste flogen von links und rechts mehrfach auf das Gesicht des Dieners, der schwer wankend zurücktaumelte. Einen schwach geführten Kinnhaken fing er lässig mit der linken Hand ab und schlug dem Hünen stattdessen den Unterarm ins Gesicht. Schnell sprang er zurück und hob seine Waffe vom Boden auf. Der benommene Diener fühlte sich am Hals gepackt, doch dann raubte ihm ein scharfer, stechender Schmerz im Brustkorb das Bewusstsein, und er vernahm nur noch das Rauschen von mächtigen Schwingen.

Mit einem schmatzenden Geräusch zog Caric die scharfe Waffe aus dem Herzen des Ermordeten.

Ein Aufbrüllen hinter ihm ließ ihn herumfahren; sein erster Gegner war inzwischen wieder auf die Füße gekommen und stürmte auf ihn zu. Noch bevor Caric die Waffe hochreißen konnte, hatte ihn der Mann erreicht.

Ein wuchtiger Schlag gegen die Schläfe ließ Caric taumeln. Sein Gegner wollte zu einem weiteren Hieb ausholen, kam aber nicht mehr dazu. Carics Dolch bohrte sich bis zum Heft in den Bauch des Mannes, der daraufhin hustend in die Knie ging. Um ihn herum bildete sich eine schnell größer werdende Lache frischen Blutes.

Caric spürte Wut in sich aufwallen und gab seinem Zorn freien Lauf. Der Dolch bohrte sich noch dreimal kurz hintereinander in den Oberkörper des Bediensteten, der schließlich vornüber kippte. Aus dem wie staunend geöffneten Mund sickerte ein weiterer Blutstrom.

Caric blickte sich um. Wo war das Mädchen? Die Kleine war doch nicht während des Kampfes aus dem Zimmer gehuscht, oder? Nein, er entdeckte das vor Angst zitternde Mädchen unter einem der Betten.

Im Flur waren wieder Schritte zu hören. Ein schneller Blick zur Tür und Caric stieß erleichtert die Luft aus. Der Anführer seines Trupps tauchte im Türrahmen auf. »Bei den Zwölfen, was machst du da? Komm schon, ich habe tatsächlich Beweise gefunden, die unserer Sache dienlich sind.«

Schnellstens rappelte Caric sich auf und folgte seinem Befehlshaber. Eine kurze Meldung, einige routinierte Aktionen, dann verließen beide das Haus. Auf der Straße angekommen, trafen sie wieder mit Quendan zusammen; nach kurzer Besprechung trennten sie sich erneut und verschmolzen mit der Dunkelheit.

Nach wenigen Schritten bog Caric um eine Ecke und lief der Stadtwache in die Arme. »Korporal!« Der Mann, der bereits zuvor seine Anweisungen erhalten hatte, salutierte zackig. »Ich wünsche, dass niemand, Ihr versteht mich, *niemand* dieses Haus betritt oder verlässt, bevor wir morgen zurückkehren!«

Der Korporal antwortete sogleich. »Jawohl, Herr, Eure Befehle werden befolgt werden.«

Dann ging auch Caric seines Weges, während die Soldaten wieder ihre Positionen einnahmen.

Kapitel 2

Der Atem kam stoßweise, blähte den dürren Körper wie der Wind ein Segel, nur um im Abflauen mehr an Kraft einzufordern, als die Götter der armen Kreatur noch zugestehen konnten. Kleine Blasen schäumten in den Mundwinkeln, an denen Schmeißfliegen ihren Durst stillten. Jäh löste sich von der verzerrten Fratze ein Schrei, schwebte einige Herzschläge in der Luft und erstarb in einem leisen Keuchen. Die Lider der Frau flatterten und entblößten Augen, in denen keinerlei Vernunft mehr beheimatet schien. Blankes Entsetzen, gepaart mit Schmerzen, die über das Erträgliche hinausgingen. Die Augen schienen alles Leid der Welt zu spiegeln und zeugten zugleich von einem verzweifelten Willen. Ein letzter Kampf, dann glitt Müdigkeit über das Gesicht, tupfte die Spannung wie eine mitleidige Hand aus den Zügen der Frau und bedeckte die brechenden Augen mit den Lidern. Ein letztes tiefes Ausatmen, dann verharrte die Brust.

In diesem Augenblick völliger Stille ertönte das schwache Wimmern eines Neugeborenen. Eine leise, melodische Stimme versuchte den Säugling zu trösten, während dieser zaghaft die Ärmchen nach der Frau ausstreckte, die ihm das Leben geschenkt hatte, um das eigene Golgari zu übergeben.

Behutsam trocknete Alea das Kind mit einem frischen Lumpen, hüllte es in ein sauberes Tuch und legte es in die bereitstehende Wiege, während der Priester an ihrer

Seite leise ein Gebet zu seinem Gott sprach und mit faltigen Händen das zerbrochene Rad über dem Gesicht der Toten zeichnete.

Aus matten Augen blickte Alea zu Ehrwürden Darar hinüber. Dem Alten standen die Anstrengungen der letzten Stunden ins Gesicht geschrieben, und sie wusste, dass sich auch in ihre Miene die Spuren des soeben ausgefochtenen Kampfes tief eingegraben hatten. Die ganze Nacht hindurch hatte sie am Bett gewacht, hatte Silar die Stirn gekühlt und der bebenden Frau Mut gemacht, auch noch, als sie selbst schon alle Hoffnung aufgegeben hatte. Sie war dankbar gewesen, als in den frühen Morgenstunden der alte Borongeweihte die Stube betreten hatte. Obwohl von niemandem gerufen, schien er gewusst zu haben, wie es stand, und so hatte er Alea zugenickt, sich auf den einzigen verbliebenen Stuhl gesetzt und Silars Hand genommen.

Alea taumelte, als sie aufstand. Sie fühlte sich elend und allein und hätte am liebsten losgeheult. Doch diese Blöße wollte sie sich nicht geben. Nicht jetzt, nicht vor dem Leichnam dieser Frau, die ihr fast eine Mutter gewesen war. So nahm sie die Wiege mit dem Säugling vorsichtig unter den Arm, öffnete die Tür und trat in den dahinter liegenden Wohnraum.

Sie brauchte nichts zu sagen. Sieben Augenpaare starrten sie an, und Alea war sich bewusst, dass ihr Gesichtsausdruck jeden Zweifel beseitigen würde.

Enrik, den kleinen Jannik auf dem Schoß, nahm ihr wortlos die Wiege aus den Händen, übergab sie an Birte, seine älteste Tochter, und stolperte dann wie ein Blinder an ihr vorbei in die Kammer.

Die Kleinen klammerten sich an Alea, suchten Trost, den sie selbst nicht geben konnte, während die drei Großen verzweifelt darum kämpften, irgendwie die Fassung zu bewahren.

Aus dem Hausflur trat die alte Berta, wischte sich die

Hände an der Schürze sauber und lächelte Alea aufmunternd zu. »Geh nach Hause, Kind. Du hast dir deinen Schlaf verdient. Ich werde auf die Kinder aufpassen und mich um sie kümmern. Das Vieh habe ich schon versorgt. Sag nur bitte Blärte Bescheid, wenn du bei Berguts vorbeigehst. Sie soll heute Nachmittag nach dem Rechten sehen. So lange komme ich hier schon zurecht.« Alea wollte widersprechen, doch die Alte schob sie energisch in Richtung Ausgang. »Du musst dir jetzt ein wenig Ruhe gönnen. Seit Marja verschwunden ist, können wir es uns nicht mehr leisten, unsere Heilkundigen zu verschleißen. Ruh dich aus, Kind. Und wenn es nur Silar zuliebe ist. Sie hätte es nicht gewollt, dass du dich ihretwegen zu Tode erschöpfst.«

Ein kurzer Abstecher in den benachbarten Hof der Berguts, und Alea war sich sicher, dass die Neuigkeiten der vergangenen Stunden ihre Runde gemacht haben würden, noch bevor sie ihre eigene Tür hinter sich geschlossen hätte. Den Weg nach Hause ging Alea wie im Traum, am Dorfanger vorbei bis zum Ende der Straße, wo sie allein in der kleinen Kate lebte, seit Marja, ihre Lehrmeisterin, bei Nacht und Nebel und ohne eine Nachricht zu hinterlassen verschwunden war.

Als sie die Stube betrat, atmete sie den würzigen Geruch der getrockneten Kräuter ein, die überall von den Dachbalken hingen. Marjas drei Katzen kamen wild maunzend durch das offene Fenster gesprungen, gefolgt von einer unbeholfenen kleinen Fellkugel, die fröhlich miauend in den Katzenchor einstimmte.

»Ja, ja, meine Süßen, ich liebe euch auch, aber lasst mich bitte meine Schuhe ausziehen!« Vor einem halben Jahr hätte sie noch bei dem Gedanken gekichert, dass sie einmal mit Katzen sprechen würde. Aber seit sie Marjas Arbeit als Hebamme und Kräuterfrau in Weilersgrund hatte übernehmen müssen, hatte sie sich mehr verändert, als sie sich selbst eingestehen mochte.

War sie zuvor das Findelkind gewesen, das, am Herd der Travia aufgewachsen, von der alten Marja ins Haus geholt worden war, um den Beruf der Hebamme und Kräuterkundigen zu erlernen, akzeptierte man sie nun im Dorf als Alea. Das war mehr, als sie sich in der Anfangszeit zu erhoffen gewagt hatte. Obwohl sie mehr als drei Jahre in den Diensten der alten Marja gestanden hatte, hatte Alea oft das Gefühl gehabt, die Götter hätten sich gegen sie verschworen. Nächtelang hatte sie vor den alten Büchern gesessen, Salben hergestellt und ihre Wirkung erprobt, Pflanzen gesammelt, deren Namen sie noch nicht einmal richtig kannte und diese getrocknet oder in Tinkturen gerührt, deren Wirkungen sich ihr verschlossen.

Wie unendlich weit schien diese Zeit zurückzuliegen, jetzt, da sie ganz allein war. Insgeheim war sie froh gewesen, dass Marja ihr in ihrem ersten Lehrjahr das Lesen und Schreiben mit Stock und Kochlöffel eingebläut hatte. Aber ständig nagte die Angst an ihr, etwas Falsches zu tun oder im entscheidenden Augenblick zu versagen; denn es gab keine Marja mehr, die im Hintergrund saß, um mögliche Fehler zu korrigieren.

Seit ihre Lehrmeisterin in einer Nacht vor anderthalb Monden leise, um die Schlafende nicht aufzuwecken, das Haus verlassen hatte, war jeder Fehler, den sie machte, unabänderlich und zog unerbittlich Konsequenzen nach sich.

Mehr als einmal hatte sie heulend in Bertas Kate gesessen, der Alten ihr Leid geklagt und sich mit einer heißen Tasse Tee und einer guten Portion aufmunternder Worte gestärkt, nur um bald darauf wieder von Selbstzweifeln überrannt zu werden.

Aufatmend warf Alea ihre Kleider über den einzigen Stuhl ihrer Hütte und kletterte, dicht gefolgt von den Katzen, in ihr Lager auf dem Kamin. Ein letztes Mal noch sah sie sich in der winzigen, aber sauberen Stube um, strich sich eine kastanienbraune Locke aus dem Gesicht und schloss die Augen, eingehüllt in vierstimmiges Schnurren.

Das Feuer im Kamin prasselte hoch auf. Der würzige Duft der Buchenscheite mischte sich mit dem Geruch frisch aufgebrühten Tees, und das Krachen des verbrennenden Holzes übertönte fast das Klappern der Stricknadeln. In einem großen, lederbezogenen Ohrensessel neben dem Kamin saß eine alte Frau mit schlohweißem Haar, die Augen konzentriert auf die Handarbeit in ihren Händen gerichtet. Alea stürzte vorwärts, die Tränen ignorierend, die ihr in Sturzbächen über das Gesicht liefen, und umarmte die Alte stürmisch. »Ich schaffe es einfach nicht!« Schluchzend vergrub sie den Kopf in dem dunkelblauen Rock der Frau, die ihr Strickzeug vorsichtig aus der Hand legte und sachte über das lockige Haar strich.

»Ist ja gut, Kind. Weine ruhig. Lass allen Schmerz aus dir fließen, sonst wird er dich bei deiner Arbeit behindern, dich innerlich aushöhlen und zerbrechen, wo du stark sein musst.«

Lange schien es zu genügen, den Kopf in den Schoß zu betten und zu weinen, die sanften Hände der Alten zu spüren, einfach allen Schmerz in diese Hände zu übergeben. Bis die Tränen langsamer flossen und schließlich ganz versiegten.

Als sich Alea aufrichtete, zauberte die Alte ein Taschentuch aus der Luft und hielt es ihr hin. Doch obwohl sich Alea mittlerweile gefangen hatte, brachen die Worte aus ihr heraus: »Ich kann nicht mehr, Marja! All das Leid, die Not … und ich kann nicht helfen! Wieso kommst du nicht zurück? Ich schaffe das nicht alleine. Ich bin noch nicht weit genug, deinen Platz zu übernehmen.«

Bedächtig schüttelte die Alte den Kopf. Die grauen

Augen sahen Alea unverwandt ins Gesicht, als suchten sie etwas. »Glaube mir, Kind, nichts hätte ich lieber getan, als an deiner Seite auszuharren, aber es gibt Notwendigkeiten, gegen die selbst die Bewohner Alverans machtlos sind. Meine weitere Anwesenheit im Dorf hätte alles gefährdet. Glaube mir, es ist weit besser so, wie es ist. Der Feind ist schon auf mich aufmerksam geworden, und es gibt noch so vieles, was getan werden muss.

Du, mein Kind, hast deine Sache bisher gut gemacht. Du hättest Silar nicht vor Golgaris Schwingen retten können, das hätte auch ich nicht gekonnt. Es gibt Dinge, die geschehen müssen, weil es so vorherbestimmt ist. Du musst lernen, das Schicksal anzunehmen, denn es nützt nichts, dagegen zu kämpfen. Das kostet nur Kraft; Kraft, die zu kostbar ist, um verschwendet zu werden.«

Wieder strich die Alte durch Aleas Haar, leise aufseufzend. »Armes Kind. Du wirst noch mehr leiden, bis du endlich deinen Weg gefunden hast. Wappne dich, denn es hat noch nicht einmal angefangen. Sei stark und bleibe dir selbst treu. Und nun schlafe, schlafe tief und ruhe dich aus, denn schon bald wirst du wieder all deine Kräfte brauchen.«

Die Alte verblasste und mit ihr der Lehnstuhl, der Kamin, die prasselnden Holzscheite; alles machte einer Finsternis Platz, in die sich Alea dankbar hineinfallen ließ.

Kapitel 3

Der folgende Tag sollte sonnig warm werden. Schon kurz nach der achten Morgenstunde war kein Wölkchen mehr zu sehen, und Praios' helles Auge brannte gnadenlos auf Dere hinunter. Zu dieser Zeit war Caric schon längst aufgestanden und befand sich vor dem großen Spiegel in seinem Hotelzimmer. ›Hotel‹ war als Bezeichnung für das Etablissement mehr als angebracht; Quendan hatte ihm den *Fasanenhof* wärmstens empfohlen, denn, wie er sich auszudrücken pflegte, ›dieses erlesene Haus bietet exquisiteste Speisen, exzellente Weine und sehr geräumige Zimmer‹. Vielleicht hatte der Tobrier in dieser Hinsicht ein wenig übertrieben, aber es gab keinen Grund zu ernsthafter Kritik. Caric knöpfte gerade die goldenen Manschetten seiner roten Uniformjacke zu, als sein Blick auf das Bild im Spiegel fiel. Ein junger Mann, höchstens an die dreißig Sommer alt, mit kurzem, hellblondem Haar und klaren blauen Augen. Eine kleine Narbe über seiner rechten Augenbraue zeugte von einem früheren Duell. Kurz flackerten die Erinnerungen an jenen Kampf auf: Es war vor zwei Götterläufen in Kuslik gewesen, als ein horasischer Edelmann ihn zum Duell gefordert hatte. Caric versuchte sich zu entsinnen, worum es bei diesem Kampf gegangen war, doch es wollte ihm partout nicht einfallen. Offenbar um eine unbedeutende Kleinigkeit. Er schüttelte die Geister der Vergangenheit ab und blickte wieder in den Spiegel, um seine Jacke zu richten. Nachdem er den Sitz seiner Uniform überprüft hatte, fuhr er sich noch einmal durch den gepflegten Bart, der die Oberlippe zierte und sich bis hinunter zum Kinn zog. Sein Blick haftete noch kurz auf dem Siegelring an seiner rechten Hand; dieser Ring, dessen kleines Greifensymbol seinem Träger so viel Macht verlieh, ließ ihn jedes Mal aufs Neue erschaudern. Auf dem Weg zur Tür gürtete er noch schnell sein Langschwert und verließ dann eiligen Schrittes die Herberge. Einige Pfützen umrundend, bahnte er sich seinen Weg zum Praiostempel. Überall grüßten die Passanten ihn ehrfürchtig und nicht selten wurde ihm Praios' Segen gewünscht. Er hatte gerade einen Gemüsehändler passiert, der lauthals seine Waren anpries, als ein kleiner Junge, den Blick über die Schulter gerichtet, gegen sein Bein prallte und mit einem leisen Ächzen auf dem Hosenboden landete. Ärger und Schmerz schwangen in der Stimme des Kleinen, als dieser Caric anfuhr: »Seht Euch doch vor, wo Ihr hintretet!« Doch als der Junge den Blick hob, wich die Wut blankem Entsetzen, das sich überdeutlich in seinen Augen spiegelte. Zitternd vor Angst senkte er das Haupt und stammelte: »Hoher Herr, vergebt mir bitte meine Unachtsamkeit. Ich … ich hoffe, Ihr hattet keine … also ich meine … ich bete, dass ich Eure Kleidung nicht beschmutzt habe.« Schlotternd kauerte sich der Junge zusammen, als erwartete er das Schlimmste. Caric neigte sich herab und zog den Jungen auf die Füße.

»Bei den Zwölfen, Junge, du tust ja so, als hättest du mir ein Leid angetan. Nun geh wieder spielen, aber schau gelegentlich vor dich! Der Segen der Götter sei mit dir.« Noch immer verängstigt, eilte der Junge davon, vorbei an dem Gemüsehändler, und war bereits nach wenigen Augenblicken in der Menge verschwunden.

Was müssen das für Zeiten sein, in denen Kinder vor meiner Uniform Angst haben? Alles hat sich verändert, seit der Dämonenmeister zurückgekehrt ist und Leid und großes Unheil über Dere gebracht hat. Die Seelen vieler sind korrum-

piert, ihr Glaube an die Gerechtigkeit des Götterfürsten ist zerrüttet, und ihre Verblendung treibt sie zu den größten Schandtaten wider die heiligen Zwölfe. Furcht tötet einen Teil der Seele, denn wer in Angst lebt, opfert alles, um Sicherheit zu gewinnen. Die Furcht zwingt den armen Sünder zu seinen verdammenswerten Taten. Wie schlecht steht es bereits, wenn ein Kind Angst vor einem Hüter und Stellvertreter der göttlichen Ordnung empfindet?

Als Caric die vertraute Gestalt Quendans auf dem Vorplatz des Tempels entdeckte, wichen die düsteren Gedanken. Quendan war ein großer Mann von ungewöhnlich kräftigem Körperbau. Er trug sein langes, tiefschwarzes Haar stets zu mehreren Zöpfen gebunden und sein Wams spannte gewöhnlich über der breiten Brust. An diesem Morgen jedoch trug er sein feinstes, locker geschnittenes Praiostagsgewand und einen weiten erdfarbenen Umhang, der sein Schwert an der Seite verbarg.

Carics Verhältnis zu dem Hünen war nicht ungetrübt. Quendan handelte oft unüberlegt und war leicht reizbar. Dennoch konnte sich Caric keinen besseren Mitstreiter vorstellen. Mit Quendan an seiner Seite ließ sich jeder Kampf gewinnen. Mehr als einmal hatte er sich mitten ins Kampfgetümmel gestürzt, um seine Gefährten herauszuholen, selbst wenn er dabei das eigene Leben riskierte. Auch Caric war einmal nur durch das entschlossene Eingreifen Quendans einer tödlichen Gefahr entronnen.

Er bot Quendan die Hand zum Gruß und blickte in die dunklen Augen des Agenten, die wie immer starr und gefühllos wirkten. Die laute Bassstimme des Dunkelhaarigen schallte über den Vorplatz. »Praios zum Gruße, Caric, mein Freund und Kamerad.«

»Den Segen des Götterfürsten auch für dich, Quendan. Ich habe Wachen vor dem Haus des Kaufmanns postiert, er wird keine Gelegenheit zum Entkommen gehabt haben. Sag an, die Idee, dieses Borbaradianernest in aller Öffentlichkeit auszuheben, stammt von Hochwürden Bardor zu Tiefenstein, nicht wahr?«

Der Inquisitor neigte besonders in letzter Zeit zu auffälligen Auftritten. Je imposanter die Macht der Kirche hierbei zu Tage trat, desto besser. Gerade wenn es sich, wie in diesem Falle, um eine verderbte Borbaradianerbrut handelte.

»In der Tat, Caric, Seine Gnaden hat dies angeordnet. Er und Adoran werden in Kürze hier sein.« Wie von Quendan vorhergesagt, traten nur wenige Augenblicke später zwei Männer aus dem Tempel. Bardor, der Inquisitor, war ein eher kleiner, aber stämmig gebauter Mann. Sein dunkles Haar zeigte bereits erste graue Strähnen und auch sein dichter Vollbart war von Silberfäden durchzogen. Er mochte gut fünfzig Götterläufe zählen. Seine weißgoldene Robe schimmerte hell im Licht der Morgensonne, und sein aufrechter Gang wie sein gesamtes Auftreten kennzeichneten ihn als äußerst selbstsicheren Mann.

Sein Begleiter, der wohl zwanzig Jahre jünger war, bewegte sich ebenso selbstsicher, jedoch ein wenig leichtfüßiger. Er trug eine Uniform, die ähnlich geschnitten wie die von Caric und Quendan, jedoch ganz in Schwarz gehalten war. Sein halblanges, kastanienbraunes Haar trug er zu einem kurzen Zopf geflochten. Die dunklen Augen Adorans strahlten vor Stolz, Selbstbewusstsein und, wenn man ehrlich war, einem Hauch Arroganz. Das prunkvolle, fein ziselierte Krummschwert seines Vaters, dessen Griff einer Drachenklaue nachempfunden war, baumelte an seiner Seite. Seine Brust wurde von einem edel gearbeiteten Kürass bedeckt, und silberne Spangen hielten einen weiten Umhang aus blauschwarzem Stoff zusammen. Adoran hatte eine Statur, die dem rondrianischen Ideal sehr nahe kam: groß und athletisch. Viele Frauen umschwärmten den attraktiven Mann, doch eines seiner unumstößlichsten Ideale war die Treue. Nichts vermochte ihn und seine Frau zu entzweien.

Langsam schritten die beiden Neuankömmlinge die Treppen hinab und näherten sich den Wartenden. Ehrfürchtig neigten Caric und Quendan das Haupt vor dem Geistlichen und begrüßten den Offizier mit kräftigem Handschlag.

Die leise Stimme des Inquisitors klang wie immer ein wenig unheimlich und dabei sogar fordernd. »Nun, meine ehrenwerten Herren, es scheint so, als würde uns ein weiterer Tag beschert, an welchem wir uns zu den gnädigen Werkzeugen von Praios' Gerechtigkeit machen dürfen. Segen sei mit Euch an diesem wundervollen Tag. Kommt mit mir.« Wortlos folgten die drei Agenten dem Priester.

An der nächsten Ecke wartete bereits eine Abteilung der Stadtwache, die der Gruppe stapfend hinterhermarschierte. Kurz darauf war das Haus des unglückseligen Kaufmanns erreicht.

Bardor wandte sich an Caric. »Mein Sohn, kündige unser segensreiches Kommen dem Frevler an.«

»Ja, Euer Hochwürden.«

Caric trat vor und hämmerte mit der behandschuhten Faust dreimal gegen die schwere Holztür. »Im Namen Praios', des Allmächtigen, im Namen des Reichsbehüters und der heiligen Inquisition: Öffnet die Tür!«

Langsam sammelten sich die ersten Schaulustigen, um zu sehen, was da vor sich ging. Caric wiederholte seine Forderung und trat dann zur Seite. Quendan nahm einige Schritte Anlauf und warf sich mit voller Wucht gegen die Tür. Diese erbebte unter dem Ansturm des kräftigen Mannes, und nach mehreren Versuchen gab sie schließlich den Weg frei.

Der Geweihte des Praios' neigte den Kopf zu Adoran und flüsterte: »Mein Sohn, bring mir diesen Dämonenknecht lebendig, ich werde ein Exempel an ihm statuieren.« Der schlanke Krieger gab dem Kommandanten der Wachen ein Handzeichen, woraufhin dieser mit seinen Männern unter lautem Gebrüll in das Haus stürmte. Gemessenen Schrittes folgten die drei Agenten den Soldaten.

Der ältere Kaufmann hatte sich im Schlafzimmer eingeschlossen, konnte jedoch schon nach wenigen Augenblicken von der Stadtgarde überwältigt werden. Die Aussichtslosigkeit seiner Lage war ihm schon in der Nacht bewusst geworden, woraufhin er innerlich mit dem Leben abgeschlossen hatte. Ein Soldat verkündete, dass zwei Leichen in einem Zimmer im Erdgeschoss aufgefunden worden seien. Ein Nicken von Seiten Adorans beantwortete den fragenden Blick des Inquisitors. Ein kurzer Wink, dann hallte der wütende Schrei Adorans durch das Haus: »Los, ihr Hunde, bringt mir das verderbte Weib des Paktierers und das Balg. Kein Mitglied dieser Familie soll dieses Haus lebend verlassen – es sei denn in Ketten!«

Ein junger Soldat kam plötzlich völlig verstört die Treppen heruntergeeilt. »Hochwürden! Wir haben im Schlafzimmer ein geöffnetes Fenster und ein Seil vorgefunden. Die Frau und das Kind sind uns entwischt!«

Von einem zum nächsten Augenblick verfärbte sich das Gesicht des Priesters und seine Stimme überschlug sich vor Zorn: »Möge Praios' Zorn euch strafen, ihr Bastarde!«

Die drei Agenten blickten sich kurz an und rannten auf die Straße zurück, Caric voran. Er kam gerade noch rechtzeitig, um eine Frau in einfachen Leinengewändern zu erkennen, die ein weinendes Kind durch die Menge der Schaulustigen zerrte.

Caric erkannte das Mädchen mit den blonden Zöpfen sofort und sein Schrei hallte die Gasse hinunter: »Im Namen der Inquisition, haltet diese Frau!«

Nach kurzem Zögern verwehrten ihr einige entschlossene Bürger den Durchgang. Sich verzweifelt nach einer Fluchtmöglichkeit umblickend, verharrte die Frau etliche Herzschläge lang, während die Soldaten sich näherten, bereit, sie einzukreisen.

Immer näher rückten sie heran, als die Frau plötzlich unter ihren weiten Rock griff und einen langen Dolch zum Vorschein brachte. Drohend schwenkte sie die Waffe von der einen Seite zur anderen.

Die Wachen wichen zurück, dann erklang ein metallisch schabendes Geräusch, als sie gleichzeitig ihre Schwerter zogen.

Caric eilte die Straße hinab und erreichte kurz darauf den Kreis der Soldaten. Seine Stimme klang fest und befehlsgewohnt: »Lasst eure Schwerter sinken, ich kümmere mich um diese Angelegenheit.«

Die Soldaten zögerten, aber ein harscher Blick des fettleibigen Korporals veranlasste sie dazu, ihre Waffen zu senken.

Quendan, Adoran und Bardor beobachteten die Szene mit einem Anflug von Sorge.

»Caric wird diese Situation meistern, Euer Gnaden, vertraut mir«, sagte Adoran bestimmt; Quendan bestätigte die Äußerung seines Vorgesetzten mit einem Nicken, woraufhin der Priester belehrend den Zeigefinger hob: »Vertrauen, mein Sohn, ist etwas Kostbares. Vertrauen in einen Menschen kann enttäuscht werden. Die Hingabe an Praios, den gerechten Herrn, jedoch ist wahrhaftig und unumstößlich. Ihm gilt mein Glaube, mein Vertrauen und meine Liebe. Vergiss das niemals, mein Sohn.«

Adoran, dem diese Predigten nicht neu waren, nickte demütig und murmelte: »Vergebt mir meine Torheit, Erleuchteter.« Mit einem überheblichen Wink tat der Priester die Entschuldigung ab und widmete seine Aufmerksamkeit wieder dem Ende der Gasse.

Caric trat vorsichtig auf die Frau zu. Sie schwenkte ihre Waffe als Reaktion auf seine Annäherung sofort in seine Richtung. »Bleibt, wo Ihr seid!«

Er hob die Hände, mit den Handflächen nach außen, um zu signalisieren, dass er sie nicht angreifen wollte. »Wie ist Euer Name?«

»Ich, äh, mein Name lautet Traviane.«

»Schön, Traviane ist ein frommer Name. Warum flieht Ihr vor den Wachen, meine Liebe?«

»Sie stürmten unser Haus, und ich hatte furchtbare Angst, da habe ich mit Morena die Flucht ergriffen. Ich schwöre, ich wusste nicht, dass Ihr es seid! Ich fürchtete, Einbrecher oder Diebe wären dreisterweise bei Tage in unser Heim eingedrungen. Bitte, Ihr müsst mir glauben!«

»Fürchtet Euch nicht. Wir wollen Euren Mann der Gerechtigkeit übergeben, denn er hat sich mit dem finsteren Borbarad verbündet. Wenn Ihr unschuldig seid, dann wird Euch kein Leid geschehen. Seht Euch an, Ihr bedroht mich hier mit einer Waffe, Eure Tochter versteckt sich angsterfüllt hinter Euch. Ich müsste fast den Eindruck gewinnen, dass auch Ihr verdorben seid. Aber das will ich nicht glauben. Eurer Tochter und Euch sollen noch viele schöne Jahre in Ehrfurcht vor den Göttern bevorstehen. Oder wollt Ihr Eurem Kind eine Zukunft verwehren? Nein, keine Mutter kann das. Ihr werdet Euch zwar verantworten müssen, aber ich verspreche Euch, dass Euch nichts geschehen wird, sofern Ihr reinen Gewissens seid.« Seine leise Stimme klang verheißungsvoll: »Hört, ich verspreche Euch, dass Euch kein Haar gekrümmt wird. Lasst uns diesen hässlichen Tag vergessen, senkt Eure Waffe und ergebt Euch.«

Gemächlich streckte er die Hand in ihre Richtung aus. Deutliche Zweifel spiegelten sich vom Grund ihrer Seele in ihren Augen. »Senkt Eure Waffe und nehmt aus meiner Hand Euer beider Leben entgegen. Ihr müsst hier nicht sterben. Für eine Begegnung mit Boron ist es noch zu früh.«

Seine blauen Augen funkelten Vertrauen erweckend, als sie den Dolch langsam sinken ließ. Zögernd ergriff sie Carics Hand, der sie sachte zu sich heranzog. Mit der Linken wand er vorsichtig die Waffe aus ihrer Faust und steckte sie in seinen breiten Gürtel.

»Begleitet nun die Wachen, sie werden Euch in Gewahrsam nehmen, bis die Verhandlung beginnt. Habt keine Angst, Ihr habt richtig gehandelt.«

Manchmal wünschte ich mir, dass mich einfach ein Blitzstrahl träfe und meiner unseligen, verlogenen und unmoralischen Existenz ein Ende setzte. Die Aussichten, dass man sie nicht mit ihrem Mann verurteilt, sind nur zu gering. Zum Wohle des Herrn Praios, höre ich Bardor von Tiefenstein schon höhnen.

Gemächlichen Schrittes schlenderte Caric zu den anderen zurück. Die beiden Agenten nickten anerkennend, wohingegen der Inquisitor das Wort ergriff: »Sehr wohl gehandelt, mein Sohn. Du hast ihr Leben gerettet, damit ihre Seele noch vor ihrem Tod geläutert werden kann. Dein Tun war segensreich und ich bin sehr zufrieden mit dir. Ich habe bereits Vorbereitungen getroffen, sodass die Verhandlung noch am heutigen Tage beginnen wird. Der Segen des Götterfürsten sei mit euch.« Erhobenen Hauptes schritt der Priester die Straße hinunter und bog um eine Ecke.

»Gut, meine Herren. Wir sehen uns zu späterer Stunde im Gericht.« Mit diesen Worten verabschiedete sich nun auch Quendan von seinen Kameraden. Caric blickte seinen vorgesetzten Offizier und Freund an: »Komm, lass uns ein zweites Frühstück einnehmen, ich habe nach den heutigen Ereignissen das Bedürfnis, noch ein paar Krüge Wein zu leeren.«

Der dunkelhaarige Offizier grinste und raunte Caric zu: »Wohl gesprochen. So gefällt mir Eigeninitiative von

Untergebenen. Komm, ich kenne eine gute Taverne hier in der Nähe.«

Gemütlich schlenderten die beiden die Straßen entlang und kehrten schließlich in eine Schenke namens *Bärenhöhle* ein. Bei einem reichhaltigen Frühstück plauderten sie über alte Zeiten und ihre gemeinsame Ausbildung bei Armee und KGIA. Der Geheimdienst hatte sich für die beiden Männer als Sprungbrett für ihre Karriere erwiesen. Doch der Dienst am Greifen hatte auch seine Schattenseiten, wie Caric immer wieder betonte. »Ich persönlich halte es für keine gute Idee, hier in Uniform herumzustolzieren, aber …«

Adoran unterbrach seinen Kameraden ungehalten: »Nicht schon wieder, Caric. Du weißt, dass diese Aktion nicht auf meinem Mist gewachsen ist. So langsam nimmt der Fanatismus unseres sehr geehrten Bardor Überhand. Ich schätze, er wird an unserem heutigen Fang ein grausiges Exempel statuieren, wobei wohl auch der Frau und dem Kind keine Gnade widerfahren wird.«

Nachdenklich nahm Adoran einen tiefen Schluck aus seinem Tonbecher. Caric schlug die Augen nieder und stützte den Kopf schwer auf die Hände. *Als hätte ich es gewusst. Und dennoch habe ich die Frau und das Kind dem Foltermeister zum Wohle der göttlichen Ordnung übergeben.*

Adoran schubste seinen Freund an, um ihn aus seinen Gedanken zu schrecken. »Ich weiß, mein Freund. Ich kann verstehen, was du fühlst, aber wir haben keine andere Wahl. Es ist unsere Bestimmung, Häretiker aufzuspüren und sie auszulöschen. Dass dabei auch eine Menge Unschuldige sterben, kümmert bedauerlicherweise nur wenige.«

Carics Blick wurde todernst: »Aber es kümmert mich! Kann der Baron denn nicht eine Aufgabe für uns finden, bei der weniger Blut an unseren Händen kleben bleibt? Ich verstehe das nicht, du etwa?«

»Nein.«

Nach einigen Augenblicken erdrückender Stille, die nur durch das Geplapper der anderen Tavernengäste aufgelockert wurde, erhob Caric wieder seine Stimme: »Sag, wie geht es deiner Angebeteten?« Sogleich zeigte sich ein zufriedenes Grinsen auf Adorans Gesicht: »Veriana und ich, wir werden bald heiraten. Ihre Eltern haben ihr Einverständnis gegeben und wir wollen noch in diesem Götterlauf den Traviabund schließen.«

Caric lachte laut auf. »He, warum hast du das nicht früher gesagt! Das ist doch ein Grund zum Feiern!« Die Hand bereits erhoben und den Ruf nach dem Schankmädchen schon auf den Lippen, wurde Caric von seinem Vorgesetzten noch einmal zurückgehalten. »Warte, wir werden das nach unserer Hochzeit noch ausgiebig begießen, glaub mir. Etwas anderes, mein Freund, aber halte dich bedeckt. Ich habe gehört, dass Bardor von Tiefenstein morgen Abend ein Bankett geben will; du wirst wahrscheinlich nachher auch noch eingeladen. Wie es scheint, wird man uns neue Aufgaben zuweisen, die von höherer Stelle kommen. Khorena von Erris soll angeblich neue Befehle für uns erhalten haben. Aber behalte dieses Gerücht für dich.«

Die Edle von Erris, einem kleinen Kaff irgendwo in Almada, war eine der gefürchtetsten Agentinnen des ehemaligen Großinquisitors. Sie war bekannt für ihre Präzision, ihre Disziplin und ihre Skrupellosigkeit. Obwohl sie in den Reihen des KGIA noch nicht bis in die höchsten Positionen aufgestiegen war, waren sich diejenigen, die die Agentin kannten, einig, dass dies wohl nur noch eine Frage der Zeit war. Außerdem spielte sie gern mit ihren männlichen Kollegen Liebesspiele; doch sie wurde ihrer Gespielen schnell überdrüssig.

»Interessant. Deine Geheimnisse sind bei mir sicher, das weißt du.« Adoran wischte sich den Mund und erhob sich, nachdem er ein paar Münzen auf den Tisch geworfen hatte. »Entschuldige mich, aber ich habe Veriana versprochen, sie von der Reisekutsche abzuholen. Wir sehen uns später.« Der schlanke Krieger verließ die Schenke, und Caric verharrte noch einige Zeit, bevor auch er aufstand und der Gaststätte den Rücken kehrte.

»Und darum ergeht im Namen von Praios, des Herrn der Gerechtigkeit, und im Namen des Reichsbehüters Brin von Gareth folgendes Urteil: Der hier Angeklagte wird der Ketzerei für schuldig befunden. Er wird noch am heutigen Tage vor Sonnenuntergang auf dem Scheiterhaufen hingerichtet. Weiterhin ergeht folgendes Urteil gegen sein Weib und sein Kind: Sie sind schuldig, mit einem Dämonenanbeter im Bunde zu stehen und seine Existenz verborgen zu haben. Hinzu kommt noch der dringende Verdacht, dass auch ihre Seelen bereits verderbt sind. Somit überantworte ich sie ebenfalls der reinigenden Kraft der Flammen, auf dass ihre Seelen im Tod geläutert und erlöst werden. Danken wir Praios, dass er uns in diesem schwierigen Prozess erleuchtet hat. Die Verhandlung ist geschlossen.«

Mit einem lauten Poltern fiel der Hammer auf das Pult und alle Anwesenden erhoben sich. Leises Gemurmel erhob sich und dazwischen war das Schluchzen der kleinen Morena und ihrer Mutter zu hören. Caric stand auf und rieb sich wie seine beiden Kameraden den Hintern, da das lange Sitzen auf diesen harten Holzbänken diesen arg strapaziert hatte.

Adorans Gesicht zeigte keinerlei Gefühle, wohingegen Quendan freudig strahlte. Er reckte sich und sagte: »Mir läuft es immer wieder kalt den Rücken hinunter bei solchen Verhandlungen. Aber umso schöner ist dieses wohlige Gefühl, wenn die Gerechtigkeit einmal mehr durch unsere Hilfe gesiegt hat.«

Dieser arme Narr, schoss es Caric durch den Kopf. *Er steht da, räkelt sich und frohlockt. Und warum? Weil wir ge-*

holfen haben, ein Kind auf den Scheiterhaufen zu zerren. Er ist wie Bardor, er hält sich für götterfürchtig, aber in Wahrheit ist er ein verblendeter Fanatiker. Der Blick für die Wirklichkeit ist für ihn trübe geworden.

Adorans Stimme schreckte Caric hoch: »Ich weiß, was du fühlst, aber denke nicht darüber nach. Wir können es nicht ändern, auch wenn es vielleicht nicht richtig ist.«

Caric nickte und folgte den beiden Agenten, die schnellstens das Gebäude verließen. Auf dem Vorplatz wartete bereits Bardor von Tiefenstein. »Ich möchte euch alle zu einer kleinen Feier heute Abend einladen. Ich habe vernommen, dass die Edle von Erris unser Gast sein wird und dass sie neue Aufgaben für euch in der Hinterhand hat. Ich gebe unumwunden zu, dass ich euch nur ungern ziehen lasse, wo wir doch so gut harmoniert haben. Aber wir wollen nicht hadern, sondern uns ehrfürchtig fügen.«

»Ja, Euer Gnaden«, hallte es aus drei Kehlen. Caric trat vor und ergriff das Wort: »Hochwürden, ich würde gern mit Euch allein sprechen.«

Der Priester warf ihm einen skeptischen Blick zu, der gleich darauf einer interessierten Miene wich. »Selbstverständlich, mein Sohn. Ich will gern deiner Stimme lauschen.«

Mit einem lässigen Wink bedeutete er den anderen zu gehen, die sich denn auch sofort mit einer knappen Verbeugung verabschiedeten. Adorans Blick suchte den Carics; der Offizier schien sagen zu wollen: ›Nein, bitte tu das nicht. Bring dich nicht in ernste Schwierigkeiten!‹ Mit sorgenschwerer Miene wandte sich der Anführer der Truppe ab und marschierte davon.

Caric hatte jetzt die unumschränkte Aufmerksamkeit des Inquisitors. Er spürte sein Herz heftig pochen und seinen Mund trocken werden. *Vielleicht ist das wirklich ein schwerer Fehler. Egal, denn jetzt ist es zu spät!*

»Hochwürden, ich möchte Euch um etwas bitten. Es ist eine eher ungewöhnliche, in Euren Augen womöglich sogar verabscheuungswürdige Bitte.«

»Nun, mein Sohn, rede frei heraus und habe keine Angst.«

Caric nahm allen Mut zusammen und sprach aus, was ihn beschäftigte: »Ich möchte Euch um das Leben des kleinen Mädchens Morena bitten.«

Die Gesichtszüge des Inquisitors verzerrten sich vor Überraschung und Unverständnis. »Vergib mir, mein Sohn, aber was verleitet dich zu einem solchen Unsinn?«

Carics Hände waren schweißnass und sein Herz raste. »Gnade ist doch eine Tugend, Hochwürden. Sicherlich kann ich nicht leugnen, dass sie aus dem Hause eines Ketzers stammt; aber sie ist doch noch ein Kind! So verdorben kann sie noch gar nicht sein. Wenn Ihr glaubt, dass man sie auf den richtigen Pfad führen soll, dann stimme ich Euch zu. Aber gebt ihr doch eine Gelegenheit, ihr Leben göttergefällig zu leben. Weist sie in eine Ordensschule ein oder macht sie zu einer Novizin der Praioskirche. Ich denke, indem man ihr Leben schont, übt man Gerechtigkeit an ihr. Sie wird für die Fehler ihres Vaters verurteilt, denn es ist viel leichter, ein Risiko aus dem Weg zu räumen, als ihm zu begegnen. Ich sage Euch, sie ist kein schlechter Mensch, nur weil ihr Vater einen Pakt mit dem Dämonenmeister geschlossen hat.«

Der Inquisitor beäugte Caric mit finsterer Miene, die Augen funkelten bedrohlich.

Es heißt, ein Inquisitor beherrscht den lodernden Blick, mit dem er in die Seele seines Gegenübers eindringen kann. Ich spüre schon deutlich ein kribbelndes Unbehagen, wenn er mich so niederstarrt. Ich fürchte, dass ich jetzt meiner Karriere ein jähes Ende bereitet habe.

Bardor holte tief Luft und hob langsam an zu sprechen: »Mein Sohn ... Ich fürchtete bereits, dass dämonische Zweifel dich überfallen hätten. Aber jetzt erkenne ich, dass dein Herz voller Güte und Gnade ist. Ich denke, du hast Recht. Wir sollten dem Kind die Gunst gewähren, sich dem Herrn Praios als würdige Dienerin zu beweisen. Ich werde mit dem Richter darüber reden. Lass mich jetzt allein.«

Caric verneigte sich demütig, drehte sich um und ging. *Wieso tut er das? Ich kann nicht glauben, dass er plötzlich von solcher Herzensgüte gepackt wurde. Nun, vielleicht ist er ja doch nicht der verblendete Eiferer, für den ich ihn stets hielt.*

Von seinem Gewissen gequält, machte Caric sich auf den Weg zum Gefängnis. Die Wachsoldatin salutierte und gewährte ihm ohne Fragen Zutritt. Er wies den Kerkermeister an, ihn zur Frau des Verurteilten zu bringen. Traviane saß zusammengekauert in einer Ecke der kleinen Zelle. Auf dem Boden war Stroh verteilt, ein Eimer stand in der Ecke und der Gestank war schier unerträglich. Das Gesicht fest in den Armen vergraben, bemerkte sie die Ankunft des Besuchers nicht.

»Traviane ...«, erklang die Stimme des Agenten leise und freundlich.

Die Frau schreckte hoch und blickte ihn aus stark geröteten Augen an. Mit einem harschen Wink bedeutete Caric dem Kerkermeister, einem kleinen aufgedunsenen Mann, die Tür zu öffnen. Quietschend schwang sie auf, und Caric setzte seinen Fuß in die Zelle. Langsam kniete er sich vor die Gefangene, bis er ihr ins Gesicht sehen konnte. »Ihr habt jetzt allen Grund, mich zu hassen. Ich habe Euch belogen und Eurem Leben ein vorzeitiges Ende bereitet.«

Ihre Stimme überschlug sich vor Zorn und Verzweiflung: »Ich arme Närrin! Wie konnte ich Euch Glauben schenken. Herr, Ihr seid ein guter Lügner und wohl auch ein Held, so Ihr doch wiederum der Gerechtigkeit zum Sieg verholfen habt.« Ihre Stimme troff vor Sarkasmus und bitterster Enttäuschung. »Ich glaubte wirklich, dass Ihr mir helfen wolltet, aber das spielt jetzt wohl keine Rolle mehr. In wenigen Stunden werde ich zum Wohle der Kirche von Euch und Euren Handlangern umgebracht und Ihr könnt Euren Sieg feiern.«

Die Worte trafen Caric schwerer als ein Faustschlag. In seinem Innern verkrampfte sich alles und ihm wurde schwindelig. *Wie Recht sie doch hat. Sie wird schon bald einen grausamen Tod sterben, und ich werde mich in einen Sessel zurücklehnen, ein Glas Wein trinken und mit meinen Freunden plaudern. Das kann nicht sein.*

»Ich verstehe Euch und erwarte von Euch keine Einsicht. Dennoch möchte ich Euch sagen, dass es mir gelungen ist, Eure Tochter vor dem Tod zu bewahren. Sie wird begnadigt und in einem Tempel ausgebildet. Das ist das Einzige, was ich tun konnte. Ich trauere bereits um Euch, jedoch habe ich auch Hoffnung in mir, denn die kleine Morena wird so die Gelegenheit erhalten, in ihrem Leben zu beweisen, dass der Tod ihrer Mutter falsch und ungerechtfertigt war.«

Caric erhob sich geschmeidig und blickte mitleidig auf das Häufchen Elend zu seinen Füßen. Traviane hatte sich wieder zusammengerollt und wurde von heftigen Weinkrämpfen geschüttelt. Behutsam legte er seine rechte Hand auf ihren Kopf und sagte mit erstickter Stimme: »Vergebt mir, wenn Ihr könnt.« Dann drehte er sich abrupt um und verließ das Gefängnis mit schnellen Schritten.

Die Sonne war schon untergegangen, als Caric sich zum Haus des Inquisitors aufmachte. Sein Weg führte ihn über den Marktplatz und vorbei am Praiostempel, wo zwei noch rauchende Scheiterhaufen von der jüngst vollzogenen Exekution zeugten. Caric schluckte schwer, als er laut hallenden Schrittes über das Pflaster des Vorplatzes lief. *Ich bete für die Seelen der beiden Verstorbenen, auf dass Boron sie in seinem Reich willkommen heißt.*

Schließlich erreichte er das geräumige Haus des Priesters. Ein Diener öffnete ihm und nahm seinen Mantel und seine Waffe entgegen.

Es war schon eine größere Gesellschaft versammelt, als Caric eintraf. Am Kopfende des langen Tisches saß Bardor von Tiefenstein, der Gastgeber. Zu seiner Rechten hatte Adoran Platz genommen. Neben dem Hauptmann saß Veriana, seine Geliebte. Die Frau mochte wohl dreißig Götterläufe zählen, hatte kurzes, schwarzes Haar und blaue Augen. Sie trug ein einfaches Kleid aus grünem Leinen und einzig eine prunkvolle Goldkette um ihren Hals verwies auf den Reichtum ihrer Familie. Wie immer war sie dezent geschminkt, und das natürliche Rot ihrer Lippen stach in ihrem eher blassen Gesicht hervor.

Neben Veriana hatte es sich Quendan bequem gemacht. Der Riese fand auf seinem Stuhl kaum genug Platz und vor ihm stand ein großer gefüllter Weinpokal. Ihm gegenüber saß der Hauptmann der Stadtwache, Boronian Garbelsbrunn. Er hatte augenscheinlich sein bestes Wams angezogen und seinen Schnauzbart feinst gezwirbelt. Sein dunkelblondes Haar zeigte, besonders an den Schläfen, erste graue Haare. Er galt als ein inniger Anhänger des Inquisitors und unterstützte seinen Freund bei allen Gelegenheiten. Die anderen beiden Stühle waren noch leer.

Gemessenen Schrittes trat Caric heran und begrüßte die Anwesenden. Der Aufforderung, Platz zu nehmen, kam der Neuankömmling schnell nach und setzte sich neben den Hauptmann der Garde. Ein Diener schenkte Caric unverzüglich Wein in einen schweren Goldpokal ein, und Bardor forderte ihn auf, sich zu bedienen. Der Duft von Schweinebraten und frischem Brot stieg Caric in die Nase, und ein Rumoren seines Magens machte ihn darauf aufmerksam, dass er seit dem Morgen nichts mehr gegessen hatte. Veriana lächelte ihn an und nahm einen Schluck aus ihrem Pokal. »Caric, du bist natürlich auch herzlich zu unserer Hochzeit eingeladen. Ich möchte dich nicht missen.«

Caric erwiderte ihr Lächeln und dachte zurück an die Zeit, in der sie sich kennen gelernt hatten. Vor knapp drei Jahren waren sie sich zum ersten Mal begegnet. *Ich wunderte mich schon, was eine wohlhabende Tochter aus reichem und angesehenem Hause auf einem Übungsplatz des Militärs zu suchen hatte. Ich erinnere mich noch an das schüchterne Lächeln in ihrem Gesicht, als sie mir erklärte, dass sie ihren Bruder hergeleitet hätte, da dieser sich melden wolle. Obwohl es nicht unbedingt zu meinen Aufgaben gehörte, füllte ich die Formulare aus und lud sie anschließend auf einen Umtrunk ein. Nach einer Weile der Plauderei stellte ich sie meinen Kameraden vor, und zwischen ihr und Adoran hat es gleich gefunkt. Na, wir drei hatten eine gute Zeit zusammen, und ich bin glücklich, dass Adoran und Veriana mich als ihren Freund betrachten.*

»Sicherlich werde ich kommen. Diese Feier kann ich mir doch nicht entgehen lassen. Habt ihr denn schon festgelegt, wann ihr heiraten wollt?«

Adoran lehnte sich vor und griff nach einem Stück Brot. »Nein, leider weiß ich nicht, was mir der heutige Abend für Überraschungen bringen wird. Darum werden wir wohl noch warten müssen.«

Caric nickte. »Ich verstehe. Ich hoffe für euch beide, dass es kein langwieriges Unterfangen wird, bei dem wir viel umherreisen müssen.«

Quendan schüttelte leicht gereizt den Kopf. »Bei den Göttern! Das klingt ja so, als würden wir auf eine jahrelange Pilgerfahrt geschickt.« Er stellte seinen Pokal ab und drehte sich mit einem höhnischen Grinsen zu Adoran: »Du kannst sie ja in der Zwischenzeit im Traviatempel einquartieren, um dich ihrer Treue zu versichern.«

Das laute, polternde Lachen des großen Mannes hallte durch den Raum, und es schien ganz so, als könne er sich gar nicht mehr beruhigen.

Mit einem Mal war Adoran aufgesprungen, der Stuhl fiel rumpelnd zu Boden. Das Lachen wich augenblicklich einer gespannten Stille.

Ich kenne Adoran schon lange. Er ist ein Mann, der durchaus einen Sinn für Humor hat. Doch wenn er seinen Stolz verletzt sieht oder jemand es wagt, einen Menschen anzugreifen, der ihm etwas bedeutet, so kann er sehr ungemütlich werden.

Adorans Augen funkelten bedrohlich und eiskalt. Quendan erhob sich gemächlich und blickte herausfordernd auf seinen Offizier herab. In diesem Augenblick sprang auch Bardor auf und rief beide zur Ordnung. »In Praios Namen! Setzt euch sofort wieder hin! Alle beide! Ich dulde keine Streitigkeiten in meinem Hause. Quendan, du wirst dich entschuldigen! Sofort!« Zornesröte stand dem Inquisitor im Gesicht, und jedermann war klar, dass er keine Ausflüchte dulden würde. Quendan setzte sich und brummelte eine förmliche Entschuldigung. Adoran hob seinen Stuhl auf und nahm ebenfalls wieder Platz. Veriana streichelte seine Hand, drehte sein Gesicht zu sich und küsste ihn sanft auf den Mund. Adorans Züge entspannten sich und auch Caric schnaufte erleichtert. Um die Atmosphäre ein wenig aufzulockern, erkundigte er sich nach der Ankunft der Edlen. Bardors Augen verengten sich zu Schlitzen und er verkündete mit leiser Stimme: »Die Edle von Erris dürfte wohl in der nächsten halben Stunde hier eintreffen.«

Fortan herrschte eine gedrückte Stimmung bei Tisch und es wollte keine rechte Unterhaltung mehr aufkommen. Doch endlich klopfte es an der Tür, und der Bedienstete öffnete sie eilig, um den Neuankömmling hereinzulassen.

Die Edle war eine beeindruckende Frau. Knapp neun Spann groß, mit langem braunem Haar, das sie zu einem Zopf geflochten trug, und braunen Augen. Ihre Statur konnte man eher als geschmeidig denn als muskulös bezeichnen. Dennoch war sie sehr stark und im Kampf eine nicht zu unterschätzende Gegnerin. An diesem Abend trug sie eine wildlederne Reithose, schwere Stiefel und ein weißes Wams. An ihrer Seite hing ein Langschwert; die Sporen klapperten bei jedem ihrer Schritte.

Sie verneigte sich leicht vor den Anwesenden und hob zu einer Begrüßung an. »Praios zum Gruße, meine sehr verehrten Freunde. Es freut mich, Euch alle so wohlauf zu sehen.«

Der Inquisitor erhob sich und wies auf den freien Stuhl. »Nehmt doch bitte Platz, Edle von Erris, und genießt, was ich Euch an Gaumenfreuden zu bieten habe.«

Nachdem Khorena ihre Waffe einem der Diener übergeben hatte, setzte sie sich neben Caric. Lässig wischte sie eine Strähne aus der Stirn und schenkte ihm ein aufreizendes Lächeln. Caric lächelte artig zurück, machte sich aber seine Gedanken. *Dieses Lächeln lässt das Schlimmste befürchten. Entweder führt sie etwas im Schilde … oder sollte sie tatsächlich gute Neuigkeiten haben?*

Der Inquisitor erhob sich erneut, verkündete, dass er nun noch eine Spätmesse zu lesen habe, und verließ seine Gäste. Auf dieses Signal hin verabschiedete sich auch der Kommandant der Stadtwache mit der Entschuldigung, ihn erwarte am nächsten Tag viel Arbeit.

Adoran streichelte zärtlich über Verianas kurzes Haar und flüsterte ihr zu: »Lass uns bitte allein, mein Schatz.«

Müde lächelnd verabschiedete sich auch Veriana – mit Sorgenfalten auf der Stirn.

Caric widmete seine gesamte Aufmerksamkeit der Edlen, die sich entspannt zurückgelehnt hatte.

»So, meine Herren, ich habe eine wirklich gute Nachricht für Euch. Eure Tage als Hexenjäger und Handlanger eines fanatischen Priesters sind abgelaufen. Ihr seid zu weitaus mehr ausgebildet worden. Dexter Nemrod hat mich befragt, welche meiner Agenten befähigt sind, eine solch schwierige Mission durchzuführen. Ich nannte Eure Namen, in der Überzeugung, dass Ihr mich nicht enttäuschen werdet.« Aus ihrem Wams zog sie einen Umschlag sowie ein kleines Päckchen und überreichte beides Adoran. »Dies ist wie immer der exakte Wortlaut Eurer Befehle. Was unbedingt nötig zu wissen ist, werde ich Euch jetzt mitteilen. Den Rest wird Adoran zu gegebener Zeit erklären.

Ihr werdet ins Horasreich reisen. Aus sicherer Quelle haben wir erfahren, dass sich der dortige Granduco Laserian di Mestilio Cavalese al Escobar mit Borbarad verschworen hat. Es dürfte Euch bekannt sein, dass viele mächtige Männer dem Einfluss des Unholds erlegen sind. Um nur ein Beispiel zu nennen, möchte ich in diesem Zusammenhang auf Helme Haffax verweisen.«

Caric unterbrach Khorenas Rede. »Verzeiht, aber wieso mischen wir uns dort ein? Es dürfte doch genügen, wenn wir die entsprechenden Beweise einfach an das Horasreich übergeben und so dem schändlichen Treiben des Granduco eine Ende setzen.«

Khorena sah Caric mit ernstem Gesicht an und fuhr fort: »Das ist sicherlich richtig. Jedoch scheitert Euer Vorschlag bereits an den Beweisen. Wir haben nämlich keine. Ich sagte, wir haben diese Information zwar aus sicherer Hand, jedoch möchte der Spitzel seine Identität nicht preisgeben, was durchaus verständlich ist. Euer Ziel muss es sein, Beweise für unsere Verdächtigungen zu finden. Aus diesen Beweisen können wir dann erhebliches Kapital schlagen. Laserian di Mestilio ist nicht einfach ein hochrangiger Adeliger, meine Herren, nein, er ist der erste Rat und persönliche Berater der Kaiserin im Kommerzien- und Handelsrat, was bedeutet, dass diese Beweise nicht nur den Granduco zum Tode verurteilen, sondern einen Skandal auslösen werden, der das ganze Reich erschüttern wird. Denn was ist das für ein Reich, in welchem die engsten Vertrauten der Herrscherin sich mit Dämonenpaktierern einlassen? Die Horas wird niemals zulassen, dass solche Fakten an die Öffentlichkeit dringen. Sie würde allenfalls Zugeständnisse machen, die von Vorteil wären, sowohl für das Mittelreich als auch für die Praioskirche.

Zu gegebener Zeit wird man ihr eine Petition überreichen, die unsere Vorschläge darlegt. Das ist eigentlich alles.

Ich habe hier noch für jeden von Euch einen Satz gefälschter Papiere, die Eurer Tarnidentität entsprechen. Ihr werdet im Horasreich als tobrische Gesandtschaft auftreten, die um Hilfe gegen den Unheiligen bittet.

Um euch Zugang zu den gesellschaftlichen Kreisen des Adels zu gewähren, werdet Ihr Euch als Männer von Stand ausgeben. Auf offiziellen Kanälen wurde Eure Ankunft den Horasiern bereits gemeldet. Ihr seid schon zu mehreren Hofbällen eingeladen, auch zu einem Fest des Granduco di Mestilio. Er residiert in der Hauptstadt Vinsalt, eine Anreise über Land dürfte wohl der schnellste Weg sein.«

Adoran leckte sich die Lippen und meinte dann fröhlich: »Bei den Zwölfen, dass klingt endlich einmal nach einer wirklich wichtigen Mission. Wir sind, so denke ich, absolut in der Lage, diesen Auftrag durchzuführen.«

Quendans Stimme klang verächtlich, als er losschnaubte: »Ha! Selbstverständlich sind wir das! Praios ist mit uns, wer soll dann noch wider uns sein?«

Caric schäumte vor Wut. Er holte aus und versetzte dem Krieger eine schallende Ohrfeige, die dessen Lachen jäh unterbrach. »Du Narr!«, schrie er, »glaubst du, das Horasreich erlaubt es ausländischen Spionen, seine Politik zu beeinflussen, wie es ihnen in den Sinn kommt?«

Der große Krieger wollte schon zu einer lautstarken Antwort ansetzten, als Khorena ihm zuvorkam. »Richtig. Unterschätzt nur nicht die Gefahr, die von den Horasiern ausgeht. Diese Mission ist extrem schwierig zu erfüllen. Sie verlangt Gewitztheit, kluges Vorgehen und eine Menge Fingerspitzengefühl von Euch, nicht bloß Übermut, Stärke und blindes Göttervertrauen. Caric hat vollkommen Recht, denn Ihr müsst mit äußerster Vorsicht vorgehen, wenn Ihr Erfolg haben wollt.«

All diese Punkte mögen im Hinblick auf Adoran und mich erfüllbar sein, aber Quendan ist ein Risiko bei diesem Auftrag. Er wird uns alle scheitern lassen, wenn wir nicht aufmerksam vorgehen und ihn im Auge behalten.

Khorena holte eine Tasche, die sie im Flur gelassen hatte, und übergab jedem eine Akte. Diese Akten enthielten alles Wissenswerte über die neuen Identitäten der KGIA-Spione. Die Edle packte ihre Sachen wieder zusammen und warf noch einen Blick in die Runde. »Es versteht sich, dass Ihr mit niemandem über das redet, was hier besprochen wurde. Ich wünsche Euch den Segen der Götter und viel Phex, für den Fall, dass Ihr es braucht.« Sie nickte noch einmal entschlossen und verließ das Zimmer.

Stille füllte den Raum und die drei Männer blickten sich zweifelnd an. Carics Gedanken jedoch erfüllten ihn mit ein wenig Zuversicht. *Endlich hat es den Anschein, als könnte ich wirklich etwas tun, was meinem Land und meinem Glauben dient. Es sieht gut aus, und ich bete, dass wir diesmal nur Schuldige bestrafen. Denn noch einmal einen Menschen reinen Gewissens zu verdammen und zu ermorden, das darf nicht sein! Nie mehr!*

Kapitel 4

Heute war ihr großer Tag. Sharielle di Jazayeri feierte ihr zweiunddreißigstes Tsafest und ihre luxuriöse Villa quoll schier über vor erlesenen Gästen. Kapitan Ferio ya Derezza, ein angesehener Offizier der Horasgarde, war eigens angereist, und auch Esquirio Beregand de Marvaillé, ein junger Adeliger, dessen Vater ein großer Anteil einer Kusliker Schiffswerft gehörte, hatte seinem Stadtpalais für diesen Abend den Rücken gekehrt. Es war wirklich ein prächtiger Tag, Praios sandte schon seit dem Morgen eifrig seine Strahlen herab und draußen war das fröhliche Zwitschern der Vögel zu hören. Sharielle genoss das Leben in vollen Zügen, hatte sie doch dem horasischen Geheimdienst vor zwei Jahren den Rücken gekehrt und eine Stellung im Konsulat für außenpolitische Fragen angenommen. Sie war eine fähige Diplomatin, die ihr Land schon oft in der Fremde erfolgreich vertreten hatte. Doch es gab jemand in ihrem Leben, den sie nicht mit ihrer gefährlichen Arbeit beim Adlerorden – dem Beamtenbund des Horasreiches, der Ordnungskraft, Anwaltsvereinigung und Geheimpolizei in einem war – belasten wollte. Ihre Fähigkeiten kamen auch in ihrer jetzigen Beschäftigung voll zum Tragen, und sie war erleichtert, dass sie nun ein ruhiges Leben mit ihrer großen Liebe führen konnte. Genau genommen war ihr Schatz die einzige Person, die sich noch nicht hatte blicken lassen. Die Feier war schon seit einigen Stunden im Gange, doch noch fehlte jede Spur von ihrem Sonnenschein.

Sharielle hatte sich in den Salon zurückgezogen, um einen Blick auf ihre Geschenke zu werfen. Draußen im Garten waren ihre Gäste bei bester Stimmung; es wurde gelacht, getrunken und eine kleine Kapelle sorgte für musikalische Untermalung. Seufzend sank Sharielle in einen Polstersessel und sah sich das erste Geschenk an: eine unglaublich teure Spieluhr aus Gold. In ihrer Mitte war ein gekrönter Horasadler zu sehen, der sich im Kreis drehte, wenn man die Uhr betätigte. Leise erklang die Nationalhymne des Lieblichen Feldes und Sharielle ließ vor Kichern fast das teure Stück zu Boden fallen. *Ewig dieser nationalistische Tand! Ich bin doch kein Kind, dem man mit Spielzeug einbläuen muss, dass das Horasreich etwas Wunderbares ist. O je, wenn der edle Spender wüsste, wie sehr ich mich über sein peinliches Geschenk amüsiere, wäre er gewiss pikiert. Ein solcher Affront gehört sich nicht.*

Sicherlich war es vonnöten, die Form zu wahren, doch manchmal konnte Sharielle nicht anders, als über die allgegenwärtige Scharade zu lachen.

Das zweite Geschenk war ein feines Holzkästchen, in welchem sich allerlei kosmetische Tinkturen und Gerätschaften befanden. Sharielle entfuhr ein leises »Bei Rahja, wie wundervoll!«. Sie zog einen mit Edelsteinen besetzten Handspiegel heraus und blickte hinein. *Ein göttergefälliges Geschenk!* Ein weiteres Kichern ertönte. *Immerhin ist es bereits der zwölfte Handspiegel, der in meinen Besitz gelangt.*

Ihr Spiegelbild zeigte eine Frau mit langem hellblondem Haar und grünen Augen. Feine Linien zeichneten ihre Mundwinkel nach, wenn sie lachte. Tief seufzend legte sie den Spiegel zur Seite und sah sich nach etwas Interessanterem um; da klopfte es an der Tür und ein älterer Diener in schmucker blauer Livree trat ein. »Vergebt mir, edle Dame. Im Rauchsalon erwartet Euch jemand, der Euch zu Eurem Tsafest zu gratulieren wünscht.«

Sharielle sprang auf, soweit ihr paillettenbesetztes Brokatkleid dies zuließ, und neugierig wie immer sprudelte es aus ihr heraus: »Wer ist es? Nun sag schon, Bertrand!«

Der ältere Diener nahm sein Monokel mit zwei Fingerspitzen, setzte es auf das rechte Auge, und nachdem er distinguiert blinzelnd die Sicht geprüft hatte, antwortete er in näselndem Tonfall: »Verzeiht mir bitte vielmals, Cavalliera, aber man hat mich ausdrücklich ermahnt, die Identität des Gratulanten diskret zu behandeln. Geht hin und lasst Euch überraschen.«

Der Diener schloss hinter der Adeligen die Tür und widmete seine Aufmerksamkeit wieder den Vorgängen auf der Terrasse und im Garten. Schließlich musste ja jemand beaufsichtigen, dass der Bosparanjer richtig gekühlt und ausgeschenkt wurde.

Frohen Mutes eilte Sharielle durch den langen Flur und riss erwartungsvoll die Tür zum Rauchsalon auf. Sie stürmte förmlich hinein und erblickte lediglich den runden Tisch aus Mahagoniholz und die zwei leeren Ohrensessel daneben. Trotzig stemmte sie die Hände in die Hüften und wollte gerade erbost nach Bertrand schreien, der sich offenbar einen Spaß mit ihr erlaubt hatte, als ihr jemand von hinten die Hände auf die Augen legte. Sie spürte die schlanken, kühlen Finger, die sanft auf ihre Augenlider drückten. Spontan schnupperte sie und der Duft eines frischen Parfums stieg ihr in die Nase. Sie spürte ein kühles Lippenpaar auf ihrem Hals und eine Flüsterstimme am Ohr. »Ich wünsche meinem Schatz alles Gute zu seinem heutigen Geburtstag. Auf dass diesem Tag noch viele genauso heitere folgen mögen.«

Die Finger glitten von ihrem Gesicht, doch Sharielle

hielt die Augen weiterhin geschlossen und spürte einen zärtlichen Kuss, als sich seidige Lippen auf ihren Mund drückten. Eine wohlige Wärme durchflutete ihren Körper, bis sie ein Kitzeln in der Nase verspürte und sich widerstrebend von den weichen Lippen löste. Bedächtig hob sie die Lider und blickte in die smaragdgrünen Augen, die ihr so unendlich viel bedeuteten. Sie sah in das schmale Gesicht, welches so viel Liebe und Freude ausdrücken konnte, das Gesicht einer dunkelhaarigen Frau.

Sanna war vor einigen Monden siebenundzwanzig geworden. Etwas kleiner als Sharielle, trug sie ihr dunkelbraunes Haar meist zu einem Pferdeschwanz gebunden. Sie bevorzugte Hosen und eher schlichte Gewänder, ganz im Gegensatz zu den aufwändigen Roben, für die das Horasreich bekannt war.

Sharielle fasste ihre Freundin bei der Hand und zog sie zu sich heran. »Wo hast du denn den ganzen Tag gesteckt? Ich dachte schon, du wolltest dich drücken.«

Sanna lachte laut auf und ihre helle Stimme hallte durch den hohen Salon. »Wie kommst du denn darauf? Ich halte es für keine besonders charmante Idee, einfach deinen Geburtstag zu ignorieren. Aber um deine Frage zu beantworten, ich habe mich ein wenig in der Stadt herumgetrieben. Und heute Morgen habe ich mit ein paar guten Bekannten eine interessante politische Diskussion geführt, bei einem leichten Frühstück, versteht sich.«

Sharielles Züge verfinsterten sich von einem zum nächsten Augenblick. »Sanna, ich habe dir doch gesagt, dass es gefährlich ist, sich mit diesen Leuten zu treffen. Der Bund der Freidenker ist eine eher suspekte Gemeinschaft und das weißt du auch.«

Sanna nahm sofort eine Abwehrhaltung ein. »Ich habe doch noch überhaupt nicht gesagt, mit welchen Leuten ich mich heute getroffen habe! Warum glaubst du eigentlich immer zu wissen, wann ich dir etwas vorenthalte?«

Sharielles Züge wurden weich. »Ich kenne dich einfach, und wenn ich in deine Augen sehe, kann ich darin lesen, dass du heute ein Treffen mit deinen liberalen Freunden abgehalten hast.« Ein triumphierendes Lächeln stahl sich auf ihr Gesicht.

Sanna, immer noch aufgebracht, setzte zum Gegenschlag an. »Aber du …«, dann hielt sie inne und lächelte verschmitzt: »Du hast Recht. Ich gebe auf. Komm schon, lass uns heute nicht streiten, dafür ist der Tag viel zu schön! Ich habe dein Geschenk in unser Schlafzimmer gebracht, und ich möchte es dir später zeigen, wenn wir allein sind.« Sanna nahm das Band aus ihrem Haar, um den Pferdeschwanz neu zu richten, und folgte Sharielle zurück in den Garten.

Sharielle machte sich oft Sorgen über Sanna und darüber, wie andere, angesehene Leute über sie dachten. *Wenn ich nicht so bekannt und einflussreich wäre, dann hätten wir in diesem Tollhaus keine Möglichkeit, glücklich zu werden. Viele missbilligen meine Liebe zu ihr und würden es lieber sehen, wenn eine Frau mit meiner Macht und meinen Mitteln einen Mann von gleichem Format ehelichte. Aber stattdessen bevorzuge ich ein Mädchen, dessen Vergangenheit hier niemandem bekannt ist, was auch gut so ist. Wir haben das unverschämte Glück, dass meine Position uns beide beschützt. Sollte jedoch der Tag kommen, an dem ich uns nicht mehr schützen kann … Nein, ich höre lieber auf, darüber nachzudenken.*

Hand in Hand betraten die beiden Frauen die Terrasse und gesellten sich zu den anderen Gästen, die die Feier in vollen Zügen genossen.

Langsam und bedächtig senkte sich die Praiosscheibe dem Horizont entgegen. Die Gäste waren nun schon seit einer halben Stunde fort, nur Sharielle und Sanna saßen noch im Garten auf einer weiß getünchten Bank. Die Hausherrin war von den Feierlichkeiten sichtlich erschöpft, und ihr Kopf ruhte in Sannas Schoß, die die Beine ausgestreckt und es sich bequem gemacht hatte. Ihre linke Hand spielte unbewusst mit Sharielles goldenen Locken. Die Diplomatin genoss dies offensichtlich und seufzte wohlig auf.

»Sharielle?«

»Ja?« Sharielle richtete sich mühselig auf und blickte ihrer Geliebten in die Augen.

»Bist du hier wirklich glücklich mit mir und den Kindern?«

Ja, da sind noch die Kinder. Schließlich habe ich mich bereit erklärt, die Kinder meines Bruders bei mir aufzunehmen, nachdem er durch einen Reitunfall ums Leben gekommen ist. Sion, ein aufgeweckter Bursche von dreizehn Lenzen, und Madanne, ein junges Fräulein von mittlerweile immerhin sechzehn Götterläufen. Eigentlich müssten wir alle glücklich sein, gerade jetzt, wo mit Sanna endlich jemand ins Haus gekommen ist, den ich unendlich liebe. Warum kann sich Madanne nur nicht mit Sanna anfreunden? Zwischen den beiden knistert es immer. Vielleicht liegt das einfach daran, dass Sanna gerade einmal zehn Götterläufe älter ist. Ich weiß es nicht. Ich weiß auch nicht, ob es die richtige Entscheidung war, aber ich hoffe es.

»Sanna, wieso fragst du mich das? Du weißt doch sehr genau, dass ich mit dir glücklich bin. Mein Leben wäre ohne dich Ödnis und Langeweile.«

Ein kurzer Augenblick der Stille ließ wieder das Zwitschern der Vögel in den Vordergrund treten. Die Praiosscheibe war inzwischen fast vollständig versunken und ein leichter, erfrischender Windhauch fuhr durch Haar und Kleidung der Frauen. Sharielle runzelte besorgt die Stirn und nahm die Hand ihrer Freundin. »Da steckt doch mehr dahinter, oder?« Ihre Stimme war zu einem Wispern gedämpft und klang ehrlich besorgt.

Sanna leckte sich die trockenen Lippen und räusperte sich verlegen. Sanft streichelte sie Shariellès Hand.

Sanna glaubt, dass die Hände eines Menschen auch der Sitz seiner Seele sind, zusammen mit seinem Herzen. Denn in dem, was er mit den Händen tut, spiegelt sich deutlich sein Charakter, sein Innerstes, ja seine Seele. Eine eigenartige und, wenn man strikt dem Brevier der Zwölfgöttergläubigen folgt, eher unorthodoxe Auffassung. Sicherlich klingt das seltsam, aber ich denke, sie hat nicht ganz Unrecht.

Sanna räusperte sich erneut und brachte endlich den Mut auf, mit leiser Stimme zu sprechen. »Es ist die Art, wie sie mich ansehen, deine wohlgeborenen und betuchten Gäste. Sie sehen in mir nichts weiter als ein durchtriebenes Ding, das einen Moment der Schwäche von dir ausnutzte und es sich jetzt auf deine Kosten gut gehen lässt. Sie respektieren zwar meine Manieren und meinen geschulten Umgangston, aber ich kann ihre Verachtung spüren. Sie ist allgegenwärtig und beinahe erdrückend. Vielleicht bilde ich mir das auch nur ein, aber ...«

»O nein, du hast leider Recht. Die meisten meiner Bekannten und so genannten Freunde tragen ihre Intoleranz und ihre Arroganz so deutlich wie eine juwelenbesetzte Krone mit sich herum. Ihre schmeichelnden Lügen und ihre Allüren widern mich an. In unserem angeblich so fortschrittlichen Land wird getratscht, getuschelt und intrigiert. Du hast Recht, es ist äußerst erniedrigend für dich und auch für mich.« Behutsam fuhr Sharielle mit dem Daumen ihrer rechten Hand über die Lippen Sannas. Ein weiterer Windhauch plusterte ihr Kleid auf.

»Aber all diese Gemeinheiten und Unwegsamkeiten dürfen für uns kein Hindernis sein, weder heute noch in Zukunft«, sagte sie und hob ihren Kopf, um ihre Geliebte zu küssen.

In diesem Augenblick wurde ihre romantische Zweisamkeit jäh von der tiefen Stimme Bertrands zerrissen.

Der Diener stand einige Schritte entfernt an der Hecke und räusperte sich. »Vergebt mir bitte vielmals, meine Damen, aber ein weiterer Besucher wünscht Euch zu sehen, Cavalliera.«

Leicht entnervt blickte die Adelige auf und fragte nach dem Besucher. »Es ist Pherion di Avona, Herrin.«

Bei allen Göttern! Der Generaladvokat Ihrer horaskaiserlichen Majestät, der zugleich eine nicht zu unterschätzende Position im Geheimrat der Kaiserin einnimmt. Das klingt nach alten Zeiten und einer Menge Ärger.

Sharielle erhob sich und machte sich auf den Weg in die Bibliothek, wo sie mit Würdenträgern zu sprechen pflegte. Sanna folgte ihr in kurzem Abstand, unschlüssig, ob sie der Besprechung beiwohnen sollte oder dürfte.

Die Hausherrin betrat die Bibliothek, und nachdem Sanna flink wie eine Katze hineingehuscht war, schloss sie leise die Tür. Ihre Schritte waren auf dem mit tulamidischen Teppichen ausgelegten Boden nur als sachtes Rascheln zu vernehmen. Mehrere große Holzregale standen an der Ostwand des Raumes und bargen Folianten und Quartbände, die Generationen von Familienmitgliedern zusammengetragen hatten. Die Auswahl war beachtlich, auch wenn Sharielle sich eingestehen musste, dass sie noch nicht einmal einen Bruchteil der hier gesammelten Bücher gelesen hatte.

An der Westwand hing ein Porträt ihres Urgroßvaters Perhan di Jazayeri, der dieses Anwesen vor unzähligen Jahren hatte errichten lassen. Es zeigte einen breit gebauten Mann in Uniform mit Backenbart und Pfeife, der auf der Brücke eines Schiffes posierte. Sharielles Blick streifte das Bildnis kurz, bevor er sich auf den Besucher heftete.

Pherion di Avona war ein mittelgroßer, schlanker Mann, der schon über vierzig Götterläufe erlebt hatte.

Sein bräunliches Haar reichte ihm bis auf die Schultern und seine dunklen Augen blitzten stets aufmerksam und wissbegierig. Er trug schwarze Kleidung: eine Leinenhose, polierte Schuhe, einen weiten Mantel und einen hohen Hut. In der linken Hand führte er einen leichten Koffer mit sich, wohingegen die Rechte einen Spazierstock aus Ebenholz umklammerte, an dessen Ende sich ein goldener Horasadler befand. Er stellte den Koffer ab, legte den Stock daneben und nahm den Hut ab, um ihn in einer tiefen Verbeugung zu schwenken. Dann platzierte er das gute Stück auf seinem Koffer und wünschte den beiden Damen einen angenehmen Abend.

Dankend nahm Sharielle die guten Wünsche des Advokaten entgegen, während sie auf einen bequemen Sessel wies: »Ich bitte Euch, nehmt doch Platz, ehrenwerter Herr. Kann ich Euch eine Erfrischung reichen lassen? Vielleicht ein Glas Bosparanjer oder ein paar saftige Früchte?«

Pherion nahm Platz und hob abwehrend die Hände. »Ich bin Euch ob Eurer Gastfreundschaft zu tausendfachem Dank verpflichtet, Cavalliera, aber ich muss dennoch ablehnen. Nichts für ungut, meine Liebe.«

Sanna hatte sich in der Nähe der Tür gehalten und stand reglos da, mit versteinerter Miene, die Arme verschränkt, die Lippen fest aufeinander gepresst. Bang harrte sie auf den Moment, in dem der Beamte sie auffordern würde, den Raum zu verlassen.

Pherion räusperte sich deutlich und zeigte vage in Richtung der schlanken Dunkelhaarigen. »Nun, Cavalliera, es ist Eure Entscheidung. Ich würde es begrüßen, wenn wir dieses Gespräch unter vier Augen fortsetzen könnten. Wen Ihr ins Vertrauen zieht, bleibt jedoch selbstverständlich Euch überlassen, vorausgesetzt es entsteht dadurch kein übermäßiges Risiko.«

Sharielle dachte einen Augenblick lang nach und entschied dann: »Nein, ob sie jetzt hört, was Ihr zu sagen habt, oder ob ich nachher mit ihr darüber spreche, das bleibt sich gleich.«

Sannas Mundwinkel zuckten kurz bei diesem Vertrauensbeweis und langsam entspannte sich ihr Körper ein wenig. Nur eine innere Unruhe und die gerunzelte Stirn verrieten ihr Misstrauen.

Die Stimme des Mannes durchschnitt die Stille wie ein scharfes Messer. »Wie Ihr wünscht. Setzt Euch doch, Sharielle, es könnte sein, dass diese Angelegenheit ein wenig Zeit in Anspruch nimmt.«

Nachdem sie sich in einen der Sessel hatte sinken lassen, richtete sie ihre gesamte Aufmerksamkeit auf die Worte des Agenten. »Unsere Spione haben uns wissen lassen, dass unsere Verbündeten aus dem Mittelreich wieder verstärkt bei uns aktiv werden wollen. Wir haben nur grobe Informationen erhalten, eine detaillierte Darlegung von Fakten ist mir leider zum jetzigen Zeitpunkt nicht möglich. Ich kann lediglich anfügen, dass sich die Aktivitäten der Neureicher auf einen Mann namens Laserian di Mestilio beziehen. Ich nehme an, Ihr kennt den Granduco?«

Sicherlich, wer kennt den ersten Rat des Kommerzienausschusses nicht? Sharielle nickte ein wenig unwillig. »Allerdings. Er ist ein bedeutender Mann, dessen Einfluss auf die Wirtschaftspolitik unseres Landes sehr groß ist. Außerdem vertraut ihm die Kaiserin und er steht bei Hofe in der Gunst der Mächtigsten. Habt Ihr eine Vorstellung davon, was die Mittelländer von ihm wollen?«

Unruhig rutschte der Mann in seinem Sessel hin und her. »Nun, in der letzten Geheimratssitzung wurden mehrere vage Vermutungen geäußert. Von einem Attentat über Bestechung bis hin zu geheimer Kooperation mit dem Reichsbehüter wurde alles in den Raum geworfen, was der Einfallsreichtum unserer Kollegen hergab. Wie Euch bekannt sein dürfte, hat ein Mann in der

Position des Granduco viele ebenfalls mächtige Kontrahenten.«

Sharielle schluckte und spürte, wie ihr Mund langsam austrocknete. *Bei einer waghalsigen Mission mit solch enormer Tragweite bietet die KGIA bestimmt nur die Elite auf. Ich fürchte, di Avona verlangt von mir, mich mit ihnen in einem tödlichen Wettstreit zu messen. Wenn ich mich nicht vorsehe, könnte dies meine letzte Tat im Namen der Horas sein.* »Und was genau wünscht der Geheimrat der Kaiserin von mir?« Sharielle reckte den Kopf stolz nach oben und erwartete gespannt di Avonas Antwort.

»Man bittet Euch demütig, die Diener des Reichsbehüters aufzuspüren, Beweise für ihre Umtriebe zu erbringen und sie auszuschalten.« Pherion richtete sich im Sitzen auf und machte mit seinen Händen eine abwehrende Geste. »Sicher, ich weiß, was ich da von Euch verlange, ist ungeheuerlich und zudem mehr als gefährlich. Aber Ihr könnt Euch der Unterstützung des Adlerordens, des Geheimrates und der Armee sicher sein. Man vertraut das Schicksal eines angesehenen Mannes Euren kompetenten Händen an. Denkt darüber nach, Cavalliera, jedoch tut dies bitte schnell. Ich erwarte eine Antwort am morgigen Tag zur gleichen Stunde.«

Flink erhob sich der Generaladvokat und nahm Hut, Koffer und Spazierstock wieder auf. »Bedenkt, der Dank Ihrer Kaiserlichen Majestät wäre Euch gewiss.« Sein eiskalter Blick glitt an Sharielle vorbei und heftete sich auf die unbeteiligte Sanna, die nach wie vor mit verschränkten Armen am Eingang der Bibliothek stand. »Entschuldigt mich, Cavalliera. Ich muss die Beweislage eines anstehenden Prozesses gegen einen maraskanischen Attentäter noch einmal prüfen. Wie Ihr wisst, bin ich gern präzise und erfolgreich. Einen wunderschönen guten Abend wünsche ich den beiden Damen weiterhin.« Mit einem schwer deutbaren Lächeln nickte er Sanna beim Verlassen des Raumes zu. Leise waren noch die Abschiedsworte dem Diener gegenüber zu vernehmen, bevor dieser die Haustür hinter dem Besucher schloss.

Sharielle saß noch immer regungslos und schwer brütend in ihrem Sessel. Unterbewusst hatte sie das rechte Bein angezogen, sodass ihr Unterschenkel jetzt auf der Armlehne ruhte. Sanna entspannte sich völlig und überwand die Distanz zu ihrer Geliebten mit schnellen Schritten. Ein Blick in Sharielles Gesicht machte ihr unmittelbar klar, dass diese momentan mit den Gedanken sehr weit entfernt war.

So wie ein Adler, der bedächtig seine Kreise über dem weiten Land zieht und mit scharfem Augenmaß bereits gnadenlos seine Beute fixiert hat.

»Sharielle?« Sannas Stimme war manchmal so zärtlich und gefühlvoll, dass allein ihr Klang ein Lächeln auf das Gesicht der Adeligen zu zaubern vermochte. Wie aus einem Albtraum erwachend, blickte die Diplomatin auf und erahnte schon den herannahenden Konflikt.

»Sanna, ich weiß, was du denkst. Wir hatten uns darauf geeinigt, dass wir solche gefährlichen Abenteuer in Zukunft beide meiden würden, aber …«

Sanna war für gewöhnlich kein Mensch, der einem anderen das Wort abschnitt, das verboten ihr ihre guten Manieren, aber diesmal machte sie eine Ausnahme. »Kein aber, Liebste. Ich kann deine Entscheidung schon in deinen Augen sehen. Du wirst erneut alles aufs Spiel setzen, um deinem Land zu Diensten zu sein. Ich kann dich verstehen, und ich sehe ein, dass wir darüber nicht zu diskutieren brauchen.«

Holla, das sind ja ganz neue Töne! Sanna ist in der Tat liebenswert und ehrlich, aber ihre Gewitztheit unterschätze ich selten. Diese Zustimmung erfolgt mir zu schnell. Sie hat noch eine Karte in der Hinterhand, die mich bestimmt in die

Abgründe der Selbstzweifel stürzen wird. Sharielle fixierte ihr Gegenüber. »Ich warte, Sanna. Wo ist der Haken?«

Sannas Lippen verzogen sich zu einem triumphierenden Grinsen. »Ich werde mich nicht darüber beschweren, dass du dein Leben aufs Spiel setzen willst. Ich werde ebenfalls akzeptieren, dass ich mich den Großteil dieser bevorstehenden Zeit allein um die Kinder kümmern muss. Und ich werde dir in jedem freien Moment folgen. Denn wenn du glaubst, ich sehe zu, wie du dich von einer Horde Fanatiker umbringen lässt, dann hast du dich schwer getäuscht!«

Sannas Stimme klang fest und entschlossen; wenn es um solche Angelegenheiten ging, konnte sie ein unglaublicher Dickschädel sein. Darüber hinaus neigte sie manchmal zu fatalen Überreaktionen. Sharielle stockte kurz der Atem, dann fing sie sich wieder. »Wieso willst du dich da einmischen? Das ist eine Sache, die nur mich und meine Verantwortung dem Reich gegenüber betrifft. Es gibt für dich keinen Grund zu intervenieren.« Langsam geriet sie in Rage.

»Doch, es gibt etwas, das mich unmittelbar in diese Sache hineinzieht«, sagte Sanna leise. »Deine Beteiligung! Die macht es mir unmöglich, mich herauszuhalten. Das mag dir vielleicht unsinnig erscheinen, aber ich will nicht, dass du auf dich allein gestellt bist.«

Verzweifelt hob Sharielle die Hände und setzte zu einer Erklärung an. »Aber ich arbeite doch gar nicht allein! Schau nur, die Armee, der Geheimdienst und der Adlerorden werden mich unterstützen.«

Sanna schlug resignierend die Augen nieder und fasste Sharielle an beiden Händen. »Ich habe Angst! Angst, dass ich dich verlieren könnte. Ja, ich weiß, jeder Narr, der einen grünen Uniformrock trägt und ein Schwert schwingt, wird dir helfen, aber ich fürchte den Moment, in dem du vielleicht doch auf dich allein gestellt dieser Mörderbande gegenüberstehst. Ich bin nicht dumm,

Sharielle. Obwohl ich dagegen bin, weiß ich sehr genau, dass deine Entscheidung bereits feststeht. Lass mich nicht tatenlos zusehen, wie dein Nationalstolz dich vernichtet. Bitte.«

Sanna blickte zu Boden, und Sharielle spürte, dass sie den Tränen nahe war. *Ich verstehe dich, aber wie du richtig sagst, steht meine Entscheidung bereits fest. Man erwartet von mir, dass ich die Wünsche der Obrigkeit befolge. Außerdem werde ich jede Beförderung, Bezahlung oder Ehrung ablehnen. Mein Lohn für diese Aufgabe wird eine Bitte sein, und zwar an die Horas persönlich. Ich werde mir etwas von ihr für dich wünschen. Sie soll dir in der Öffentlichkeit einen Namen machen. Nur wenige wagen es, jemanden anzugreifen, über den die kaiserliche Familie ihre schützende Hand hält.*

»Ich verstehe dich. Bitte vertraue mir, ich weiß genau, was ich tue. Ich kann mich auch durchaus selbst schützen, wie dir bekannt sein dürfte.« Sharielle senkte langsam den Kopf und der Griff ihrer Finger wurde fester. »Ich weiß zwar noch nicht, was auf mich zukommt, aber ich bin dankbar für jede helfende Hand, die man mir reicht.«

Bei diesen Worten blickte Sanna auf; ihre Augen klagten Sharielle noch immer an, aber ihr Lächeln zeigte, dass sie mit dieser Erklärung vorerst zufrieden war. Mit all ihrer Kraft zog die schmächtige Sanna ihre Freundin aus dem Sessel. Nun klang ihre Stimme wieder fröhlich. »Genug der düsteren Gedanken für heute. Es ist noch immer ein Freudentag.« Kichernd stürmten die beiden Frauen die Treppe nach oben, und der dumpfe Schlag, mit dem die Tür zum Schlafgemach seiner Herrin ins Schloss fiel, bestätigte Bertrand, dass diese sich mit ihrer Herzensdame zurückgezogen hatte.

Mit einem andächtigen Seufzer widmete sich der Diener wieder seinen Aufräumarbeiten, konnte aber ein Kopfschütteln und ein verschmitztes Grinsen nicht unterdrücken.

Etliche Stunden später lagen die beiden Freundinnen in Shariellles riesigem Himmelbett. Die Daunenkissen und die Seidenlaken machten die Nächte hier zu einem Bad in Luxus. Obwohl die beiden Rahjas Freuden ausgiebigst genossen, lagen sie oft einfach nur eng aneinander geschmiegt im Bett. Eine zärtliche Umarmung und das Gefühl, den Körper der anderen am eigenen zu spüren, bedeutete für beide schon lange ein viel größeres Glück, als eine stürmische Liebesnacht es je vermocht hätte. Die lange Zeit, die sie nun schon miteinander teilten, hatte sie unmerklich der Herrin Travia nahe gebracht und ihrer Liebe eine Tiefe verliehen, die Sharielle mitunter nach Luft schnappen ließ.

Das Fenster stand offen und hin und wieder fegte ein Windhauch die Vorhänge zur Seite. In den Sommermonaten war es hier in Vinsalt oft unerträglich heiß und die Nacht eine willkommene Abkühlung. Schon eine geraume Zeit herrschte ein betretenes Schweigen zwischen den Verliebten. Eine böse Vorahnung schwebte über dem Bett. Sanna pustete zweimal energisch, wie um sie zu vertreiben und auch um eine von Shariellles goldenen Locken aus ihrem Gesicht zu entfernen. Nun kicherten beide Frauen, und Sharielle war dankbar, dass die eisige Wand zwischen ihnen zerbröckelte.

»Sag schon, Sanna, vorhin prahltest du noch stolz mit deinem Geschenk für mich. Wo ist es denn?«

Die Angesprochene zuckte zusammen, ihre Vergesslichkeit war ihr offensichtlich peinlich. »Wie konnte ich das nur vergessen? Bitte, verzeih mir dieses eine Mal!«

Ruckartig schlug sie die Decke zurück und sprang aus dem Bett.

Kurze Zeit später erleuchtete eine dicke rote Kerze das Zimmer. Sanna ging hinüber zum Schrank und öffnete die Tür. Ungeduldig kramte sie in einer Lade.

Die Augen halb geschlossen, beobachtete Sharielle schläfrig ihre Freundin. Sanna war sehr hübsch. Ihr dunkelbraunes Haar reichte ihr fast bis auf die Schultern, die makellosen Beine, die unter dem blassgrünen, kurzen Nachthemd hervorschauten, waren glatt, schlank und ebenmäßig. Am besten gefiel Sharielle allerdings Sannas straff gerundetes Hinterteil, das sich unter dem dünnen Stoff deutlich abzeichnete.

Schließlich drehte sich Sanna um. In der linken Hand hielt sie eine Pergamentrolle, die mit einem blauen Band umwickelt war, die Rechte hatte sie zur Faust geballt, um etwas darin zu verbergen.

Erwartungsvoll setzte Sharielle sich auf und umschlang ihren Körper mit der weichen Decke. Sanna setzte sich vor sie und sah sie lächelnd an. »Lies das, ich habe es für dich geschrieben.« Mit diesen Worten reichte sie Sharielle das Schriftstück.

Gespannt nahm ihre Geliebte die Schriftrolle entgegen und wickelte das blaue Band mit geschickten Fingern ab. Es raschelte leise, als sie das Pergament entrollte, und schon las sie in Sannas sauberer Handschrift die Worte:

Ich will dir und deinen Händen
auf dem Bogen dieser Nacht
alles Liebe senden, was ich je erdacht
wer mir auch früher hat gefallen
so spüre ich, seit es dich gibt
hab ich in allen anderen doch nur dich geliebt
nun geht die Nacht zu Ende
allein, allein, allein
doch ich denke
an deine Hände
und schließlich schlafe ich ein

Sharielle strahlte über das ganze Gesicht und wollte ihrer Freude schon mit einem Kuss Ausdruck verleihen, als Sanna sie mit erhobenem Zeigefinger daran hinderte. Sie öffnete die Faust und offenbarte Sharielle zwei breite Silberringe. Sie blinkten im Schein der Kerze, und Sharielle sah, dass in beide Ringe ein kleiner Smaragd eingelassen war. Das satte Grün der Edelsteine funkelte so hell im schwachen Licht, dass die ebenfalls grünen Augen der beiden Frauen zu einem matten Abglanz der Schmucksteine wurden.

Sanna nahm die linke Hand ihrer Geliebten und steckte ihr vorsichtig den Ring an den Finger. Überglücklich tat Sharielle es ihr gleich und schmückte Sannas Finger mit dem verbliebenen Ring. Die Liebenden umarmten sich fest und ein langer Kuss schmiedete das Band zwischen beiden noch einmal fester. Als ihre Lippen sich voneinander lösten, löschte Sanna die Kerze und kuschelte sich wieder an Sharielle. Beide waren noch ein paar Augenblicke wach, nur um dann endlich in friedvoller Umarmung einzuschlafen.

Kapitel 5

Caric reckte sich im Sattel. Sein Körper protestierte, überall machten sich Verspannungen und Druckschmerzen bemerkbar. Schon vor geraumer Zeit waren die drei Agenten aufgebrochen und die strapaziöse Reise forderte allmählich ihren Tribut. Vor der Reisegruppe erhob sich die Stadt Punin.

»Den Göttern sei Dank«, raunte Adoran, »endlich werde ich wieder in einem richtigen Bett schlafen, eine gute Mahlzeit zu mir nehmen und einen teuren Krug Wein leeren können.« Er wischte sich den Staub von den Schultern und den Schweiß aus dem Gesicht. Die Mittagssonne brannte erbarmungslos auf die drei Männer nieder und machte ihnen den Ritt zu einer wahren Tortur.

Gemächlich und schwer schnaubend trugen die Pferde ihre Reiter auf die Stadttore zu. Die Wachsoldaten wirkten ebenfalls müde und nicht gerade arbeitsfreudig; sie hatten sich an einem Tisch im Schatten der Mauer versammelt und beobachteten von dort die Passanten. Der Offizier der Büttel musterte die Fremden aufmerksam und winkte sie ohne Inspektion oder Befragung durch. Nicht einmal ein müdes Grußwort war den schwitzenden Wächtern zu entlocken.

Quendan nahm einen Schluck aus seiner Feldflasche und wandte sich dann an Adoran. »Wie hieß die Kneipe noch gleich, in der wir unsere Kontaktperson treffen sollten?«

Adoran antwortete leise: »Wir sollen uns in der Schenke *Zum wilden Reiter* mit einem Mann namens Chareos treffen. Er wird uns eine Reisekutsche zur Verfügung stellen und angemessene Kleidung, mit der wir uns in Vinsalt zeigen können.«

Caric verscheuchte eine Stechmücke, die seinen Kopf umkreiste, und sprach einen Passanten an. »Heda!«

Der Mann war einfach gekleidet: ein schmutziges Wams, Beinkleider aus grobem Leinen, Holzschuhe und ein Strohhut. Abrupt blieb er stehen und blickte Caric mit seinem wettergegerbten Gesicht fragend an.

»Sagt, guter Mann, wir sind auf der Suche nach einer Taverne, die *Zum wilden Reiter* heißt.«

Offenbar erleichtert, dass die Fremden sich nur nach dem Weg erkundigten, erklärte der Einheimische den Agenten, wie man schnellstens die Taverne erreichen konnte.

Kurze Zeit später waren die drei beim Gasthaus angelangt, saßen ab und überließen ihre Pferde der Obhut eines Stallburschen.

Die Schenke machte einen soliden Eindruck. Der dickbäuchige Wirt mit lichtem Haar begrüßte die Gäste im Namen der Travia und bot ihnen einen Tisch in der Nähe eines Fensters an. Nachdem die Männer sich gesetzt hatten, leerten sie zunächst jeder einen Humpen mit kühlem Bier, dann bestellten sie eine üppige Mahlzeit, die ihre knurrenden Mägen endlich zum Schweigen bringen sollte. Jetzt, zur Mittagsstunde, war die Schenke gut besucht. Von den anderen Tischen waren Gelächter, das Rollen von Würfeln und Gespräche zu hören. Caric war glücklich, dass sich ihm endlich ein wenig Abwechslung bot, da die angespannte Stimmung zwischen seinen Kameraden ihm während der Reise zugesetzt hatte.

Die Gruppe fiel in dieser Umgebung kaum auf. Die drei hatten ihre Uniformen gegen weite Reisegewänder teurer Machart eingetauscht und wirkten so wie reiche Kaufleute oder Adelige auf der Durchreise, was durchaus beabsichtigt war. Keiner wusste, wie weit der Feind seine Fühler ausstrecken konnte, demnach war Vorsicht stets angeraten. Quendan orderte einen weiteren Krug Bier, als Caric auffiel, dass Adoran abwesend wirkte. »Was ist los, Adoran?«

Der Offizier schreckte hoch und sah direkt in Carics Augen. »Nichts, nichts, ich war nur gerade mit meinen Gedanken weit weg von hier.«

»Bei Veriana?«, fragte Caric vorsichtig. Ein trauriges Nicken musste ihm als Antwort genügen. *Ich hoffe und bete, dass wir diesen Auftrag schnell beenden, damit eurem Glück nichts mehr im Wege steht. Der schwierige Teil steht uns noch bevor, jetzt kommt es wirklich darauf an zu zeigen, dass man unseren Fähigkeiten nicht umsonst Vertrauen geschenkt hat.*

Gierig riss Quendan der Schankmaid den Krug aus den Händen und trank hastig.

Vom Nachbartisch war lautes Grölen zu vernehmen. Dort saßen ein junger Mann in der Robe eines Magiers und seine drei Begleiter: Ein Mann in abgerissener Straßenkleidung mit einem federgeschmückten Schlapphut auf dem Kopf, ein gepflegtes Kurzschwert an der Seite, saß zur Rechten des Zauberers, links vom Magus entdeckte Caric einen hünenhaften Thorwaler. Er war leicht als Angehöriger seines Volkes zu erkennen: groß, von muskulöser Gestalt, mit wallendem Bart, tätowierten Armen und dunkelblondem Haar, welches er zu mehreren Zöpfen geflochten hatte. Eine Axt mit breitem Blatt lehnte an seinem Stuhl, und die Anzahl leerer Bierhumpen vor ihm ließ darauf schließen, dass er dem Alkohol schon tüchtig zugesprochen hatte.

Wiederum links vom Seefahrer saß eine junge Frau mit schulterlangem blondem Haar. Sie war mit wildledernen Stiefeln, Reiterhosen, einem Kettenhemd und einem weiten, dunklen Umhang angetan. An ihrer Seite hing in einem schlichten Wehrgehänge ein Langschwert. Auffällig waren die Brandnarben, die die rechte Hälfte ihres Gesichts entstellten und ihren Zügen etwas Dämonisches verliehen.

Adoran sah kurz in die Richtung der Gruppe, erachtete sie aber offenkundig für nicht weiter bedeutsam, sondern riss sich ein Stück aus dem Brotlaib und löffelte seinen Eintopf. Der Thorwaler erzählte gerade eine lustige Anekdote, die er mit wilden Gesten und lautstarken Ausrufen wie »Das wohl!« und »Bei Swafnir!« unterstrich.

Ein dumpfer Aufschlag ließ alle Gäste hochschrecken. Der Magier hatte seinen Bierkrug auf den Tisch niedersausen lassen und krümmte sich vor Lachen. Den beiden anderen Mitgliedern der Reisegruppe standen ebenfalls Tränen in den Augen, aber der Gelehrte schien sich gar nicht mehr beruhigen zu können. Sein Lachen wurde zu einem Gackern, das die ganze Wirtsstube erfüllte. Quendan setzte seinen Humpen ab und schüttelte den Kopf.

»Ich dachte immer, dass Magier Personen von Anstand und Kultur seien. Aber dieser hier bestätigt mich in meiner Ahnung, dass sie keinen Deut besser als andere Menschen sind.«

Caric zuckte zusammen; Quendan hatte zwar Recht, jedoch hätte er eine solche Bemerkung besser in gedämpfter Lautstärke von sich gegeben. Eine derartige Provokation konnte nur Ärger heraufbeschwören. *Dieser Narr! Sicher, die vier Gestalten sind betrunken, aber nicht so sehr, dass sie nicht mehr hören können, was um sie herum geschieht. Ich verfluche dich, Quendan! Der Magier dreht bereits den Kopf in unsere Richtung. Jetzt haben wir es geschafft. Die Reise ist bis zu diesem Augenblick problemlos verlaufen, aber nun, kurz vor dem Ziel, handelt sich dieser Schwachkopf noch einmal richtig Ärger ein. Da! Der Zaube-*

rer steht schon auf, gleich wird er herüberkommen. Das darf nicht wahr sein …

Wankenden Schrittes näherte sich der Magier; es war bedenklich still geworden, die Gespräche an den anderen Tischen waren verstummt. Alle Gäste harrten neugierig den kommenden Ereignissen.

»Mir war so, als hättet Ihr eine abfällige Bemerkung über mich gemacht, werter Herr«, sagte der Zauberer mit schwerer Zunge. Quendan drehte sich höflich zu ihm um.

»Nein, gelehrter Herr. Ich bemerkte lediglich, dass selbst Männer von Bildung, so wie Ihr, dazu neigen, sich ihr Hirn wegzusaufen; genau wie jeder normale Mensch, wie ich zum Beispiel.«

Adoran stutzte, doch er hielt sich zurück. *Ja, Quendan kann sehr diplomatisch sein und sich gewählt ausdrücken. Wenn er will …*

Nach kurzem Grübeln antwortete der Magier erbost: »Wollt Ihr damit sagen, dass ich kein normaler Mensch sei?«

Caric konnte sich ein Grinsen nicht verkneifen, als ihm klar wurde, *wie* betrunken dieser Mann war.

»Na seht Euch doch nur an«, lautete Quendans trockene Antwort.

Mit einem Mal verfinsterte sich das Gesicht des Magiers, und seine Gefährten erhoben sich langsam. Adoran spannte seinen Körper und wartete weiterhin ab. Aus dem Mundwinkel zischte er Quendan zu: »Das reicht jetzt!« Caric rückte seinen Stuhl leicht zurück und stemmte seine Füße fest gegen den Boden. Wenn es sein musste, konnte er blitzschnell aufspringen und handeln.

Die vier Abenteurer bezogen vor dem Tisch der Agenten Stellung; eine bedrohliche Stille erfüllte den Raum. Die anderen Gäste waren vor Aufregung wie erstarrt und wagten kaum zu atmen. Caric wechselte einen Blick mit seinem Vorgesetzten. Adorans Miene war hart und entschlossen, aber auch Enttäuschung spiegelte sich in seinen Zügen. Er wusste genau wie Caric, dass eine Auseinandersetzung so gut wie unvermeidlich war.

Schlichtend ergriff er die Initiative und richtete sein Wort an die anderen drei Personen: »Aber ich bitte Euch, werte Herrschaften! Offenbar haben sich die Gemüter hier unnötig erhitzt. Sowohl Euer gelehrter Freund wie auch mein Begleiter hier haben wohl an diesem heißen Tag ein kühles Bier zu viel genossen. Ich denke, das sollte kein Anlass für einen ernstlichen Streit sein, nicht wahr?«

Das Gesicht des Magiers wurde rot vor Zorn. »Haltet Euch in dieser Angelegenheit zurück. Euer Kamerad hier hat mich schwer beleidigt und ich verlange eine Entschuldigung!«

»Ihr habt gar nichts von mir zu verlangen!«, polterte Quendan los. Wütend sprang er auf und stand dem Zauberer nun direkt gegenüber. Dessen Begleiter wurden allmählich unruhig.

Adoran versuchte ein letztes Mal, die Situation zu bereinigen: »Setz dich wieder hin, Quendan, sofort!«

Doch der große Mann ignorierte seinen Vorgesetzten. Caric war klar, dass ein Kampf unmittelbar bevorstand, daher fasste er schicksalsergeben seinen ersten Gegner, den Streuner, ins Auge. Er stand ihm am nächsten und würde, betrunken wie er war, Carics Attacke von der Seite zu spät bemerken, um sie parieren zu können. Doch zur Verwunderung aller setzte sich Quendan wieder hin und starrte in seinen Bierkrug.

Skeptisch blickte Adoran wieder zu Caric, der nur ungläubig den Kopf schüttelte. Der Zauberer fasste Quendan ins Auge und zischte: »Ich warte.«

Der Angesprochene sah auf und wandte sich an Adoran: »Du hast Recht. Ein Streit mit diesen Leuten ist unnötig. Sie sind den Aufwand einfach nicht wert.«

Der Thorwaler brüllte auf, packte Quendan an den Schultern und stieß ihn vom Stuhl. Fast zeitgleich schossen Adoran und Caric in die Höhe, bereit, in den Kampf einzugreifen.

Carics Stuhl fiel polternd zu Boden, als er sich auf den Streuner stürzte. Er holte aus und versetzte dem Mann einen Kinnhaken mit der Rechten, woraufhin dieser ins Taumeln geriet. Caric nutzte den Moment der Schwäche und setzte nach. Zweimal krachte seine linke Gerade gegen den Schädel seines Gegners, der schwer getroffen vornüber kippte.

Doch bevor er auf den Boden aufprallte, packte Caric ihn fest an den Schultern, zog ihn heran und rammte ihm das Knie in den Brustkorb. Schwer ächzend fiel Carics Gegner vornüber und hielt sich mit beiden Händen den schmerzenden Leib. Caric machte einen lässigen Schritt nach vorn und rammte dem Unterlegenen die geballte Faust auf das Nasenbein. Ein leises Knacken war zu hören, während der Schwung den Mann nach hinten kippen ließ, wo er mit einem dumpfen Aufschlag zum Liegen kam. Er wälzte sich am Boden und bedeckte das Gesicht mit den Fingern, zwischen denen helles Blut durchsickerte.

Schnell prüfte Caric die Lage, indem er sich eiligst in alle Richtungen umsah. Adoran hatte mit dem Zauberkundigen keine Probleme. Das Gesicht des Magiers war zerschunden, er hinkte leicht, und da er ohnehin betrunken war, konnte er sich kaum auf den Beinen halten. Der Offizier wich einem schwächlich geführten Schlag aus und griff seinerseits an. Ein wuchtiger Rückhandschlag ließ den Gelehrten gegen die Theke prallen, wo er, die Hände fest auf die lädierte Nase gepresst, in sich zusammensank. Doch schon rappelte er sich ächzend wieder hoch. Er hob die linke Hand und spreizte zwei Finger in Adorans Richtung.

Der Offizier erkannte die Absicht seines Gegners und

reagierte prompt. Er packte den ausgestreckten Arm des Magiers und drehte ihn kraftvoll nach außen. Ein schmerzerfülltes Zischen entwich dem Gepeinigten, der alle Konzentration fahren ließ. Adoran riss seinen rechten Arm hoch und schmetterte den Ellenbogen auf den lang gestreckten Arm des Magiers. Dieser schrie von Schmerzen gepeinigt auf, das Gesicht eine Maske der Agonie. Adoran gab den verletzten Arm frei, der schlackernd nach unten fiel. Der Zauberer sackte in sich zusammen, Tränen in den Augen.

Caric erstarrte; der Magier und der Streuner waren kampfunfähig, der Thorwaler kämpfte noch gegen Quendan, doch wo war die junge Frau? Caric spürte einen Luftzug von hinten, und Adorans Warnschrei bestätigte seinen Verdacht. Der Stuhl traf Caric im Rücken und brachte ihn zu Fall. Hart schlug er auf dem Tavernenboden auf. Sämtliche Knochen schmerzten und ihn schwindelte ein wenig; fast fühlte er sich, als wäre eine Herde Rinder über ihn getrampelt. Mühselig kam er auf die Beine und ließ dabei die Söldnerin nicht aus den Augen. Die junge Frau atmete schwer und blickte sich gehetzt nach allen Seiten um.

Quendan schien mit ihrem Freund aus Thorwal keine Probleme zu haben. Der Agent war trotz seiner Größe viel gewandter als sein Gegner. Er griff mit Serien von Schlägen an, und wenn es dem Thorwaler auch hin und wieder gelang, einem Hieb auszuweichen, so prasselten doch gleich darauf die nächsten Treffer auf ihn ein.

Gelegentlich täuschte Quendan einen Schlag nur vor, um sein Gegenüber in die Irre zu führen. Und dann griff er wieder gnadenlos an. Die Rippen des Nordländers knirschten unter den Hieben und schon bald liefen ihm Blut und Speichel über die Lippen. Seine Augen trübten sich zusehends, doch er wehrte sich verbissen. Mit gewaltigen Haken konterte er und trieb Quendan zurück. Es war jedoch offensichtlich, dass der Agent mit seinem

Gegner spielte, denn wenn er wollte, blockte er dessen Schläge ab und griff seinerseits an. Die Augenbrauen des Nordmannes bluteten bereits und seine Nase war schief; die gewaltigen Hiebe des Mittelreichers schienen sie gebrochen zu haben.

Ein Schlag in die Magengrube ließ Quendan kurz innehalten, doch dann stürzte er vor, nahm den Kopf herunter und rammte den Thorwaler wie eine Hornechse mit dem Schädel. Ein Schmerzensschrei hallte durch die Schenke und die nahen Gassen, als der über einhundert Stein schwere Agent auf die geschundenen Knochen des Seefahrers traf und diesen wie ein Spielzeug gegen die Theke schleuderte. Hustend und zusammengekrümmt landete der Nordländer neben dem verletzten Magier.

Quendan war der Beste unseres Jahrgangs im waffenlosen Kampf. Ich kenne niemanden, der es mit ihm aufnehmen könnte. Caric umkreiste die Söldnerin langsam, während die Erinnerungen durch seinen Kopf spukten. *Aber Quendan ist, wie in allem, auch im Kampf maßlos. Er kennt keine Gnade und der Anblick eines unterlegenen und angeschlagenen Gegners schürt nur seine Wut. Ich bete zu Hesinde, sie möge diesem Riesen doch noch Verstand schenken. Doch was diesen Thorwaler angeht, so kann ich nur noch für seine Seele beten, denn Quendan wird nicht innehalten …*

Caric sah aus den Augenwinkeln, wie Quendan mit seinem Gegner umsprang, und dies bestätigte seine Befürchtungen: keine Gnade …

Die Söldnerin nutzte die kurze Ablenkung Carics und griff an. Sie holte zu einem Schlag gegen seinen Kopf aus, doch in eben diesem Moment trat er zu und traf das linke Knie der Frau. Sie verzog das Gesicht und brach ihren Angriff ab.

Caric schlug sofort zu; seine Faust traf die junge Frau unterhalb der rechten Augenbraue und veranlasste sie dazu, einen Schritt zurückzuweichen. Doch Caric hatte ihre Schnelligkeit unterschätzt: Ein Haken traf Caric am Kinn, ein weiterer bohrte sich in seine Seite. Der Agent stöhnte auf, als eine Schmerzwelle durch seinen Körper brandete. Doch zum Glück hatte die Frau ihn nicht ernsthaft verletzt. Ein weiterer Tritt gegen ihr Knie verfehlte sein Ziel. Nun täuschte er einen Schlag gegen ihren Hals vor und holte zu einem neuerlichen Tritt aus – diesmal gegen ihren Kopf. Sie fiel jedoch nicht auf die Finte herein und wich zur Seite aus.

Carics Bein schoss hoch, und sie nutzte die Gelegenheit für einen eigenen Tritt, der Carics Standbein in der Kniekehle traf. Polternd krachte er zu Boden und schlug mit dem Kopf gegen einen heruntergefallenen Bierkrug. Blut sickerte in seine Augen.

Bei Rondra, dieses Mädchen hat Talent. Sie hält einen ausgebildeten Elitesoldaten des kaiserlichen Heeres schon seit einigen Lidschlägen beschäftigt. Das ist beeindruckend. Caric gab sich einen Ruck. *Für Bewunderung und sprachloses Staunen bleibt später noch Zeit, ich muss mich jetzt auf den Kampf konzentrieren.*

Er drehte den Spieß um und wartete seinerseits auf den Angriff seiner Gegnerin. Sie umkreisten einander einige Male, dann holte die Söldnerin zu einem Faustschlag aus. Caric duckte sich unter den Hieb und traf sie schwer mit seiner Linken im Bauch.

Als sie sich zusammenkrümmte, schoss seine Rechte kraftvoll von unten herauf und erwischte ihr Kinn mit einem wuchtigen Hieb.

Sie wankte zurück und landete krachend auf einem Tisch. Klirrend fiel eine halb volle Karaffe zu Boden und zersprang in tausend Einzelstücke. Mit einer eleganten Rolle kam die Frau auf der anderen Seite des Tisches wieder auf die Füße.

Caric packte den Tisch und riss ihn schwungvoll zur Seite. Aus den Augenwinkeln sah er, wie Quendan den Kopf des Thorwalers wieder und wieder auf den blutigen Tresen schmetterte. Adoran stand hinter ihm und versuchte verzweifelt, seinen Kameraden davon abzuhalten.

Die Söldnerin kam direkt auf Caric zu und trat nach seinen Beinen. Geschmeidig sprang der Agent hoch und ließ seine Faust gegen ihre Schläfe krachen. Ihre Beine versagten ihr den Dienst, sie rollte mit den Augen und kippte stolpernd nach hinten.

Caric wandte sich zu seinen Kameraden, beide standen an der Theke. Adoran war es anscheinend gelungen, Quendan zu beruhigen. Eine große Blutlache war auf dem Tresen zu sehen, langsam tropfte der Lebenssaft zu Boden. Der Thorwaler lag reglos zu Füßen der Agenten, genau wie der Magier. Lediglich vom Streuner war ein unterdrücktes Stöhnen zu vernehmen. Carics Blick heftete sich auf den Nordländer. Kein Zweifel, Quendan hatte ihm den Schädel eingeschlagen. *Du verfluchter Tor! Khorena sagte, wir sollen unauffällig arbeiten. Wenn ihm das schon im eigenen Land nicht gelingen will, wie soll es dann im Ausland, umgeben von Feinden, weitergehen? Quendan wird unser Untergang sein und Adoran weiß es.*

Caric tupfte sich ein wenig Blut von der Stirn. Der Kratzer war nicht tief und kaum der Rede wert. Adoran wandte sich an den Schankwirt, der verängstigt hinter einem Fass hervorlugte. »Los, holt die Stadtwachen und einen Heiler. Oder noch besser, bestellt gleich die Boronpriester für den armen Kerl hier.« Der Offizier deutete auf den Thorwaler, dessen Leben in dieser bedeutungslosen Schlägerei ausgelöscht worden war. Der Wirt schickte eines seiner Schankmädchen los.

Adoran musterte Quendan von oben bis unten. Im Blick des Anführers lagen Verachtung, Wut und Unverständnis. Quendan hatte den Bogen überspannt, jetzt würde er zur Rechenschaft gezogen werden. Der Offizier sagte in ruhigem Tonfall zu seinem Untergebenen: »Wir werden uns später über diesen Vorfall unterhalten.«

Etwas rumpelte im Rücken der Agenten. Schnell wirbelten sie herum und sahen sich der jungen Söldnerin gegenüber, die sich noch einmal aufgerappelt hatte. Ihre rechte Hand umklammerte das Heft ihres Schwertes, sie schien bereit, die Waffe zu ziehen. Caric fiel auf, dass ihre Hände stark zitterten, sie hatte offenbar Angst. Reflexartig griffen die drei Männer zu ihren Waffen, zogen aber noch nicht blank. Caric trat einen Schritt vor. »Bitte, tut das nicht. Es ist für heute schon genug Blut geflossen. Ich will Eurem jungen Leben kein Ende setzen.«

Sie zögerte und nestelte weiterhin an ihrer Waffe. In ernstem Tonfall rief Adoran: »Zieht die Waffe und Ihr sterbt. Es gibt keine Wahl. Wenn ein Schwert gezogen wird, darf es erst wieder zurückgesteckt werden, wenn Blut vergossen wurde.«

Also hängt auch Adoran diesem altertümlichen Aberglauben an: Man zieht seine Waffe nur, wenn man es ernst meint. Sonst entwickelt sie ein Eigenleben und rächt sich für ihren unsachgemäßen Gebrauch. Ich selbst glaube zwar nicht an so etwas, aber es gibt beunruhigende Berichte über magische Waffen, die sich so verhalten haben sollen.

Die junge Frau schien zu verstehen, dass hier niemand scherzte, aber ihre Verzweiflung ließ sie zögern. Caric hob beschwichtigend die Hände. »Bitte! Warum wollt Ihr jetzt noch weiterkämpfen? Selbst wenn es Euch gelingt, einen von uns zu überwinden, scheitert Ihr an den anderen. Ihr habt doch Augen und von Hesinde habt Ihr Verstand erhalten! Seht Euch um, Eure Freunde vermochten uns nicht aufzuhalten, und wenn Ihr in Eurem Herzen ehrlich zu Euch selbst seid, dann wisst Ihr, dass auch Ihr uns nicht überwinden könnt.«

Sie schluckte schwer und eine Träne rann die verbrannte Hälfte ihres Antlitzes herab; ihre Hände zitterten immer stärker, doch sie änderte ihre Haltung nicht.

Caric vermeinte, den salzigen Geschmack seines Blutes auf den Lippen zu schmecken. »Ihr habt Rondra heute stolz gemacht. Eure Kampfkraft habe ich am eigenen Leib erfahren, Ihr seid geschickt und flink. Werft diese Geschenke nicht unachtsam fort. Unser Land benötigt in diesen verfluchten Zeiten dringend tapfere Krieger wie Euch. Zwingt uns nicht, heute und hier gegeneinander zu kämpfen. Bitte.«

Sie nahm ihre Hände vom Schwertgriff und wischte sich verlegen die Träne von der Wange.

Adoran entspannte sich und bewegte sich auf die Tür der Schenke zu. Auch Carics Verkrampfung löste sich und er trat näher. Die Söldnerin schniefte und griff nach ihrem Gürtel. Caric bemerkte den kleinen Wurfdolch in ihrem breiten Gürtel zu spät, doch Quendan handelte bereits. Er riss sein Schwert aus dem Futteral, wirbelte es über dem Kopf und packte es zum beidhändigen Schlag. Entsetzen zeichnete sich auf den Zügen der Frau ab, als sie ihre Hand, ein weißes Taschentuch aus dem Gürtel ziehend, zur Abwehr erhob. Die Klinge traf ihre linke Schulter und drang mühelos bis auf den Knochen. Mit einer fließenden Bewegung zog Quendan sie zu sich. Blut spritzte wie eine Fontäne aus der Verletzung und verteilte sich über das Kettenhemd der Söldnerin. Es war alt und bot vor Quendans scharfer Waffe nur wenig Schutz. Fest stieß er zu, und Caric musste mit ansehen, wie die Klinge mühelos das Kettengeflecht durchdrang und sich in den Bauch des Mädchens bohrte.

Sie öffnete den Mund zu einem Schrei, aber nur ein ersticktes Gurgeln war zu hören. Blut lief über ihre aufgesprungenen Lippen und strömte aus ihren Wunden. Caric schloss die Augen, Trauer fraß sich in sein Herz. Nein! Er schüttelte den Schreck wie ein Paar Eisenfesseln ab und griff nach seiner eigenen Waffe.

Wieder holte Quendan weit aus; der folgende Schlag

würde der Frau den Kopf abtrennen. Doch bevor sein Schwert ihren Hals erreichte, wurde es von Carics Waffe aufgehalten. Ein metallisch lautes Klirren ertönte, und Funken stoben, als die Schwerter, von kraftvollen Armen geführt, aufeinander trafen.

»Genug! Hör auf!«, schrie Caric völlig außer sich. Tatsächlich ließ Quendan die Waffe sinken und sah zu Boden. Adoran stand noch immer wie angewurzelt an der Tür, im Begriff nachzusehen, wo die Wachen blieben. Klappernd fiel Carics Schwert zu Boden, als seine Finger es aus ihrem festen Griff entließen. Er kniete sich neben die Söldnerin und presste ihr Taschentuch auf die Wunde. Er wusste, nur noch ein Wunder würde sie vor dem Tod erretten, und er war noch nie Zeuge eines Wunders geworden. Mit dem linken Arm hob er den Oberkörper der Verwundeten leicht an, sodass sie ihn ansehen konnte. Zärtlich wischte er ihr mit der bloßen Hand das Blut von den Lippen und tupfte ihre vom Schweiß nasse Stirn ab. »Es tut mir Leid. Ich wollte nicht, dass es so endet.«

Sie schien sein Flüstern vernommen zu haben, schluckte zweimal schwer und versuchte zu antworten. »Ich … ich habe einen dummen Fehler gemacht. Es war falsch, gegen Euch zu kämpfen. Aber ich will noch nicht sterben.« Sie bäumte sich in einem Hustenanfall auf, und erneut lief frisches Blut aus ihrem Mund, verteilte sich über Carics Hände und seine Kleidung. Ihre rechte Hand krampfte sich in seinen Arm. »Wenigstens habe ich jemanden getroffen, der mich nicht wegen meines Aussehens ablehnt, sondern meine Fähigkeiten anerkennt. Unter anderen Umständen wären wir vielleicht gute Freunde geworden, aber jetzt …« Wieder rannen Tränen über ihr schmerzverzerrtes Gesicht. Caric spürte, wie seine Kehle sich zuschnürte und auch er von tiefer Trauer überwältigt wurde. »Ich habe solche Angst«, hörte er sie wispern. Hilflos wollte er sie trösten, doch ihm fiel nichts ein. Kein Wort wollte über seine Lippen kommen. Entmutigt schloss er die Söldnerin fest in die Arme.

»Sag mir wenigstens deinen Namen, tapfere Kriegerin.« Zwischen ihrem tiefen, gequälten Schluchzen hörte er sie den Namen Elara murmeln. Dann begann sie verzweifelt nach Luft zu schnappen, immer schneller und erstickter kamen ihre Atemzüge, bis sie auf einmal verstummten.

Caric drückte die Sterbende erneut an sich, aber der Ausdruck ihrer weit aufgerissenen Augen, die noch starr vor Entsetzen waren, sagte ihm, dass ihre Seele den Körper soeben verlassen hatte. Sanft ließ er die Tote zurückgleiten und schloss ihre Augenlider. In diesem Moment sprang die Tür auf und ein Trupp der Stadtbüttel stürmte herein. »Was geht hier vor?«

Die drei Agenten standen vor der Kommandantur der Stadtwache. Vier Stunden waren sie befragt worden und mussten schließlich auf ihre Autorität als Offiziere und Agenten der KGIA in dringlicher Mission verweisen. Ansonsten hätten sie wahrscheinlich weiter in Gewahrsam verweilen müssen und es hätte eine Untersuchung gegeben.

Adoran tobte vor Wut. »Los, wir kehren jetzt zu unserer Taverne zurück und werden uns dort mit Chareos treffen.« Ohne eine Antwort seiner Gefährten abzuwarten, stapfte er los. Caric und Quendan folgten in einigen Schritten Abstand.

Die Taverne war zu dieser Abendstunde erstaunlich leer, was jedoch nicht an der Qualität der Weine, sondern an den Ereignissen einige Stunden zuvor lag. Chareos war ein großer muskulöser Mann mit langem hellblondem Haar. Er war in die Tracht eines Kriegers gehüllt und begrüßte seine Kollegen freundlich. »Praios zum Gruße, werte Herren. Euer Reisegefährt und Eure Koffer befinden sich draußen vor der Türe. Ich denke, es dürfte alles zu Eurer Zufriedenheit arrangiert worden sein.«

Adoran nickte und signalisierte dem Krieger, dass man seiner nun nicht mehr bedürfe. Dieser verabschiedete sich von der Gruppe und wünschte den Männern viel Erfolg.

Nachdem die Agenten ein karges Abendmahl eingenommen hatten, bat Adoran die beiden Männer auf sein Zimmer. Kaum war die Tür ins Schloss gefallen, ließ Adoran alle Beherrschung fallen und schrie Quendan wutentbrannt an: »Welcher gehörnte Dämon hat dich da geritten? Könntest du mir das bitte erklären?«

Quendan zögerte, dann war ein verlegenes »Nein« zu hören. Doch Adoran kam jetzt erst richtig in Fahrt. »Nein? Wie wunderbar. Wir sitzen in einer Kneipe, und du beschließt eben auf die Schnelle, dass es ein toller Spaß wäre, eine Schlägerei vom Zaun zu brechen. Nicht nur das, du erschlägst bei dieser Gelegenheit gleich zwei Menschen. Ich zweifle langsam nicht nur an deiner Kompetenz als Agent, sondern auch an deinem Verstand. Mann! Ahnst du überhaupt, was du angerichtet hast?«

Quendan blickte zu Boden. »Ja, ich weiß, es war falsch und dumm von mir.«

Der Anführer der Gruppe fiel ihm zornig ins Wort. »Sieh mich an, wenn ich mit dir rede! Das freut mich aber, dass du erkannt hast, dass dein Vorgehen vielleicht nicht durchdacht war. Du Idiot! Warum musstest du die beiden umbringen? Warum, Quendan?«

Der Mann, der sich im Brennpunkt von Adorans Wut sichtlich wand, sah wieder auf und stammelte verlegen: »Die Frau … an ihrem Gürtel hing dieser Wurfdolch … sie griff danach, also kam ich ihr zuvor. Oder wäre es euch lieber, wenn einer von uns dreien jetzt mit einem Dolch in der Brust auf seine Bestattung warten würde?«

Adoran wischte den Einwand zur Seite. »Das Mädchen hatte schon aufgegeben.«

Caric mischte sich ein. »Richtig. Habt ihr gesehen, wie sie zitterte? Sie hatte Angst und war glücklich darüber, dass wir ihr Leben schonen wollten.«

Doch Quendan war noch nicht am Ende. »Es war ein Reflex. Ich wurde darin ausgebildet, Bedrohungen zuvorzukommen. Diese Frau war eine unübersehbare Bedrohung, und ich bin mir sicher, dass sie die Waffe greifen wollte.«

Caric schüttelte den Kopf und wandte sich ab. *Er sieht nicht mal ein, dass er falsch gehandelt hat. Quendans Schwächen sind noch nie so deutlich zu Tage getreten. Vielleicht, weil wir nie zuvor einen wirklich wichtigen Auftrag hatten. Es gab noch keine ernsthafte Prüfung unserer Fähigkeiten, bis jetzt.*

Adoran schwieg einen Augenblick lang. »Es wäre das Beste, wenn wir den Auftrag abbrechen. Es wird nicht klappen. Ich als Offizier bin für das Leben meiner Untergebenen verantwortlich. Das Risiko ist zu groß, Quendan. Es sei denn, du kämest endlich zur Vernunft und verhieltest dich deiner Stellung entsprechend.«

Quendan wirkte entschlossen, er nahm Haltung an. »Wir werden diese Mission erfüllen, Hauptmann. Ein Abbruch kommt nicht in Frage. Das wäre entehrend und feige. Ich verspreche, dass ich von nun an keine Schwierigkeiten mehr verursachen werde.«

Adoran schaute skeptisch in Carics Richtung, der Quendan aufmerksam musterte. Der Hauptmann nickte bedächtig: »Ja, wir werden unsere Mission erfüllen, aber ich sage euch hiermit, dass wir alle drei diese Sache nur dann lebend überstehen, wenn ein Wunder geschieht.«

Caric verschränkte die Arme und atmete tief ein. *Wie gern würde ich Zeuge eines solchen Wunders werden …*

Kapitel 6

Es war um die Praiosstunde. Alea hatte gerade die Ziege gemolken und war auf dem Weg zu Berguts Hof, als eine geschlossene Kutsche in halsbrecherischem Tempo die Dorfstraße entlangpolterte. Die schwere Milchkanne absetzend, beobachtete Alea kopfschüttelnd, wie der Landauer schwankend vor dem kleinen Borontempel zu stehen kam, der Kutscher vom Bock sprang und den Verschlag öffnete, eine kleine Trittleiter aus dem Wageninneren herausklappte und dann in demutsvoller Haltung neben dem Vehikel stehen blieb, die Wagentür immer noch fest im Griff.

Ein jüngerer Mann quälte sich aus der Kutsche, ein weißes Spitzentaschentuch an die Nase gepresst, als könne ihm die frische Luft des heißen Praiostages etwas anhaben. Schwer landete er auf dem staubigen Lehmboden des Dorfplatzes, und der Blick, mit welchem er seine Umgebung musterte, offenbarte unverhohlenen Abscheu.

Neugierig geworden, nahm Alea die Kanne wieder auf und schlenderte langsam in Richtung der Kutsche, aus der nun eine elegant gekleidete Dame in einem grauen Reifrock stieg, der vielleicht auf einem Hofball gut ausgesehen hätte, hier aber völlig fehl am Platz wirkte. Der Fächer, mit welchem sie sich Luft zufächelte, war aus schwarzer Seide und Elfenbein gefertigt und zeugte von beträchtlichem Wohlstand.

Der Kutscher, der den Verschlag wieder geschlossen hatte, strebte dem Tempel zu, die hohen Herrschaften im Schlepptau. Alea konnte sich das Grinsen kaum verbeißen, als sie mit ansah, wie der junge Geck in seinen hochhackigen Schuhen auf dem holprigen Boden fast ins Straucheln geriet. Die Frau, welche sich mittlerweile auf einen schwarzen Spazierstock mit silbernem Griff stützte, bewegte sich ebenfalls so, als sei sie noch niemals über festgetretenen Lehmboden gegangen. Alles in allem, dachte Alea bei sich, würde allein dieser Auftritt der Fremden dem Dorf Gesprächsstoff für die nächsten fünf Jahre liefern, egal, was sie mit dem alten Darar noch besprechen würden. *Ich fasse es nicht, der Mann hat sich doch tatsächlich die Augenbrauen rasiert und anschließend mit Schminke nachgemalt. Und die Frau erst! Als hätte man ihr die Lippen blutig und die Augen blau geschlagen!*

Zufrieden, Blärte mit einer genauen Schilderung aufheitern zu können, steuerte Alea stracks den Hof der Berguts an.

Geraume Zeit später – die tagtäglichen Verrichtungen wie auch ein ausgedehntes Schwätzchen mit der Hausherrin hatten ihren Tribut gefordert – steuerte Alea zufrieden ihre kleine Kate am Dorfrand an. Die Milchkanne schepperte leer an ihrer Seite, dafür hatte sich ihr Weidenkorb mit ein wenig Käse und Butter gefüllt und auch ein kleiner Laib Brot hatte den Weg in das Behältnis gefunden. In Gedanken stellte sie bereits aus ihren kargen Vorräten und dem neu Hinzugewonnenen das Mittagessen zusammen, als sie eine Bewegung ein Stück voraus aufschauen ließ. Vor ihrem kleinen Häuschen stand die schwarze Kutsche, an deren Seite der gelangweilte Kutscher lehnte, während aus dem Inneren der Kate Laute des Unmuts und der Missbilligung drangen. Eine Frauenstimme von beträchtlicher Lautstärke schien dort einen Befehl nach dem anderen zu erteilen, dieweil zwei dunklere Männerstimmen einen beschwichtigenden Kontrapunkt lieferten.

Verwirrung stand Alea ins Gesicht geschrieben, als sich die Haustür ihrer Hütte öffnete und die drei Katzen fauchend das Weite suchten. Die Tür hatte sich noch nicht wieder geschlossen, da schoss auch das vierte Fellbündel aus dem schmalen Spalt und steuerte direkt auf Alea zu, die sich hinkniete und das verängstigte Kätzchen an sich nahm.

»Was ist denn bei uns los, Leander?« Alea versteckte den kleinen maunzenden Kater vorsichtig in einer Falte ihres Kleides; sie runzelte unwillig die Stirn, während sie mit festen Schritten auf ihr Heim zusteuerte. Schwungvoll riss sie die Tür auf und erstarrte, als sie das Chaos erblickte, welches sie im Innern erwartete: Inmitten von Tiegeln und Flaschen, umrahmt von den im Gebälk hängenden Büscheln verschiedenster Kräuter, stand die Dame aus der Kutsche, den Reifrock zerknittert und verschmutzt; an ihrer Seite befand sich der elegante Herr, welcher gerade dabei war, Aleas Wäsche zu durchwühlen. Auf der anderen Seite des Raumes stand Hände ringend der alte Darar, dem das Erscheinen der Herrin des kleinen Haushaltes wohl entgangen war und der unvermindert auf die Dame einredete: »So glaubt mir doch, die kleine Alea trägt das Schmuckstück immer bei sich. Ihr werdet warten müssen, bis sie wieder da ist.« Erst der starre Blick seines Gegenübers zur Tür ließ den Alten den Kopf drehen.

An Darars zerknirschtem Gesichtsausdruck erkannte Alea, was sie bereits geahnt hatte: Dem herrischen Gebaren der Frau war der Boronpriester einfach nicht gewachsen. Resignierend hob er nun die Schultern.

»Ah, da ist ja der kleine Spatz!« Ein sichtlich bemühtes Lächeln verzerrte die Züge der Frau. »Dann könnt Ihr ja gleich Eure Habseligkeiten zusammenpacken, denn wir wollen so bald wie möglich aufbrechen. Eduard, würdest du wohl Gaston bitten, eine der großen Truhen hereinzutragen, damit wir das Gepäck verstauen können? Viel ist es ja nicht.« Der Blick, mit dem die Frau ihre Umgebung musterte, ließ Alea die Zornesröte ins Gesicht steigen.

»Aber«, fuhr die Dame fort, »wir werden in Vinsalt alles Nötige besorgen lassen. Und Eduard« – der junge Mann verharrte auf der Türschwelle –, »bitte erinnere mich daran, die Kleider reinigen zu lassen, bevor wir sie zu Hause in die Schränke hängen. Wer weiß, was sich darin festgesetzt hat. Nicht auszudenken, wenn wir Flöhe oder Läuse einschleppten.«

Alea schloss, verzweifelt um innere Ruhe bemüht, die Augen. *Ich werde gleich aufwachen und feststellen, dass alles nur ein böser Traum ist.* Doch kaum hatte sie die Lider wieder geöffnet, fühlte sie auch schon den gestrengen Blick der Älteren auf sich ruhen. »Nun beeilt Euch, Mädchen! Wir haben nicht den ganzen Tag Zeit. Hurtig, hurtig!«

Die dunkelbraunen Augen Aleas schienen im Dunkel der kleinen Kate zu glühen, als sie sich zu ihrer vollen Größe aufrichtete und sich eine rötliche Locke aus dem Gesicht strich: »Wenn Ihr nicht augenblicklich mein Haus verlasst und Euren impertinenten Lakaien mit Euch nehmt, dann werde ich Euch eigenhändig hinauswerfen, und wenn ich die bloßen Fäuste gebrauchen muss. Seid Ihr übergeschnappt, einfach hier einzudringen, meine Kleider auf den Fußboden zu werfen und das ganze Zimmer zu verwüsten? Ihr werdet auf der Stelle verschwinden, und wenn ich Euch noch einmal hier sehe, dann könnt Ihr Euch auf das Schlimmste gefasst machen.«

»Darar!« Zornesrot wandte sich Alea an den Borongeweihten, der unter ihrer Tirade immer kleiner geworden war. »Ich rate Euch, mir eine gute Erklärung für dieses Schauspiel zu geben, denn sonst werde ich mich ...« Alea ließ den Satz unvollendet.

Sorgenvoll blickte die ältere Frau von Alea zu Darar

und bemerkte dann in süßem Tonfall: »Sie ist ein wenig angespannt, die Kleine, nicht wahr? Aber das wird sich geben. Ich bin schon mit ganz anderen Situationen fertig geworden. Eduard? Wo bleibt die Kiste? Ich habe nicht den ganzen Tag Zeit.« Ohne mit der Wimper zu zucken wandte sie sich der verdatterten Alea zu, diese mit Augen wie Granit musternd. »Mein liebes Kind, wenn Ihr Euch nicht bald einen anderen Tonfall angewöhnt, werde ich mir ernsthaft überlegen müssen, ob es nicht besser ist, schärfere Maßnahmen zu ergreifen.«

Der Blick, den Darar Alea zuwarf, zeugte von einem Mitleid, wie es größer nicht hätte sein können. »Komm mit nach draußen, mein Kind. Ich werde dir sagen, was du wissen musst.«

Die beiden schoben sich an dem jungen Mann vorbei, der unter dem Gewicht der schweren Reisetruhe ächzte, nach draußen. Während Alea vor Zorn bebte, standen dem alten Geweihten Tränen in den Augen.

»Alea, Kind, erinnerst du dich noch, wie du vor drei Jahren hierher gekommen bist? Du hattest bis zu diesem Zeitpunkt bei Mutter Lauria im Tempel gewohnt, wo dich die Geweihtenschaft, wie jedes Waisenkind, welches der Travia angetragen wird, in allen Dingen ausbildete, die für ein Mädchen von Vorteil sind.«

Wie sehr ihn die Situation aus dem Gleichgewicht gebracht hatte, konnte Alea an Darars Verhalten erkennen. Seit sie den alten Priester des stillen Gottes kannte, hatte er noch nie so viel gesprochen. Ja, es brach aus ihm hervor, als müsse er alle angesammelten Worte seines Lebens auf einmal loswerden.

Missmutig folgte Alea dem Bericht des Priesters. Natürlich wusste sie über ihre Herkunft Bescheid. Oft genug hatten ihr die Diener und Dienerinnen der Travia erzählt, wie sie sie vor Jahren aufgenommen hatten, dreijährig und nur ein Bündel Haut und Knochen. Die Lumpen, in die das Kind gehüllt gewesen war, hatte man verbrennen müssen; ihr Haar war so voller Läuse und verfilzt gewesen, dass man sie erst hatte kahl scheren müssen, bevor man sie auch nur über die Schwelle des Tempels hatte tragen wollen. Lediglich ihre Kette, so hieß es, hatte man ihr gelassen. Mit der Zeit zu eng für den Hals geworden, trug Alea diese letzte Verbindung zu ihren vermeintlichen Eltern nun am Handgelenk.

Wie viele der Waisen im Tempel, so hatte auch sie ihre gesamte Kindheit hindurch davon geträumt, das verloren gegangene Kind einer hochadeligen Familie zu sein und irgendwann einmal in einer goldenen Kutsche zurück zu ihren Eltern zu fahren, die, vom Leid um das verloren geglaubte Kind fast zerfressen, überglücklich die Arme öffnen und sie in einem Märchenschloss willkommen heißen würden.

Doch sie hatte sich schon lange von diesen Hirngespinsten abgewandt und mit der schmerzlichen Erkenntnis abgefunden, dass ihre Herkunft weder ruhmvoll noch märchenhaft war und sie wohl eher das ungewollte Kind einer viel zu früh zur Frau gereiften Dienstmagd war, die das Balg an die gute Göttin in der Hoffnung geschenkt hatte, dass das Kind es dort besser haben werde.

»Es hat sich jetzt herausgestellt«, Darar sah ihr mit kaum zu verhehlender Freude in die Augen, »dass du wahrhaftig eine Tochter aus gutem Hause bist, auch wenn die Umstände deiner Geburt mehr als nur unglücklich scheinen. Du hast doch noch das Schmuckstück, mit dem du aufgefunden wurdest?«

Alea nickte kaum merklich; immer noch fiel es ihr schwer, den Worten des Alten zu folgen.

»Du bist augenscheinlich die verloren geglaubte Tochter eines Mannes aus einflussreicher Familie. Dein Vater, Don Emilio di Mestilio Cavalese, starb bei einem Überfall auf seine Kutsche vor sechzehn Jahren, bei dem wohl auch deine Mutter tödlich verletzt wurde. Das Unglück ereignete sich in den Unruhen jener Zeit auf der Reichsstraße, keine zwei Stunden Wegs von hier. Wie es deine Mutter geschafft hat, ihrem einzigen Töchterchen das Leben zu schenken, kurz bevor sie starb, wird wohl auf immer ein Geheimnis bleiben. Klar ist, dass ein Hirte dich fand, aufzog und, als er dich nicht mehr versorgen konnte, bei Mutter Lauria in Pflege gab. Dein Armband ist der unumstößliche Beweis deiner Herkunft!«

»Vergebt mir, Darar, dass ich nicht vor Freude springe.« Aleas Augen hatten sich während der Schilderung des Mannes unmerklich verhärtet. »Aber wieso kommt die so ehrenwerte Familie di Mestilio erst jetzt dazu, nach den Nachkommen Don Emilios zu suchen, wenn die Cavaleses augenscheinlich eine so hoch angesehene Familie sind, dass sie es sich erlauben können, ungefragt in die Häuser anderer einzufallen und diese zu verwüsten?« Der aufgestaute Groll bemächtigte sich ihrer, und sie konnte nur mit Mühe den Impuls unterdrücken, in ihre Hütte zu stürmen und mit Zähnen und Fäusten auf die Frau loszugehen, die gerade dabei war, ihre wenigen Habseligkeiten ohne eine Spur von Anstand zu durchsuchen und zu sortieren.

»Nun …« Darar fiel die Antwort sichtlich schwer. »Anscheinend hat dein Onkel in letzter Zeit eine so bedeutende Position erlangt, dass er es sich nicht leisten kann, irgendwo eine Angriffsfläche zu bieten, und sei diese nur eine entfernte Verwandte, die ein unstandesgemäßes Leben weit ab der Familienbande fristet.«

Langsam wurde Alea die ganze Tragweite der Angelegenheit bewusst. »Ich soll also meine Freunde, das Dorf, meine Verpflichtungen, alles, was mir wichtig ist, im Stich lassen, bloß weil es irgendjemanden in seinem politischen Aufstieg bremsen könnte, dass ich hier helfe, wo es Not tut? Darar, das kann nicht Euer Ernst sein! Wer soll sich um die Kranken kümmern? Hat sich dieser Jemand überhaupt darüber Gedanken gemacht, ob ich das Dorf verlassen will? Verdammt, ich bin doch kein Ding, das man einfach in ein anderes Regal schieben kann, bloß weil es einem so besser gefällt.«

Jemand näherte sich räuspernd von hinten. »Verzeihung, aber das Gepäck ist verstaut und die Dame möchte aufbrechen.«

Alea fuhr herum, ihre Augen sprühten Funken. »Wagt es, mich anzurühren, und ich werde …« Zornig stampfte sie mit dem Fuß auf, sich verzweifelt das Gehirn zermarternd, was in der Götter Namen schlimm genug wäre, diesen unverschämten Menschen als Drohung zu dienen.

Darar gab ihr von hinten einen sanften Stoß. »Glaube mir, Alea, Kind, es ist besser, wenn du dich in dein Schicksal fügst. Möge der Segen Borons auf dir ruhen und mögen die übrigen Elfe dir ihren Schutz nicht verwehren.«

Ein Gefühl völliger Machtlosigkeit überwältigte Alea. Tränen schossen ihr in die Augen, und ihre Kehle schnürte sich so zu, dass sie kein Wort mehr herausbringen konnte. Wie in Trance ließ sie sich in die Kutsche schieben, wo sie neben dem unverschämt grinsenden Eduard und der streng blickenden Frau Platz nahm.

»Mein Kind, auch wenn Eure Erziehung, zugegebenermaßen durch die Umstände, mehr als nur dürftig ist, wäre es nun wirklich an der Zeit, mir endlich Euren Namen zu sagen. Solltet Ihr es aber weiterhin vorziehen, die Verstockte zu spielen, nun, so tut, was Ihr nicht lassen könnt.« Der affektierte Blick der Dame wandte sich der mit himmelblauem Stoff bespannten Decke der Kutsche zu, während sie in gespielter Qual die Luft in kleinen Stößen ausspie. Fasziniert bemerkte Alea einen winzigen Popel, der an der Nasenspitze der Frau klebte und die Wirkung der sorgsam inszenierten Darbietung zunichte machte.

»Mein Name ist, wie Ihr sicher bereits wisst, Alea.

Leider hattet Ihr es bei Eurer ach so guten Erziehung bisher versäumt, Euch selbst vorzustellen, sodass ich davon ausging, dass in den Kreisen, in denen Ihr Euch bewegt, derartige Banalitäten wie eine einfache Vorstellung weder zeitgemäß noch angebracht sind.«

Der Blick, mit dem die Frau Alea musterte, hätte Wasser zum Gefrieren gebracht. Ihr Tonfall war ätzend, und mit jedem Wort vermittelte sie Alea das Gefühl, eine unbedeutende Schabe zu sein, deren Zertreten als angenehm empfunden werden würde. »Ich, meine liebe Alea, bin Signora Consuela Francesca di Monserre al Cassilio, Erste Zofe und Haushälterin im Haushalt der Familie di Mestilio Cavalese al Escobar, und werde fortan von Euch nur noch mit ›Meine Dame‹ angeredet werden, wie es meinem Stand entspricht. Des weiteren mache ich Euch darauf aufmerksam, dass es als ungehörig gilt, eine Frau zurechtzuweisen, welche sich sowohl aufgrund des Standes als auch der Stellung über einem selbst befindet, und als dritten Punkt weise ich darauf hin, dass es immer die jüngere Frau ist, welche sich der Älteren zuerst vorstellt und damit deren Alter und Stellung würdigt.«

Die Stimme der Frau wurde so leise, dass sie eine Fingerspanne von Alea bereits nicht mehr zu hören war – eine Maßnahme, die nicht wirklich erforderlich gewesen wäre, denn Eduard hatte, kaum war die Kutsche angerollt, die Augen geschlossen und schnarchte, den Kopf gegen eines der Fenster gelehnt, munter vor sich hin. »Solltet Ihr Eure Aufsässigkeit weiterhin konservieren wollen, so freundet Euch schon einmal damit an, dass ein Wort von mir dafür sorgen kann, dass Ihr im Haushalt derer von Mestilio keinen Fuß auf den Boden bekommt. Es ist mir gleichgültig, ob Ihr die verloren geglaubte Nichte des Granduco seid oder nicht. Solange Ihr Euch im Hause der Cavaleses aufhaltet, werdet Ihr Euch zusammenreißen, oder ich werde dafür sorgen, dass Ihr den Tag bereuen werdet, an dem Ihr das Licht Deres erblickt habt.«

Lange Zeit herrschte in der Kutsche eisiges Schweigen, nur unterbrochen vom Rascheln der Kleider der Dame di Monserre. Die Gouvernante hatte ein dünnes Buch aus einem Fach herausgezogen und begonnen, höchst interessiert darin zu lesen. Alea, der das Ausmaß der Katastrophe, die gerade über sie hereingebrochen war, erst jetzt bewusst wurde, kämpfte verbissen dagegen an, in Tränen auszubrechen. Diese Blöße wollte sie sich nicht geben, auch wenn ihr ganzes Leben augenscheinlich aus einer Laune des Schicksals heraus zerbrochen war. Wie hatte Marja in ihrem Traum gesagt? »Es hat noch nicht einmal angefangen.« Alea stockte der Atem, als sie erkannte, wie Recht die Alte gehabt hatte.

In ihren Gewändern raschelte es, dann ertönte ein leises Fiepen. Leander schob vorwitzig den kleinen Kopf aus der Falte ihres Kleides, in der Alea ihn vor einer Stunde versteckt hatte. *Vor einer Stunde? Ihr Götter, es scheint mir, als wäre es ein ganzes Leben her …*

Vorwitzig erkundeten die bernsteinfarbenen Augen des kleinen Katers die Kutsche, dann hob er das Gesicht in Aleas Richtung und ließ ein verstimmtes Maunzen folgen.

Consuelas Kopf ruckte herum: »Was ist das? Eduard? Was macht dieses Vieh hier in der Kutsche?«

Beschützend legte Alea die Hände über das Katzenkind. »Das Vieh, wie Ihr es nennt, ist eine Katze, *felis domestica*, wie die Gelehrten sagen, und diese Katze ist mein Eigentum, welches Ihr nicht anrühren werdet.«

»Oder was?« Das Lächeln der Dame erinnerte an einen Hecht, wie Alea fand. »Überlegt Euch gut, mein Kind, womit Ihr mir drohen wollt; ich kann es nämlich nicht ausstehen, wenn man mich langweilt, und Ihr seid auf dem besten Wege dazu.«

Noch ein Wort dieser aufgeblasenen Zicke und ich vergesse mich. Wer bin ich, dass ich mir das gefallen lasse? Verdammt, wenn ich nicht gleich irgendetwas unternehme, werden mir die Tränen in die Augen schießen, und ich werde losheulen wie ein pickeliger Backfisch, den man gehänselt hat. Alea kämpfte um Fassung. »Nichts sonst. Diese Katze ist wie gesagt mein Eigentum und befindet sich damit außerhalb Eures Einflusses. Wenn Euch auch nur ein Hauch daran liegt, dass ich Euch mehr entgegenbringe als pure Verachtung, werdet Ihr von jetzt an daran denken, mir die Achtung zu erweisen, die der Nichte des Granduco gebührt. Ich mag vielleicht keine Ahnung von höfischer Etikette haben, aber wenn ich ein Mitglied des Haushalts di Mestilio bin, wie Ihr behauptet, dann solltet Ihr Euch hüten, mich wie eine Dienstmagd zu behandeln. Es mag nicht viele Erste Zofen mit Euren Fähigkeiten geben, aber es gibt gewiss weitaus weniger Nichten des Granduco. Und diese sind wohl auch nicht ersetzbar.«

Die Haare der Gouvernante schienen sich zu sträuben, als ihr Blick wie ein Raubvogel auf Alea herabschoss. »Ihr wagt es, mir zu drohen? Ihr werdet schon sehen, was Ihr davon habt. Wir werden bei Euch ganz von vorne anfangen müssen. Ich werde Euren Widerstand brechen, bis Ihr mir aus der Hand esst. Und Ihr werdet mir ewig dankbar sein.«

Eduard hatte sich während des Wortgefechts der beiden Frauen in die hinterste Ecke der Kutsche zurückgezogen. Angestrengt starrte er aus dem Fenster, wohl auch, um nicht in das Gespräch hineingezogen zu werden. Jetzt drehte er sich sichtlich erleichtert zu den beiden Frauen um, deren Blicke einander zu durchbohren suchten. »Endlich, wir sind fast da, ich kann schon die Türme Vinsalts erkennen!«

Die eisenbeschlagenen Holzräder des Landauers schlugen Funken an dem holprigen Straßenpflaster, als die

Kutsche durch die Stadt ratterte. Passanten brachten sich mit schnellen Sprüngen in Sicherheit, während das Gefährt mit unverminderter Geschwindigkeit aus der Bannerstraße in Richtung des Hauptmarktes bog. Quer durch die bevölkerte Stadt ging die schnelle Fahrt, bis man in einem der nobleren Stadtviertel vor einem reich verzierten, mondänen Stadthaus Halt machte. Eilig liefen zwei Diener herbei und öffneten das schwere, zweiflügelige Holztor, das auf einen großen, mit Sandsteinen gepflasterten Innenhof führte. Während man noch die beiden Portale schloss, öffnete sich auch schon eine große Tür auf der Hofseite des Gebäudes, und drei Männer in Dienerlivree sowie eine erkleckliche Anzahl einfachen Gesindes eilten die große Freitreppe hinab auf die Kutsche zu, deren Verschlag soeben vom Kutscher geöffnet worden war.

Mit einem letzten Blick in Richtung Aleas erhob sich Consuela von der mit Kissen ausgelegten Holzbank und stieg bedächtig aus der Kutsche. Beflissen reichte ihr der Kutscher die Hand, während sich die Diener unter ihrem gestrengen Blick der Reihe nach verbeugten.

»Bringt mein Gepäck in mein Zimmer. Das Gepäck der jungen Dame kommt in die reservierte Zimmerflucht im oberen Stockwerk. Sagt Rinilla Bescheid, sie soll ein Bad bereiten. In diesem Aufzug können wir das Mädchen nicht vor die Augen des Granduco lassen. Etienne?« Einer der Diener blickte auf. »Du wirst sofort in die Brunnengasse laufen und die Dame Bajour holen. Sie soll ihre Nähutensilien mitbringen und eines dieser Musselinkleider. Ich will, dass das Kind noch vor dem Essen einigermaßen akzeptabel aussieht. Und ja, ehe ich es vergesse, weise auch Leonhard an, dass er mich sobald als möglich aufsucht, damit ich ihm Bericht erstatten kann. Wahrscheinlich muss er der jungen Dame noch ein paar Unterweisungen erteilen, bevor wir sie den Herrschaften vorführen können. Eduard?« Der junge Geck flog förmlich aus der Kutsche. »Du wirst Seiner Hochwohlgeboren, dem Granduco ausrichten, dass wir seine Nichte tatsächlich gefunden haben und er sie heute Abend noch vor dem Diner begrüßen kann.« Die Gouvernante seufzte tief. *Wobei ich inständig hoffe, dass die Götter uns gnädig sind und sich das Kind zumindest annähernd zu benehmen weiß.*

Schon zum Gehen gewandt, hielt die Frau inne, klopfte sich mit ihrem Fächer auf den Handrücken und drehte sich dann mit zynischem Grinsen zu Alea um. »Bevor ich es vergesse, ich will, dass …« Einen Lidschlag lang sah Consuela Alea direkt in die Augen, den Blick stahlhart. »… dass die Katze gewaschen und entlaust wird, bevor sie mir noch einmal unter die Augen kommt. Emilia!« Consuela winkte einer drallen Bediensteten mittleren Alters: »Du übernimmst die Verantwortung.«

Die Augen flehentlich zum Himmel gewandt, rauschte die Erste Zofe derer di Mestilio Cavalese al Escobar die Freitreppe hinauf und verschwand im Haus, während die verbliebene Dienerschaft auseinander stob, um den Anweisungen zu folgen. Binnen kürzester Zeit stand Alea mutterseelenallein auf dem großen Innenhof im Licht der Praiosscheibe, unschlüssig, ob sie lieber lachen oder weinen sollte.

Ein leises Hüsteln drang von der Freitreppe zu Alea hinunter. Eine junge Frau, ebenfalls in Dienerlivree, winkte Alea schüchtern zu. »Verzeiht, aber ich soll Euch zum Bad geleiten und dafür Sorge tragen, dass Ihr passend gewandet und ausgestattet werdet.« Alea hob resignierend die Schultern. *Na, das kann ja heiter werden. Ich scheine geradezu in ein Tollhaus geraten zu sein. Allerdings ein Tollhaus, das von einem alten Drachen regiert wird, der sich die Haare auf den Zähnen zu Locken drehen kann.*

Langsam schritt sie die Freitreppe hinauf und folgte

der Magd ins Haus. Der Anblick, der sich ihr bot, verschlug ihr vollends die Sprache. Die Wände des Hauses waren mit kostbaren Seidentapeten verkleidet, vor denen prunkvolle Gemälde, Tapisserien und große, aus poliertem Messing gefertigte Spiegel hingen. Allein die Stoffe, die hier an den Wänden klebten, hätten nach Aleas Einschätzung die Bauern ihres Dorfes ein Jahr lang ernährt.

Ebenso gut hätten sie die Zimmer mit Dukaten pflastern können. Schon dieser einfache Kerzenleuchter dort auf dem Kamin muss ein Vermögen gekostet haben. Und die Kerzen brennen! Was für eine heillose Verschwendung. Dabei ist es draußen noch nicht einmal dämmerig.

Je weiter Alea durch das Haus geführt wurde, desto linkischer und unbeholfener kam sie sich vor. Die Magd, die vor ihr über den spiegelglatt polierten Parkettboden schritt, bewegte sich mit einer solchen Anmut, dass Alea plötzlich erkannte, wie sie selbst auf andere wirken musste.

Ich bin wirklich ein Bauerntrampel. Die Dame Consuela hatte Recht. O ihr Götter, ich werde mich hier niemals zurechtfinden. Wie kann ich mich überhaupt irgendwo blicken lassen, wenn ich schon gegenüber einer einfachen Magd die Grazie eines Warzenschweins besitze?

Endlich, nachdem sie zahlreiche Flure durchquert hatten und etliche Treppen hinaufgestiegen waren, erreichten sie ein kleines Zimmer mit gelb gestrichenen Wänden und hohen Sprossenfenstern, vor die schlichte bodenlange Vorhänge gezogen waren. Auf dem Boden des Gemachs lag ein einfacher Teppich und in der Mitte stand ein geräumiger hölzerner Badezuber. Auf einem hohen Holzschemel an der Seite lagen ein weißer Mantel aus weichem Stoff und ein Handtuch, und neben der Wanne hatte jemand einen Schwamm, eine Bürste und ein großes Stück Seife platziert. Das Wasser dampfte einladend und duftete nach Jasminblüten.

»Entschuldigt, aber ich soll Euch auch bitten, mir Eure Katze zu geben. Habt keine Angst, es wird ihr nichts passieren, dafür werde ich schon sorgen. Wenn Ihr Hilfe braucht, dort steht ein kleines Glöckchen. Auf ein Klingeln hin werde ich sofort kommen. Solltet Ihr sonst noch etwas benötigen, so scheut Euch nicht, danach zu fragen. Ich heiße übrigens Rinilla, und so, wie die Dinge liegen, werde ich Euch wohl bis auf weiteres als persönliche Kammerzofe dienen.«

Sprachlos geworden lehnte Alea alle Hilfe ab, zog, nachdem die junge Frau die Tür hinter sich geschlossen hatte, ihre Kleider aus und ließ sich, wohlig aufseufzend, in das warme Wasser gleiten.

Lautes Geschrei riss Alea aus ihren Gedanken. Das Getrappel von Füßen, vermischt mit undeutlichen Rufen hoher Stimmen, drang durch die geschlossene Tür, die plötzlich aufgerissen wurde. Eine kleine Gestalt huschte in den Raum und sauste hinter die bodenlangen Vorhänge. Kurz darauf erschien in der geöffneten Tür ein Mädchen von etwa acht Jahren, deren Augen bei Aleas Anblick immer größer und größer wurden.

Viele Herzschläge lang stand das Mädchen im Türrahmen und starrte Alea an, die den Blick irritiert erwiderte. Dann, von einem Augenblick zum anderen, stieß das Kind einen spitzen Schrei aus, drehte sich auf der Stelle um und rannte davon.

Völlig verdattert sah Alea dem Mädchen nach. »Wenigstens die Tür hätte sie schließen können«, murmelte sie halblaut. Ein dumpfer Schlag und ein erschrockenes Kieksen veranlassten sie, den Kopf zu drehen und zu den Vorhängen zu blicken, die ganz plötzlich in heftige Bewegung geraten waren.

»Wenn du damit fertig bist, wäre ich dir sehr verbunden, wenn du zuerst die Tür schließen, dich mir dann vorstellen und anschließend eine Erklärung für die ganze Sache abgeben könntest!« *Ich bin wirklich in einem Tollhaus! Oder? Warum, um Hesindes willen, fällt mir keine Steigerung zu Tollhaus ein?*

Langsam teilte sich der Vorhang und ein etwa elfjähriger Junge mit karottenrotem Haar und kaum weniger rotem Gesicht trat, die Hände unschlüssig in den Taschen versenkt, auf die hölzerne Wanne zu. Mit sanftem Lächeln deutete Alea mit dem Kopf in Richtung Ausgang: »Tür!«

»Tür, ja ...« Alea nicht aus den Augen lassend, stakste das Kind auf den Eingang zu, schloss vorsichtig die Tür und lehnte sich dann verstört dagegen. »Ich wollte nicht, ich meine, wenn ich gewusst ... also ...«

»Name!«

»Ähh, Timmi, nein, halt, ich meine, also ...«

Alea hob eine Augenbraue. *Wenn ich das erzähle, glaubt mir das niemand. Da liege ich in einer Badewanne in einem mir völlig fremden Haus und vor mir fällt ein kleiner Junge fast in Ohnmacht.*

»Am besten holst du jetzt ganz tief Luft, schließt die Augen, zählst bis zehn, und wenn du dann wieder ruhig bist, versuchen wir das Ganze noch einmal.« Auf Aleas Gesicht hatte sich ein breites Grinsen gestohlen. *Wenn sich jetzt gleich wieder die Tür öffnet und eine Treibjagd in meinem Badezimmer abgehalten wird, dann wird mich das nicht mehr im Geringsten wundern. Ich sollte öfter baden, da erlebt man ständig etwas Neues ...*

Langsam stieß der Junge die Luft aus, sah Alea fest in die Augen und entspannte sich sichtlich unter ihrem Lächeln. »Ich heiße Timotheus Efferdan Laserian di Mestilio Cavalese al Escobar, und es tut mir echt Leid, dass ich da so in Euer Zimmer reingeplatzt bin, und wenn Ihr wollt, dann könnt Ihr mich auch gern Timmi nennen, das heißt, wenn wir allein sind und keiner von der Prominenz dabei ist und so. Weil das ist schließlich kein Name, wie das Monster immer sagt.«

Auf Aleas fragenden Blick hin verzog der Junge sein Gesicht zu einem spitzbübischen Grinsen und verstellte die Stimme so gekonnt, dass Alea unwillkürlich zusammenfuhr. »Die Dame Consuela Francesca di Monserre al Cassilio, Erste Zofe der Familie di Mestilio und so weiter und so fort.«

»Aha.« Ob sie es wollte oder nicht, der Knabe gefiel Alea von Augenblick zu Augenblick besser. »Und du hast also mit diesem Mädchen Fangen gespielt, und da du dachtest, dass um diese Zeit sowieso niemand hier ist …« Fragend sah Alea dem Jungen ins Gesicht, der den Blick keck erwiderte.

»Das darf ich nicht sagen.« Die Antwort verblüffte Alea nun wirklich.

»Und warum darfst du das nicht sagen?« Ein breites Grinsen lief über das Gesicht des Jungen.

»Man hat mir verboten, mit Leuten zu sprechen, die ich nicht kenne oder die sich mir noch nicht einmal vorgestellt haben.«

Der Punkt geht klar an den Kleinen. »Dann wäre wohl jetzt der Zeitpunkt gekommen, mich dir vorzustellen. Und da du wohl augenblicklich als Hausherr fungierst, wäre es nur recht und billig, wenn ich mich dementsprechend verneigen würde, was allerdings in Anbetracht meiner gegenwärtigen Lage mehr als nur unangebracht erscheint. Gestattet Ihr also, wenn ich vom üblichen Zeremoniell abweiche und Euch einfach nur meinen Namen nenne?«

Das Kichern, mit welchem der Knabe ihre Ausführungen bedachte, erinnerte sie schmerzlich an Jannik und die anderen Kinder aus ihrem Dorf.

»Ich glaube schon, Verehrteste, dass ich in diesem speziellen Fall von der Einhaltung des Zeremoniells absehen kann.«

Die Würde, die in der kindlichen Stimme mitschwang, zeigte mehr als alles andere die Kluft zwischen dem Leben dieses Jungen und dem seiner Altersgenossen in Aleas Dorf.

Dieser Junge hat noch nie richtig Hunger gehabt oder mit ansehen müssen, wie eines der wenigen Kälber der Familie elend zugrunde ging. Doch scheint er deshalb nicht weniger Problemen ausgesetzt zu sein. Er lebt in einer Welt der Erwachsenen und hat sich als solcher zu geben. Ich glaube kaum, dass die liebe Consuela Verständnis für die Bedürfnisse von Kindern aufbringt.

»Nun, so sei es. Mein Name ist Alea und ich bin die Tochter Don Emilio di Mestilio Cavaleses, was mich, wenn ich mich nicht irre, zu deiner Cousine macht.«

»Meine Cousine? O Mann, ähh, ich meine …« Die Stimme des Knaben hob sich ein wenig und nahm einen gewollt hochnäsigen Klang an, den das verschmitzte Blitzen der Augen sofort Lügen strafte. »Fürwahr, welche Fügung.«

»Verzeih mir, wenn ich unser Gespräch abbreche und auf einen anderen Termin verschiebe, aber das Wasser ist mittlerweile eiskalt und ich soll vor dem Abendessen noch mit deinem Vater reden …«

»Äh, ja, 'tschuldigung. Ich werde mich dann mal, ähh, zurückziehen. Meine Cousine, o Mann!«

Erleichtert seufzte Alea auf, als sich die Tür hinter dem Jungen schloss. *Ich hoffe, das war es jetzt. Mehr Aufregung vertrage ich einfach nicht.*

Langsam richtete sie sich auf, glitt aus der Wanne und rieb sich genüsslich mit dem weichen Handtuch trocken.

Leise ächzend nahm Alea auf einem Stuhl Platz. Die vergangene Stunde war der Gipfel eines völlig konfusen Tages gewesen. Kaum hatte sie sich in den Bademantel gehüllt, war Rinilla in Begleitung einer schwarzhaarigen Matrone erschienen und hatte sie in ein geräumiges Zimmer geführt. Dort angekommen hatte die Dame, die sich als die bestellte Schneiderin entpuppt hatte, ihr beinahe den Mantel vom Leib gerissen und sie von Kopf bis Fuß vermessen. Nicht, dass Alea nicht bereit gewesen wäre, die Frage nach ihren Maßen zu beantworten, man hatte sie nicht einmal zu Wort kommen lassen. Wie aufgescheuchte Hühner schnatternd, hatten die Zofe und die Schneiderin sie von allen Seiten begutachtet und ihre Vorzüge und Nachteile disputiert, sodass Alea abwechselnd errötet und erblasst war. Anschließend hatten sie Neuigkeiten über Schminken und Schönheitstinkturen ausgetauscht, während Alea immer noch völlig nackt im Zimmer gestanden hatte. Erst als es ihr zu bunt geworden war und sie sich auf ein Sofa geflüchtet hatte, waren die Damen dazu bereit gewesen, ihre Gespräche zugunsten der noch zu verrichtenden Arbeiten hintanzustellen. Und dann war es erst richtig peinlich geworden: Einen ganzen Schrankkoffer verschiedenster Untergewänder hatte Alea anprobieren müssen, bis endlich ein paar wenige Stücke gefunden worden waren, die den Anforderungen ihrer gestrengen Richterinnen genügt hatten. Dann hatte man sie in Strümpfe gezwungen, die nicht dicker als Spinnweben waren. Bei dem Versuch, diese an einem eigens hierzu gefertigten Geschirr zu befestigen, war Alea schier verzweifelt, sehr zum Vergnügen der beiden Damen. Mit Tränen in den Augen hatte Alea daraufhin verkündet, sie wolle lieber ganz auf solche Strümpfe verzichten, als sich weiterhin mit derartigen Unsäglichkeiten abzuplagen, was zu völliger Verwirrung, ja Abwehr seitens der Frauen geführt hatte. Als Alea gar argumentiert hatte, sie habe zeitlebens einfache Kniestrümpfe getragen, war sie auf völliges Entsetzen gestoßen.

Der schlimmste Augenblick aber war der gewesen, als ihr ein grünes Musselinkleid gezeigt worden war. Auf ihre Bemerkung, für dieses Kleid sei ihre Taille nicht schmal genug, hatte man sie nur mit einem rätselhaften Lächeln bedacht und sie dann gebeten, die Augen zu schließen. Das Nächste, was man von ihr verlangt hatte, war tief auszuatmen gewesen, und dann hatten Rinilla und die Schneiderin etliche Zeit mit der Verschnürung des Korsetts gekämpft, während Alea fest damit gerechnet hatte, in den nächsten Augenblicken die Besinnung zu verlieren.

Irgendwann, als Alea sich schluchzend geweigert hatte, überhaupt noch irgendetwas zu ertragen, hatte sich die Tür geöffnet und die Magd Emilia hatte den völlig verstörten Leander hereingetragen. Der kleine Kater war gewaschen und gekämmt worden, und augenscheinlich hatte es irgendjemand auf sich genommen, sein Fell mit winzigen Schleifchen zu verzieren. Die Schnurrbarthaare hatte man den Göttern sei Dank ausgespart, aber auch ohne diese Tortur schien das Kätzchen fertig mit sich und der Welt zu sein.

Nach einem heftigen Wutausbruch, der mit einem Weinkrampf geendet hatte, hatten Rinilla und die Schneiderin Alea nur mit Mühe überreden können, doch noch in das grüne Kleid zu schlüpfen. Obgleich es sie einiges an Überwindung kostete, musste sie doch gestehen, dass sie in diesem Aufzug völlig verwandelt wirkte. Zwar erkannte sie sich selbst im Spiegel nicht mehr, aber die Frau, die ihr auf der blankpolierten Messingfläche entgegenlächelte, sah einfach atemberaubend aus.

Es klopfte ein weiteres Mal an die Tür des kleinen Ankleidezimmers, in welches sich Rinilla, die Schneiderin und Alea zurückgezogen hatten. Erst allmählich hatte Alea begriffen, dass ihr im obersten Stockwerk nicht nur ein einziges Zimmer zur Verfügung stand. Es schien für alle Beteiligten selbstverständlich zu sein, dass sie neben einem kleinen, gemütlich eingerichteten Salon, dessen Wände ganz in Blau gehalten waren, über ein eigenes Bad, ein großes Schlafzimmer und sogar ein Ankleidezimmer verfügen sollte, wobei selbst der kleinste Raum größer war als ihre ganze Kate in Weilersgrund.

Seit einer knappen Stunde schon bemühten sich Rinilla und die Schneiderin, der inzwischen völlig aufgelösten Alea die Grundbegriffe der Etikette nahe zu bringen, mit dem Erfolg, dass die Schülerin mittlerweile so verunsichert war, dass sie sich nicht einmal mehr die einfachsten Dinge zu tun oder zu sagen getraute. War das Gehen in den viel zu hohen und unbequemen Schuhen schon für sich eine Qual, so musste sich Alea zudem noch darauf konzentrieren, klitzekleine Schritte zu machen. »Ihr watschelt wie ein Bauerntrampel«, hieß es immer wieder.

Die Demütigungen, denen sich Alea ausgesetzt sah, hatten mittlerweile ein Maß erreicht, dass es ihr schien, als bewegte sie sich durch einen bösen Traum. Rinilla hatte von irgendwoher ein schweres, in Leder gebundenes Buch geholt und es Alea auf den Kopf gelegt. »Wenn Ihr nicht gerade geht, dann wird Euch das Buch auf die Zehen fallen!«, hatte sie erklärt.

Die eingeschnürte Brust erschwerte Alea das Luftholen so, dass ihr beständig schwarz vor Augen wurde. Ihr Rücken schmerzte von den ungewohnten Schuhen und der verkrampften Haltung, und die Anstrengung, sich zusammenzureißen, trieb ihr fast schon wieder die Tränen in die Augen.

Irgendwann an diesem Nachmittag, als Rinilla und die Schneiderin sich einmal mehr ausgeschüttet hatten vor Lachen, weil Alea sich gar so ungeschickt angestellt hatte, hatte sie sich geschworen durchzuhalten, egal, was man noch mit ihr anstellen würde. Der Gedanke, dass diese Frauen – die noch nie in ihrem Dasein ein Leben den Schwingen Golgaris hatten überantworten müssen und gewiss auch keinen Begriff vom Hunger hatten – ihr Dorf und alle, die dort lebten, gering schätzten, hatte sie dazu bewogen zu zeigen, dass ein einfaches Mädchen wie sie noch die Zähne zusammenbeißen konnte, wo jede dieser Stadtfrauen unter Tränen aufgegeben hätte. Grimmig hatte sie sich vorgestellt, wie die behäbige Schneiderin sich abmühen würde, Kühe zu melken, Käse herzustellen oder aber Geburtshilfe zu leisten. Immer weiter hatte sie sich innerlich zurückgezogen, sich den wehmütigen Erinnerungen an ihr gemütliches Heim überlassen. War das wirklich erst heute Morgen gewesen, dass man sie in diese Kutsche gezerrt hatte?

Die Tür öffnete sich knarrend. Ein weißhaariger Mann, der so alt und ausgetrocknet war, dass er wie ein knorriger Stock wirkte, trat ins Zimmer und musterte dasselbe mit sichtlicher Arroganz. Rinilla war in einem tiefen Knicks zu Boden gesunken, gefolgt von der Schneiderin. Einzig Alea stand noch aufrecht und starrte, aus ihren Träumen gerissen, den Alten trotzig an.

»Dies also ist die Tochter des Don Emilio?« Der Mann schien Alea völlig zu ignorieren und wandte sich stattdessen an Rinilla.

»Ja, Herr Leonhard.«

»Wie weit seid Ihr mit den Unterweisungen vorangeschritten?«

Rinilla streckte in einer hilflosen Geste die Hände aus: »Wir haben alles versucht, Herr Leonhard, was in unserer Macht steht, allein …«

»Ich weiß. Man kann aus einem Ackergaul nicht an einem Nachmittag ein Rennpferd machen. Wir werden uns mit dem begnügen müssen, was da ist. Ich werde die Dame Alea jetzt mitnehmen und sie in die Feinheiten von Anstand und Benimm einführen. Schließlich soll sie bei ihrer ersten Begegnung mit dem ehrenwerten Herrn di Mestilio diesen nicht in Verlegenheit bringen. Ich persönlich hatte mich ja dafür ausgesprochen, uns allen wenigstens beim Essen ein Debakel zu ersparen und sie auf dem Zimmer speisen zu lassen, aber der gnädige Herr bestand darauf, dass sie bereits heute Abend der Familie vorgestellt wird, und so wird es wohl meine Aufgabe bleiben, das Schlimmste zu verhüten.«

Alea war sprachlos. Ungeachtet dessen, dass sie direkt vor den Augen des Mannes stand, hatte dieser ihr bisher noch nicht mehr Beachtung geschenkt als einem Staubkorn auf seinem Jackett, ja noch weniger, denn ein solches hätte er wohl umgehend entfernt. *Was bildet sich dieser arrogante Laffe eigentlich ein? Bin ich hier die Gauklerin des Hauses? Vielleicht sollte ich ihm ein Bein stellen oder ein Glas Wasser über sein Hemd kippen, dann müsste er mich wenigstens beachten.*

Endlich, nachdem er noch eine geraume Zeit mit der Zofe geplauscht hatte, wandte er sich direkt an Alea: »Nun, werte Dame, dann begleitet mich jetzt bitte in den grünen Salon, damit wir uns um die Frage des richtigen Essens kümmern können.« Sprach's und verließ das Zimmer, ohne sich auch nur umzusehen. Alea konnte es nicht fassen. Völlig verblüfft sah sie in Richtung Rinillas, doch diese unterhielt sich bereits wieder angeregt mit der Schneiderin. Achselzuckend folgte sie dem Haushofmeister.

Der grüne Salon war nicht wie ihre eigenen Räume in der obersten Etage des großen Stadthauses untergebracht, sondern befand sich in der Mitte der zweiten Etage, über der Hofeinfahrt. Über eine hohe, mehrflügelige Tür gelangte man auf einen offenen Balkon, auf dem ein kleines Tischchen und zwei Stühle zum Verweilen einluden. Über den Innenhof hinweg blickte man von hier aus in eine weitläufige Gartenanlage, welche an ihrem Ende durch eine mannshohe Mauer begrenzt wurde.

Der Raum selbst, dessen Tapisserien in einem leuchtenden Grünton gehalten waren und dessen Parkettboden spiegelblank gebohnert war, erschien Alea so groß, dass nach ihrer Einschätzung ihre Hütte mitsamt dem Kräutergarten leicht darin Platz gefunden hätte.

Die wenigen Möbel – ein langer Tisch, umgeben von Stühlen mit hoher Lehne, und eine Vitrine mit feinsten Intarsienarbeiten – wirkten in dem riesigen Saal fast verloren. Nur vor einem Stuhl an der Tafel fanden sich Geschirr und Gerätschaften. Auf ein Zeichen Leonhards hin näherte sich Alea dem Platz, um verblüfft festzustellen, dass es dem unbekannten Arrangeur augenscheinlich nicht ausgereicht hatte, für eine Person zu decken. Irritiert zählte sie vier Gläser, vier Teller, vier Gabeln, fünf Messer und eine erkleckliche Anzahl anderer Gegenstände, über deren Bedeutung sie sich nicht so recht im Klaren war.

»Habt Ihr schon einmal mit einer Gabel gegessen?« Die Frage kam so plötzlich, dass Alea unmerklich zusammenzuckte.

»Selbstverständlich! Was für eine Frage!« *Für wen oder was hält mich dieser Nussknacker eigentlich? Dass es in meinem Dorf eher darum geht, überhaupt etwas zu essen auf den Tisch zu bekommen, als darum, dieses salonfähig zu verspeisen, mag sein, aber das heißt doch nicht, dass ich gar keine Manieren habe. Ob ich weiß, wie man mit einer Gabel umgeht … also wirklich!*

Trotzig setzte sich Alea an den Tisch, nahm die erste Gabel, die ihr in die Hand kam, und setzte sie spielerisch so auf den Teller, als würde sie eine kleine Kartoffel aufspießen. »Zufrieden?« Erwartungsvoll blickte sie in das Gesicht Leonhards, dessen zusammengezogene Brauen nichts Gutes verhießen.

»So etwas hatte ich befürchtet.« Ein tiefer Seufzer entrang sich seiner Kehle. »Zum Einen verwendet Ihr gerade eine Fischgabel, erkennbar an der Anzahl der Zinken, aber dieses an sich wäre noch nicht das Schlimmste. Weitaus unseliger erscheint zweierlei. Erstens nimmt man die Gabel in die linke Hand und zweitens ist eine Gabel keine Mistforke. Ihr dürft nicht die gesamte Handfläche um den Stiel schlingen, sondern müsst diesen auf Eurem Mittelfinger balancierend durch den Zeigefinger dirigieren und mit dem Daumen fixieren. Beim Aufspießen oder Schneiden dreht Ihr dabei die Gabel in der lockeren Hand in einem Halbkreis und presst sie mit dem Zeigefinger auf den Teller. Nun gut, dann könnt Ihr mir jetzt auch noch zeigen, wie Ihr das Messer haltet.«

Alea kämpfte wieder mit den Tränen. *Was ist bloß los mit mir? Ich habe, scheint es, in meinem ganzen bisherigen Leben noch nicht so viel weinen müssen wie in den letzten Stunden. Und das, obwohl ich dazu eigentlich keinen Grund habe. Ich bin eine erwachsene Frau, arbeite seit geraumer Zeit und habe schon zwei Kinder allein auf die Welt geholt. Aber kaum hat mich diese alte Vettel hierher verschleppt, benehme ich mich wie ein Kleinkind.*

»Also auch das Messer. Aber etwas anderes hätte mich ehrlich gesagt auch verwundert. Wo soll ich da anfangen? Die Frage der Weinglaswahl brauche ich erst gar nicht anzuschneiden, was in gleichem Maße wohl auch für die Gedeckfolge gilt. Warum muss immer ich mit solchen Dingen konfrontiert werden? Jetzt bin ich seit nachgerade dreißig Jahren Haushofmeister … aber lassen wir das. Wichtig ist jetzt erst einmal, dass Ihr den Gebrauch von Messer und Gabel erlernt. Und dazu auch noch einige Grundbegriffe des Umgangs. Wie die Dinge momentan liegen, kann ich es niemals verantworten, Euch dem gnädigen Herren vorzustellen.«

War der bisherige Aufenthalt im Hause der di Mestilio für Alea eine Qual gewesen, so wurde die nun folgende Stunde zur unerträglichen Folter. Eine halbe Ewigkeit, so schien es ihr, musste sie die Gabel aus der Hand legen, neu aufnehmen und anschließend Brotstücke aufspießen. Die ungewohnte Handhaltung ließ ihre Finger vor Verkrampfungen schmerzen, ungeachtet dessen, dass es ihr kaum gelingen wollte, das störrische Backwerk zu erwischen. Irgendwann war ihre Hand so taub geworden, dass ihr die Gabel von selbst entfiel, ohne dass Alea sie daran hätte hindern können.

Anschließend ließ sie der ältliche Haushofmeister Verbeugungen und Knickse einüben und holte zu ihrem Unwillen sogar die Dame Consuela, auf dass diese ihr die entsprechenden Arten des Knicksens in Vollendung vorführen konnte. Beide Damen waren nicht sonderlich angetan, sich auf diese Weise wieder zu sehen, und Consuela ließ nichts ungetan, Alea mit bissigen Bemerkungen darüber in Kenntnis zu setzen.

»Ihr habt die Grazie eine Steinstatue, Gnädigste«, sagte sie. »Die Verbeugung muss eine fließende Bewegung sein, keine Abfolge von Verrenkungen. Das kann ja schon der kleine Ernswin mit seinen fünf Jahren besser. Ich sehe, bei Euch sind Hopfen und Malz verloren. Aber kein Wunder, wenn man bedenkt, dass Ihr Euer bisheriges Leben umgeben von Tagelöhnern und Bauern in der hintersten Provinz verbracht habt. Nur befürchte ich, dass man das Landleben niemals aus Euren Knochen wird vertreiben können. Damit werdet Ihr Euch halt abfinden müssen.«

Alea hatte sich mittlerweile entschieden, Consuelas Bemerkungen zu ignorieren. Widerstand stachelte die Ältere nur zu weiteren Bosheiten an. Und da Leonhard es nicht für nötig erachtete, in die fortdauernden Tiraden der Gouvernante einzugreifen, besaß sie im ganzen Haus augenscheinlich keinen einzigen Verbündeten.

Kapitel 7

Sharielle sprang hastig einen Schritt zurück. Das Rapier ihres Gegners hatte sie nur knapp verfehlt. Die weiß getünchten Wände des Fechtsaals wirkten stets fremd auf sie, und darum hatte sie manchmal Mühe, sich zu konzentrieren. Sanna machte einen Ausfallschritt und ihre Klinge fegte auf Sharielle herab. Dreimal parierte die Adelige die schnellen Stöße, dann setzte sie zu einer Riposte an. Sie blockte einen gegen ihren Oberarm geführten Stich ab und stieß ihrerseits fest zu. Die stumpfe Spitze ihrer Waffe bohrte sich in Sannas Seite und ihre Klinge bog sich leicht unter dem Druck.

Sanna stöhnte leise auf. »Au!« Sie rieb sich die getroffene Stelle, und beide senkten ihre Klingen. Sanna lächelte und meinte: »Du bist noch immer eine gute Fechterin. Und immer noch weitaus besser als ich.« Sharielle quittierte das Kompliment mit einer scherzhaften Verbeugung.

Bertrand betrat den Fechtsaal, verneigte sich knapp und reichte den Frauen Handtücher und kühle Getränke zur Erfrischung. Dann kündigte er an, dass der ehrenwerte Pherion di Avona angekommen sei und um eine Unterredung bitte.

Sharielle bat den Diener, den Herrn in den Fechtsaal zu führen. Sanna wischte sich den Schweiß von der Stirn und zog die schwere Weste aus, die sie beim Kämpfen schützen sollte. Kurze Zeit später betrat der Advokat den

Raum und begrüßte die Anwesenden standesgemäß. Hut und Spazierstock hatte Pherion dem Diener anvertraut, lediglich seinen Koffer hatte er nicht aus der Hand gegeben. »Also, Cavalliera, wie habt Ihr entschieden?«

Sharielle legte ihre Waffe zur Seite und entledigte sich ebenfalls der Fechtmontur. »Ich bin bereit, den Fall zu übernehmen, sofern dies gewünscht wird.«

Ein breites Grinsen beherrschte di Avonas Züge, nachdem er die Antwort vernommen hatte. »Hervorragend. Ich habe bereits alles in die Wege geleitet. In Kürze wird Kapitan Garvor di Scilaggio hier eintreffen. Kennt Ihr ihn?«

Sharielle schüttelte den Kopf. »Nein, sollte ich?«

Pherion setzte eine nachdenkliche Miene auf. »Garvor di Scilaggio ist ein Kriegsheld. Nicht einer dieser aufgeblasenen Wichtigtuer, die sich mit Titeln und Orden behängen, nein, er ist ein echter Soldat. Er kämpfte in den Kolonien gegen die Al'Anfaner, gegen die Mohas und gegen Piraten. Seine Männer folgen ihm in einer Ergebenheit, die Ihr Euch nicht vorstellen könnt. Sein extremer Patriotismus sowie seine radikalen Ansichten machen ihn zu einem in Militärkreisen bewunderten Mann. Bei Hof glaubt man allerdings, er gehe manchmal zu weit, deshalb ist er in der Hierarchie noch nicht aufgestiegen. Er ist äußerst skrupellos, durchsetzungsfähig, unbeugsam und brutal. Deswegen ist er ein hervorragender Soldat und hat dem Geheimen Rat schon so manchen Dienst erwiesen. Er hat viele Gönner in diesen Kreisen. Legt Euch nicht zu sehr mit ihm an, Ihr zieht sonst vielleicht den Kürzeren.«

Sharielle blickte ungläubig auf. »Sagt, wer erteilt denn in dieser Arbeitsbeziehung wem die Befehle?«

Pherion grinste erneut und antwortete: »Ihr seid seine Vorgesetzte. Er soll als Euer Exekutivarm arbeiten und Euch unterstützen. Er ist sehr selbstständig und durchaus in der Lage, Nachforschungen anzustellen. Unterschätzt niemals seine Entschlossenheit. Für seine Ziele riskiert und opfert er alles, was ihm im Weg steht. Und Euer Mentor kann Euch nicht vor dem Kapitan beschützen.«

Diese letzte Aussage machte Sharielle stutzig. »Wie meintet Ihr das, Generaladvokat?«

»Ihr habt mich schon verstanden, Sharielle. Oder glaubt Ihr, dass die Abneigung, die Ihr zu spüren bekommt, nur von Eurer Liebschaft mit dieser Dame dort herrührt? Gewiss nicht. Es gibt jemanden, der Euch in Eurer momentanen einflussreichen Position halten will. Aber es gibt noch mehr, die Euch lieber stürzen würden, und hierfür wird diesen Personen jedes Mittel Recht sein. Nehmt Euch in Acht, Cavalliera.«

Sanna hob stirnrunzelnd den Kopf, Sharielle hingegen senkte den ihren, während sie über die Worte Pherions nachgrübelte. *Wer könnte dieser geheimnisvolle Gönner sein? Und wer will mir schaden? Stimmt, Sanna kann eigentlich nicht der alleinige Auslöser für meine Differenzen mit vielen meiner Bekannten sein. Warum ist mir das nie aufgefallen?* Laut sagte sie: »Ich danke Euch für Eure aufschlussreichen Worte, Herr.«

Bertrand unterbrach das Gespräch, indem er die Ankunft zweier Herren meldete, woraufhin sich der Generaladvokat verabschiedete und zum Gehen wandte, nicht ohne der Adeligen viel Erfolg zu wünschen.

Einige Zeit, nachdem er den Saal verlassen hatte, betraten zwei Männer den Raum. Der eine war groß und muskulös. Er trug die Uniform der Horaslegion und blank polierte Stiefel; ein geschmücktes Rapier hing an seiner Seite, ebenso ein Halfter, in welchem eine Balestrina steckte. Sein Kopf war kahl rasiert und seine blauen Augen funkelten kalt. Durch seine Statur und sein selbstsicheres Auftreten wirkte der Kapitan bedrohlich und einschüchternd. Eine grün-goldene Brokatschärpe mit aufgesticktem Schriftzug verlieh seiner Uniform zusätzliche Pracht. Die König-Khadan-Schärpe war eine hohe militärische Auszeichnung, die vom Staats-Marschall in Vertretung der Kaiserin verliehen wurde. Der Kapitan war tatsächlich ein hochdekorierter und angesehener Mann.

Sein Begleiter war einen Kopf kleiner, aber von genauso kräftigem Körperbau. An seiner bronzefarbenen Haut und den geschmeidigen Bewegungen war seine mohische Herkunft deutlich zu erkennen. Er trug lederne Beinlinge, einen togaartigen Umhang aus grobem Stoff und flache, lederne Schuhe, wie sie bei den Mohas verbreitet waren. Sein Schädel war bis auf einen schwarzen Haarzopf am Hinterkopf kahl rasiert und sein Gesicht von Pockennarben verunstaltet. Der Südländer schien etwas jünger als der Kapitan zu sein, also Anfang der Dreißig. An seiner Seite hing ein gekrümmtes Messer in einer Lederscheide.

Der Kapitan kam stampfenden Schrittes näher und salutierte vor Sharielle. »Kapitan Garvor di Scilaggio vom zweiten Horaskaiserlichen Elitegarderegiment ›Silem-Horas‹ meldet sich wie befohlen.«

Sharielle nickte gelangweilt. Der Kapitan deutete auf seinen Begleiter.

»Darf ich vorstellen, mein Adjutant Takate.«

Sharielle hob eine Augenbraue und musterte skeptisch den Moha, der knapp nickte. »Entschuldigt meine Unachtsamkeit, Kapitan. Wir sollten nicht unbedingt hier eine Besprechung abhalten.«

Der Offizier schüttelte den Kopf. »Es hat mir den Anschein, als hättet Ihr gerade ein wenig geübt. Gebt mir doch bitte eine Kostprobe Eurer Kampfkunst.«

Irritation spiegelte sich auf Sharielles Zügen, als sie Weste und Handschuhe anlegte, die Waffe wieder zur Hand nahm und sich zu Sanna umwandte, die sich ebenfalls bereitmachte.

Doch schon nach wenigen Momenten des Schlagabtauschs unterbrach der Soldat das Übungsgefecht. »Ich sehe, Ihr haltet die Waffe wie ein Spielzeug. Wir werden gemeinsam gegen die Elite des Mittelreichs antreten. Ihr dürft Euch in einem Kampf keine Blöße geben. Schaut Euch Eure Gegnerin an. Sie ist Euch deutlich unterlegen, doch Ihr nutzt es nicht. Der Schlüssel zum Sieg liegt in den Schwächen des Gegners. Je schneller Ihr dessen Schwachpunkte erkennt und ausnutzt, desto schneller siegt Ihr.«

Sharielle zögerte. »Zum Kämpfen habe ich doch Euch, Kapitan.« Der Offizier zog sein breites Rapier.

»Sagt das dem Feind, wenn er Euch die Klinge an die Kehle setzt. Ich werde Euch demonstrieren, was ich meine.« Er hob sein Rapier und tänzelte auf Sanna zu. Beide kreuzten die Klingen und der Soldat deutete einige Stiche gegen die linke Flanke der Frau an. »Sie vernachlässigt die Deckung ihrer linken Seite völlig. Seht her.«

Plötzlich schien aus der Übung tödlicher Ernst zu werden. Garvor griff in einem Tempo und mit einer Vehemenz an, als ginge es um Leben und Tod. Sanna parierte, ständig zurückweichend, seine Hiebe und geriet zusehends in Panik. Klirrend trafen die Klingen aufeinander und die überragende Fechtkunst des Hünen zeichnete sich deutlich ab. Seine Reaktionen waren so schnell, dass Sanna seinen Finten mit ihrer Waffe kaum folgen konnte. Aus der Distanz sah es aus, als würde sie ihre Waffe unkontrolliert umherschwingen. Garvor stieß nach ihrer Kehle; sie konnte den Kopf gerade noch rechtzeitig zur Seite reißen.

Plötzlich ging Sharielle auf, dass Garvor mit einer scharfen Waffe kämpfte. Sanna hatte Probleme, das Gleichgewicht zu halten, und stolperte, wobei sie den Oberkörper leicht nach vorn neigte. Das Rapier des Kapitans peitschte herab; ein scharfer Luftzug war zu hören.

Dann schnitt die Waffe tief in Sannas linken Oberarm. Sanna schrie auf und das Rapier entglitt ihren Fingern. Helles Blut quoll aus der Wunde. Mit schmerzverzerrtem Gesicht presste Sanna die rechte Hand auf die Verletzung. Der Kapitan setzte ihr die Waffe an den Hals: »Jetzt seid Ihr tot.« Dann wandte er sich um und warf das Rapier seinem Adjutanten zu. »Seht Ihr, was ich meine, Cavalliera?« Seine Stimme troff vor Verachtung.

Sharielle war außer sich vor Zorn. Sie eilte zu der Verletzten und schrie gleichzeitig nach Bertrand. Sanna war leichenblass und zitterte am ganzen Körper. Sharielle umfasste ihr Gesicht mit beiden Händen. »Alles in Ordnung?«

Müde senkte ihre Freundin den Kopf und flüsterte: »Ja, es geht schon, der Schnitt ist wohl nicht so tief.«

Nachdem Betrand einen Medicus herbeigeholt hatte und Sharielle sicher war, dass es ihrer Freundin gut ging, bat sie den Offizier höflich um eine Unterredung. Doch sobald die Tür der Bibliothek geschlossen war, platzte es wütend aus ihr heraus: »Was, im Namen der Götter, habt Ihr Euch dabei gedacht?« Schweigen. Diese Stille regte die Adelige noch mehr auf. »Was bildet Ihr Euch eigentlich ein, Kapitan? Wie könnt Ihr es wagen, hier hereinzuspazieren und einfach jemanden aufzuschlitzen, der mir viel bedeutet?«

Der Offizier kratzte sich an der Nase und setzte gelassen zu einer Erklärung an. »Ich bin kein Intrigant und Mann der gewählten Worte. Also komme ich gleich zur Sache: Als man mir antrug, der Geheimpolizei zu helfen, war ich stolz, meinem Land dienen zu dürfen. Als ich hörte, dass Ihr meine Vorgesetzte sein würdet, hätte ich mich am liebsten von dieser Aufgabe zurückgezogen. Aber ich bin kein Feigling und meine Ehre ist mir wichtig. Ihr seid meiner Meinung nach ungeeignet für diese Aufgabe.«

Sharielle verschlug es die Sprache. *Dieser Kerl kennt wohl keine Hemmungen. Erst verwundet er Sanna und nun diese Impertinenz.* »Wenn Ihr mir noch erläutern könntet, warum ich ungeeignet bin, wäre ich Euch auf ewig zu Dank verpflichtet.«

Garvor blickte sie mit seinen eiskalten Augen direkt an. »Ihr vereinigt zu viele Störfaktoren in Euch. Ihr habt zwei Kinder, wenn sie auch nicht Eure eigenen sind. Diese Kinder werden immer ein Punkt sein, an dem Ihr verwundbar seid. Das Reich kann aber keine Geheimagenten brauchen, die andere Interessen vor die ihrer Nation stellen. Besagter Umstand wird zwangsläufig dazu führen, dass Ihr zögert, wenn man Euch vor die Wahl stellt. Und wer zögert, stirbt oder verrät sein Land.

Weiterhin habt Ihr Euch freiwillig vom aktiven Dienst zurückgezogen. Indem man Euch diesen Auftrag überlässt, beleidigt man alle qualifizierten Männer und Frauen, die genügend Ehrgeiz und Stolz besitzen, diese Aufgabe zu erfüllen. Man weist sie Euretwegen zurück – wegen einer Frau, die gar keine Liebe mehr für ihr eigenes Land zu empfinden scheint. Aber eigentlich seid Ihr noch nicht einmal eine richtige Frau. Ihr teilt Euer Bett mit einer nichtsnutzigen Schlampe, deren Herkunft niemandem bekannt ist und deren Beweggründe schleierhaft sind. Um ehrlich zu sein, bleibt mir, wie jedem aufrechten Patrioten, nichts anderes übrig, als Euch zu verachten.«

Sharielles Augen funkelten vor Wut, und sie holte zu einem lautstarken Gegenschlag aus. »Lasst mich kurz rekapitulieren, wofür Ihr mich hasst. Ihr sagt, ich habe offensichtliche Schwachpunkte, die man leicht ausnutzen könnte. Das ist richtig. Aber um ehrlich zu sein, bin ich stolz darauf. Diese so genannten Schwächen machen mich zu einem fühlenden menschlichen Wesen. Das Euch so etwas unverständlich erscheint, ist mir klar. Ihr seid bloß ein dressierter Kampfhund, den man bei Bedarf von der Leine lässt und auf seine Feinde hetzt. Ihr denkt nicht nach, die Befehlskette nimmt Euch diesen komplizierten Prozess zum Glück ab. Ihr seid von falschem Ehrbegriff und Nationalstolz geblendet, nichts weiter als eine leblose Marionette unseres selbstgefälligen Militarismus. Ihr betet Tod und Gewalt an, sie sind Eure unbarmherzigen Götter. Ich hingegen achte das Leben als Geschenk der Göttin Tsa. Denn ich will eines Tages vor die Götter treten können, und wenn man mich fragt, ob die Zeit, die man mir gewährt hat, verschwendet war, dann möchte ich reinen Gewissens mit ›Nein‹ antworten können. Ich führe ein Leben, welches gegensätzlich zu Eurem verläuft. Ich habe eine Familie, mit der ich glücklich bin. Ich bin ein denkendes, fühlendes Wesen, nicht wie Ihr ein hirnloses Kraftpaket, von Hesindes Gaben ausgeschlossen und auch noch stolz darauf. Ihr seid engstirnig, kalt und gefühllos. Liebe und Freude sind zwei Begriffe, die sich nicht durch Euren Panzer bohren konnten.

Sicherlich, Ihr liebt Euer Land über alles und seid auch bereit, Euer Leben hinzugeben, aber das macht Euch noch nicht zu einem Menschen, der das Leben wirklich zu schätzen weiß. Es im Namen zweifelhafter Kriegerideale fortzuwerfen ist einfach; es zeigt, dass Ihr dem Alltag nicht die Stirn bieten könnt. Sterben müssen wir alle einmal, aber wahrhaftig leben … Warum rede ich überhaupt auf Euch ein? Ihr sitzt wie ein Sklave Eurer Überzeugungen in Eurem Käfig aus Kriegertugend, streng bewacht von Eurem unbeugsamen Stolz. Das Türchen bleibt stets fest verschlossen, und wenn Ihr doch einmal heraustretet, dann nur, um eine Parade abzuhalten.« Sharielle war noch immer zornig, für den Anfang hatte sie jedoch alles gesagt, was ihr auf der Seele lag.

Ihre Attacke schien den Kapitan jedoch kaum beeindruckt zu haben. Er räusperte sich und seine Stimme war von eisiger Kälte: »Eure Platituden und Euer weibisches Gewäsch über Gefühle imponieren mir nicht. Mir scheint, als hätten freidenkerische Ideen Eure Vernunft benebelt. Ihr sagt mir, ich sei engstirnig, wobei Ihr selbst ein makelloses Vorbild an Kurzsichtigkeit seid. Ihr verdammt mich für meinen Stolz und meine unbedingte Bereitschaft, meinem Land zu dienen. Denkt einmal darüber nach, Cavalliera. Unser Reich braucht Männer wie mich. Ohne mich würdet Ihr Euer Leben nicht so glücklich führen können, wie Ihr gerade eben erläutert habt. Wo wäre unser Land, wenn nicht tapfere Männer und Frauen jeden Tag den Feinden zurufen würden: ›Wagt nicht, unser Heimatland zu betreten!‹ Glaubt Ihr ernsthaft, dass unsere Feinde, das Mittelreich, die Novadis oder Al'Anfa zögern würden, über uns herzufallen? Nein, gewiss nicht. Alle Bürger unseres schönen Landes sind zu Recht stolz auf ihre Armee. Denn was wollen wir unseren Feinden entgegensetzen, wenn nicht unsere eiserne Entschlossenheit, unser Blut und unser Leben?

Jetzt stutzt Ihr, Cavalliera. Ich bin tatsächlich der Garant Eures dekadenten Lebensstils. Ihr verurteilt soldatisches Heldentum und Opferbereitschaft, aber bedenkt einmal die Vergangenheit unseres Landes. Wo wären wir jetzt, hätte nicht vor einigen hundert Jahren ein junges Mädchen ein Schwert genommen und sich allein einer heranrückenden Übermacht gestellt? Thalionmel wurde für ihre heroische Tat und den Heldentod, den sie starb, in den Stand einer Heiligen erhoben. Und jetzt wollt Ihr mir weismachen, sie hätte falsch und engstirnig gehandelt? Vielleicht würden wir alle als Sklaven einem Wüstenscheich dienen, wenn dieses – wie nanntet Ihr es? – dieses hirnlose Kraftpaket sich lieber mit einer billigen Mätresse vergnügt hätte, wie Ihr es augenscheinlich bevorzugt. Ich glaube kaum, dass in einem solchen Leben Platz für Eure hohen Ansprüche wäre. Leute wie Ihr nagen wie Ungeziefer an den Säulen unserer Gesellschaft und untergraben die Integrität unseres Reiches, welches ohnehin in vergangenen Tagen schon so viel Leid erdulden musste.« Mit starrem Blick beendete der Soldat seinen Monolog.

Sharielle schnaubte wutentbrannt und schrie ihr Gegenüber an: »Ihr sagtet mir vorhin, dass Ihr mich verachtet. Nun, das ist genau das, was ich Euch auch entgegenbringe, Kapitan: tiefste Verachtung, aus dem Grunde meines Herzens!«

Der Soldat lächelte. »Gut. Da wir das nun geklärt hätten, kann unsere Zusammenarbeit beginnen«, sagte er in arrogantem Tonfall.

Sharielle holte mehrfach tief Luft und sammelte sich innerlich. *Warte ab, du überheblicher Zinnsoldat. Ich werde bei ein paar Bekannten Erkundigungen über dich einholen, und dann werden wir sehen, wer am längeren Hebel sitzt. Mir droht niemand leichtfertig!*

»Also, Kapitan. Ich schlage vor, dass Ihr zunächst prüft, welche Ausländer in den letzten Wochen eingereist sind, speziell in Vinsalt natürlich. Ich werde ebenfalls Informationen sammeln und dann sehen wir weiter. Ich gebe Euch eine Vollmacht, die es Euch ermöglicht, Einsicht in gewisse Geheimdienstdossiers zu erhalten. Einige Agenten der KGIA sind uns bekannt, so könnt Ihr auch gleich nach diesen Leuten Ausschau halten. Ich bezweifle zwar, dass man jemanden schickt, der schon in unseren Gefilden aktiv war, aber man darf hierbei nichts auslassen.«

Garvor nickte zustimmend und Sharielle fuhr fort: »Ich schlage weiterhin vor, dass wir uns heute Abend zu einem ausgiebigen Essen treffen, bei dem wir unser weiteres Vorgehen erörtern. Ich bin zuversichtlich, dass ich dann schon ein paar Informationsfragmente vorweisen kann.« Sharielle wandte sich ab und hielt inne. Ihre Augen verengten sich zu Schlitzen und mit einem eiskalten Lächeln sagte sie: »Ach, Kapitan? Ihr könnt auch ruhig Euren barbarischen Freund mitbringen, sofern er sich zu benehmen weiß und nicht am Kronleuchter hin und her schaukelt.«

Die Miene des Soldaten verfinsterte sich und Zornesröte stieg in sein Gesicht. »Sehr wohl, Cavalliera. Ihr dürft meinetwegen auch Eure Kurtisane mitbringen, sofern Sie außer im Bett auch am Tisch begeistern kann.« Nach diesen Worten salutierte er knapp und verließ schnellen Schrittes die Bibliothek. Sharielle blickte ihm nach und bemerkte nur am Rande, dass jemand den Raum betreten hatte.

Sanna trug einen frischen Verband am Arm und die Farbe war in ihr Gesicht zurückgekehrt. Sie lächelte matt und einen Augenblick lang wusste keine der beiden Frauen ein Wort zu sagen. Schließlich berichtete Sanna, dass der Medicus der Ansicht sei, der Schnitt werde zügig heilen. Dann legte Sanna den Kopf zur Seite, blickte Sharielle direkt in die Augen und fragte: »Was ist los? Was hast du mit diesem Kerl besprochen?«

Sharielle erwiderte den Blick und antwortete: »Er hasst mich und er hat mir gedroht.«

Sanna zog eine Augenbraue hoch: »Was hast du denn erwartet? Vielleicht, dass er dich in die Arme schließt und dir sagt, er habe auf eine solche Zusammenarbeit gewartet? Wohl kaum.«

Sharielle ließ sich seufzend aufs Sofa fallen.

»Du hast Recht. Ich weiß auch nicht, was ich erwartet hatte.«

Sanna schlenderte zu dem Sofa herüber und nahm neben ihrer Freundin Platz. »Wir werden heute Abend mit ihm essen«, fuhr die Cavalliera fort. »Wenn du nicht willst, brauchst du nicht zu kommen.«

Sanna setzte eine spöttische Miene auf, und Sharielle wurde klar, dass ihre Freundin keinesfalls dieses Essen versäumen würde. Ein kurzes Schweigen folgte und schließlich ergriff Sanna wieder das Wort: »Vorhin, da hatte ich wirklich Angst. Ich dachte, dieser Mann würde mich abschlachten wie einen räudigen Hund. Er kämpfte mit solcher Entschlossenheit, als ginge es ihm darum, mich in Grund und Boden zu stampfen. Er schreckte noch nicht einmal davor zurück, mich in deinem Haus absichtlich zu verletzen.« Sie schluckte schwer und krallte die Finger ins Polster. »Ich glaube, dieser Mann wird alles vernichten, was von Bedeutung für uns ist. Sag mir, Sharielle, sag mir, dass du uns vor ihm beschützen kannst, bitte.«

Sannas grüne Augen wirkten besorgt und traurig; Sharielle hatte Mühe, ihrem Blick mit Zuversicht zu begegnen. *Ich bete zu den Göttern, dass ich es kann.* Sie fasste Sannas Hand und streichelte sie sachte. »Ja, ich kann es. Vertraue mir. Nichts konnte uns bis jetzt trennen und ein dahergelaufener, aufgeblasener Muskelmann schon gar nicht.«

Sanna lächelte und schmiegte sich an Sharielles Schulter. »Ich liebe dich«, flüsterte sie.

»Ja, ich weiß.« Sharielle schloss die Augen. »Ich liebe dich auch.«

Garvor und Takate verließen das Anwesen der Cavalliera und lenkten ihre Schritte in Richtung der Innenstadt. Der Waldmensch schüttelte den Kopf. »Was hat das Goldhaar gesprochen?«

Der Offizier spie mürrisch aus und rümpfte die Nase, bevor er antwortete. »Wie ich es gesagt hatte. Sie ist von sich selbst und ihrer überlegenen Position zu sehr eingenommen. Sie unterschätzt meine Macht. Noch am heutigen Tage wird sie erkennen und bereuen, dass sie mich unnötig herausgefordert hat.«

Der Moha blickte zum Himmel: »Noch bevor das Sternenlicht uns einhüllt, willst du Rache üben? Takates Vater hat immer gesagt: ›Lass den Feind dein Messer spüren, bevor du ihn langsam tötest.‹ Handle nicht vorschnell, sonst wird es dein Kopf sein, der die Hütte des Goldhaars schmückt, und nicht umgekehrt.«

Garvor lächelte und schlug seinem Begleiter auf den Rücken. »Dein Vater war ein weiser Mann, Takate. Bestimmt war er ein großer Krieger und Held deines Stammes.«

Eine Windböe wirbelte den Haarzopf des Waldmenschen durcheinander. In seiner Stimme schwangen Stolz und Überzeugung, als er antwortete: »Er war der größte Krieger meines Stammes. Für viele Mondläufe konnte niemand ihn im Kampf besiegen. Doch eines Tages kam ein noch größerer Krieger, der sein Messer im Blut meines Vaters tränkte und zum bedeutendsten Mann seines Stammes wurde.«

Garvor runzelte die Augenbrauen und raunte: »Dieser Mistkerl muss tatsächlich ein verdammt guter Kämpfer gewesen sein. Wer hat denn deinen Vater umgebracht?«

Mit kalter Stimme erwiderte der Moha: »Takate tat es selbst.«

Der Horasier stutzte, grinste dann und schlug seinem Freund erneut auf die Schulter. Beide wichen einer heranpolternden Karosse aus und kehrten zur Straßenmitte zurück.

Der Moha richtete seinen Umhang und starrte weiterhin stur geradeaus. »Takate hat schon gegen alles gekämpft und schon viele Schrecken gejagt: Tiger, Schlangen, weiße Söldner, seine eigenen Brüder und natürlich die Feinde meines weißen Bruders und seiner heiligen Herrin. Doch das Goldhaar ist eine neue Beute. Takate trifft endlich auf eine unbekannte Herausforderung.«

Garvor bewunderte den Enthusiasmus seines Begleiters, hielt ihn aber ein wenig zurück. »Wie du sagtest, dürfen wir nichts überstürzen. Denn das Goldhaar ist mächtig. Wenn auch nicht im Kampf, so kann sie uns doch den Tod bringen.«

Takates Lippen zuckten kurz, dann blieb er stehen und sah seinen Offizier an. »Takate fürchtet den Tod nicht.«

Ein fast gerührtes Lächeln stahl sich in das Gesicht des Kapitans. Er deutete auf eine Taverne, über deren Eingang ein Holzschild schaukelte. *Zum silbernen Humpen* war von ungelenker Hand über eine halb verblasste Zeichnung geschrieben, die einen prall gefüllten Bierkrug zeigte.

Garvor öffnete die mit Bronze beschlagene Tür und ging hinein. Die beiden Männer nahmen an einem leeren Tisch Platz und Garvor bestellte einen Krug teuren Weißweins. Der Offizier blickte erwartungsvoll zur Tür, während sich der Moha in der Gaststube umsah.

»Warten wir auf die Rotröcke?«

Garvor bejahte diese Anfrage und fügte hinzu: »Und auf einen guten Freund von mir, der uns gern behilflich sein wird.«

Eine Schankmagd brachte den Krug und füllte die Gläser. Takate trommelte gelangweilt mit den Fingern auf den Tisch, sodass hin und wieder ein Gast von einem der Nachbartische sich belästigt fühlte und einen vorwurfsvollen Blick in Richtung des Südländers warf.

Schließlich öffnete sich die Tür, und ein Mann, ungefähr achteinhalb Spann groß, mit hellblondem Haar, trat ein. Er hatte die dreißig noch lange nicht erreicht, dennoch strahlte er Selbstsicherheit und Erfahrung aus. Er war schwarz gekleidet, lediglich ein Horasadleremblem am Kragen blinkte golden und stach dem Betrachter ins Auge. In einem Lederhalfter, das um seine linke Schulter gebunden war, steckte eine Balestrina. Ansonsten schien der Mann unbewaffnet. Garvor schüttelte dem Gast die Hand und machte ihn mit Takate bekannt.

»Takate, ich stelle dir nun einen ehrenwerten Mann

und getreuen Patrioten vor. Das hier ist Inspector Jarim di Varesa, er arbeitet für den Adlerorden. Setzt Euch, Inspector. Wie geht es mit der Arbeit voran?«

Der Beamte fühlte sich sichtlich unwohl in dieser Umgebung. »Ich kann mich nicht beklagen. Also, Kapitan, worum geht es?«

Der Offizier nahm einen langen Schluck und setzte das Glas behutsam vor sich ab. »Sharielle di Jazayeri.«

Der Inspector zog ein Taschentuch aus seinem Wams und schnäuzte sich heftig. »Ich habe mir die entsprechenden Akten angesehen, Kapitan. Dann habe ich mich umgehört. Ich kann gegen sie nichts unternehmen, ohne meinen Posten zu verlieren oder Schlimmeres zu riskieren. Sie direkt anzugreifen ist sinnlos. Jedoch habe ich ein umfangreiches Dossier über ihre Freundin, die sich offenbar das Liebesideal der Amazonen zu sehr zu Herzen genommen hat. Sie ist uns bereits mehrere Male unangenehm aufgefallen. Sie sucht die Nähe der Freidenker und der Nandusgeweihtenschaft.«

Garvor klatschte in die Hände. »Hervorragend! Damit verabreichen wir der Cavalliera den ersten Denkzettel.« Er schob eine pralle Geldbörse über den Tisch. Der Inspector sah verlegen hinein.

»Ich bitte Euch, Kapitan.«

Der Offizier lehnte sich zurück und sagte in ernstem Tonfall: »Nehmt es ruhig. Meine Freunde wissen Eure Arbeit sehr zu schätzen. Bedenkt, Ihr unterstützt eine gerechte Sache.«

Der Inspector grinste unverhohlen und steckte die Börse ein. »Wo Ihr Recht habt, wage ich es nicht, Euch zu widersprechen. Noch etwas?« Der Kapitan schüttelte den Kopf und verabschiedete den Beamten.

Takate blickte dem Inspector versonnen nach und sagte dann: »Noch ein Mann, der den aufrechten Gang nicht kennt. Ihm fehlt sowohl das Rückgrat als auch eine Vorstellung von Stärke. Er ist kein Mann, er ist schlimmer als ein Hund. Ich spucke auf ihn.« Das Gesicht des Waldmenschen zeigte deutlich seine Verachtung dem bestechlichen Beamten gegenüber.

»Tja, mein Freund, du hast Recht. Hierzulande schmückt man sich mit den Federn der Ehre, aber unter dem Hut steckt meistens eine unwürdige Speichel leckende Ratte, die ihr Fähnchen nach dem Wind hängt. Dennoch leistet Jarim gute Arbeit für unsere Sache.«

Takates Faust schlug auf den Tisch. »Trotzdem bleibt er ein Wurm, den man zertreten sollte, bevor er einem das Bein heraufkriecht und sich ins Weiche bohrt!«

Garvor zuckte mit den Schultern und leerte sein Glas in einem Zug. *Takate ist wie ein Raubtier. Er ist stark, entschlossen und kompromisslos. Ich bin den Göttern dankbar, dass dieser Moha auf meiner Seite steht. Ich habe gesehen, wie er kämpft: gnadenlos, hart und effizient. Bei seinem Vorgehen kennt er keine Gewissensbisse und er ist mir treu ergeben. Dennoch muss ich darauf achten, dass seine fremdländischen und eigenartigen Weisheiten meinen Verstand nicht vernebeln. Jagd und Beute, schön und gut, aber die Cavalliera von ihrem hohen Ross zu stoßen wird doch etwas komplizierter werden. Sie steht zu ihren Schwächen und prahlt sogar damit. Vielleicht ist sie ein tugendhafteres Wesen als ich, aber sie wird feststellen, dass es sehr nachteilig sein kann, wenn man so einfach zu verletzen ist.* Der Soldat schenkte sich nach und genoss einen weiteren Schluck des kühlen Weins.

Kurze Zeit später betrat wiederum ein Mann die Schenke. Er trug einen roten Waffenrock, rote Beinkleider und einen schwarzen, mit Federn geschmückten Hut. An seiner linken Seite klapperte ein einfacher Degen, seine Reiterstiefel waren frisch poliert. Der Neuankömmling hatte dunkles Haar und ein gezwirbelter Schnurrbart sowie ein Spitzbart am Kinn zierten sein Gesicht. Garvor wusste, dass der Mann ungefähr in seinem Alter war. Das Mitglied vom ›Orden des Heiligen Blutes‹ erkannte Garvor sogleich und setzte sich zu den beiden Kriegern. Dieser Orden war noch verhältnismäßig jung. Zwar existierte kein offizieller Klerus für Horasgläubige, da Horas schließlich nur als Heiliger und nicht als Gott verehrt wurde. Der ›Orden vom Heiligen Blut‹ hatte es sich aber zur Aufgabe gemacht, den Glauben an Horas, das Reich und die Überlegenheit der Liebfelder Kultur zu verbreiten. Die meisten Mitglieder sahen sich als Patrioten und getreue Diener ihres Landes. Unter ihnen gab es selbstverständlich auch einige radikalere Vertreter – so wie diesen.

Garvor begrüßte den Ordensritter freundlich und lud ihn auf ein Glas Wein ein. Dankend nahm dieser die Einladung an und trank genüsslich ein Glas des teuren Rebensafts. »Sprecht, Kapitan, wie steht es um Eure Bemühungen?«

Garvor erläuterte in kurzen, präzisen Worten die aktuelle Lage. »So steht es im Augenblick«, sagte er abschließend. »Ich denke, das dürfte unseren gemeinsamen Freunden zusagen.«

Der Ordensritter fuhr sich über den Spitzbart, presste die Lippen zusammen und nickte bedächtig. »Da mögt Ihr wohl in der Tat richtig liegen, verehrter Kapitan di Scilaggio.« Ein gehässiges Lachen entwich seiner Kehle. »Gebt mir Nachricht, sofern sich etwas Bedeutsames ereignen sollte.«

Der Kapitan rieb sich zuversichtlich die Hände. »Selbstverständlich. Ihr werdet zu den ersten Männern gehören, die von meinen Fortschritten hören, verehrter Efferdan.« Der Angesprochene verabschiedete sich kurz und ging.

Kapitel 8

Die Tür landete mit einem derartigen Knall im Schloss, dass die Dienerschaft, die bereits ihre Plätze bei Tisch eingenommen hatte, wie *ein* Wesen zusammenzuckte.

Ein Bäcker und Konditor, ein Chefkochlehrling, zwei Küchenmädchen, zwei Abwaschfrauen, ein Küchenjunge, ein Teeküchenfräulein, eine Zofe, ein Lampenanzünder, fünf Lakaien, eine Gemüseputzerin, fünf Hausmädchen, zwei Nähmädchen und vier Waschfrauen, der Zimmerjunge Leonhards, das Zimmermädchen Consuelas, nicht zu vergessen zwei Stallknechte, ein Kutscher, drei Pferdeburschen, zwei Gärtner und ein Laufbursche sahen zu der Frau, die soeben glühend vor Ärger in den großen Speiseraum des Dienstbotenflügels hereingerauscht kam. Die Dame Consuela war so aufgebracht, dass sie das Schweigen, welches ihrem Auftritt gefolgt war, gar nicht zu bemerken schien.

Am Tisch der höheren Dienerschaft hatte sich unterdessen Gustave, Chefkoch im Hause derer di Mestilio, mit gerunzelten Brauen erhoben, um der Gouvernante und obersten Kammerfrau den Stuhl zurechtzurücken. Bis auf diesen und den Stuhl am Kopfende, reserviert für Leonhard als Vorsteher der versammelten Dienerschaft, waren auch hier alle Stühle besetzt. Um mehrere Platten mit Gebäck und zwei bauchige Kannen mit warmen Getränken hatten sich der Chefkoch, der Kellermeister und Mundschenk, der Zeugwart, der persönliche Leibdiener des Hausherrn sowie die Zofe der Hausherrin gruppiert, um auf das Erscheinen Leonhards und damit den Beginn der Teestunde zu warten.

Consuela holte tief Luft, ließ sich mit einem Seufzer der Verzweiflung auf den Stuhl fallen und sah resigniert in die Runde. Den Blicken des Chefkochs folgend, die schnell zwischen dem immer noch leeren Stuhl des Haushofmeisters und der auf dem Büfett tickenden Uhr hin und her wanderten, erhob sie sich noch einmal von ihrem Stuhl und verkündete: »Herr Leonhard ist durch eine wichtige Aufgabe verhindert. So steht es mir zu, den Nachmittagstee zu eröffnen. Denkt alle bitte daran, dass wir ab heute die Tochter Don Emilio di Mestilio Cavaleses im Hause haben, und verhaltet euch entsprechend. Sie ist in ihrem Rang mit der Tochter des Herrn gleichzusetzen, auch wenn ihr Verhalten die Feinheiten der Etikette vermissen lassen mag. Es wird eure Aufgabe sein, diesen Mangel zu ignorieren beziehungsweise ihr im Bedarfsfall diskret Hilfe zu leisten. Sollte mir zu Ohren kommen, dass jemand von euch der Dame gegenüber ein unangemessenes Verhalten an den Tag legt, werde ich mich persönlich darum kümmern, dass etwas Derartiges nicht wieder vorkommt. Ich hoffe, wir haben uns da verstanden.« Der Blick der Frau kreiste wie ein Raubvogel über den Köpfen der Dienstboten, bereit, jederzeit zuzustoßen und Widerstand im Keim zu ersticken.

»Ansonsten bleibt mir nur, noch einmal darauf hinzuweisen, dass die Herrschaft morgen Abend die geehrte Lana Tarak zum Abendessen erwartet. Ich rechne damit, dass jeder von euch seine zugeteilten Aufgaben bis dahin erfüllt hat. Und nun sollten wir anfangen, schließlich will Herr Gustave in einer halben Stunde mit den letzten Vorbereitungen für das Abendessen beginnen.«

Während der Chefkoch Consuela einen dankbaren Blick zuwarf, verriet der Lautstärkepegel am Nebentisch, dass sich die niedere Dienerschaft bereits in wildesten Spekulationen über die neue Hausbewohnerin erging.

Das leise Pochen an der hohen, mit dickem Leder bezogenen Tür aus Mohagoni wurde kurzzeitig vom Schaben einer Schreibfeder auf Papier übertönt. Dann folgte ein Rascheln, als das Papier säuberlich gefaltet und in einen bereitgelegten Umschlag geschoben wurde. Ein tiefes Räuspern erklang. »Herein.« Während die Türklinke langsam nach unten gedrückt wurde und das Türblatt nach innen schwang, war Siegelwachs auf das verschlossene Kuvert getropft, in das sich nun ein schweres, aus Gold gefertigtes Siegel senkte.

Der hoch gewachsene Mann hinter dem Schreibtisch hob für einen kurzen Moment die Augen, um die Eintretenden zu mustern, dann senkte er wieder den Blick und wies mit einer nachlässigen Geste zu den bereitstehenden Sesseln. »Setzt Euch bitte, ich werde sofort Zeit für Euch erübrigen.«

Alea blickte sich neugierig im Arbeitszimmer des Granduco Laserian di Mestilio Cavalese al Escobar um. Die hohen Fenster, die auf die belebte Hauptstraße führten, waren weit geöffnet, sodass die schmalen Vorhänge leicht im Wind flatterten. Der riesige, aus massivem Holz gefertigte Schreibtisch wirkte trotz einer großen Menge an Schriftstücken aufgeräumt und ordentlich. Beherrscht wurde der Raum von einem hohen Regal, welches die gesamte, den Fenstern gegenüberliegende Wandseite einnahm und dicht an dicht mit ledergebundenen Folianten gefüllt war. In einer Ecke, neben einem kleinen Zierschrank, stand eine Gruppe von lederbezogenen Sesseln um einen Tisch mit Intarsienarbeiten. Unschlüssig nahm sie in einem der Sessel Platz, während Leonhard sich an seinen Dienstherrn wandte: »Kann ich sonst noch etwas für Euch tun?«

Laserian sah von seiner Arbeit auf. »Ja, Leonhard. Schick bitte den Jungen mit dem Brief los. Er soll noch heute Abend im Konsulat sein.«

Sich leicht verbeugend, nahm der Haushofmeister das Schriftstück in die Hand und zog sich zurück, nicht ohne Alea noch einmal eindringlich gemustert zu haben.

Endlich, nachdem er noch eine geraume Zeit Papiere auf seinem Schreibtisch geordnet und auf mehrere kleinere Stapel verteilt hatte, erhob sich Laserian di Mestilio vom Schreibtischstuhl und trat auf Alea zu. Der hagere Mann hatte stahlblaue Augen, die in auffälligem Kontrast zu seinen hellbraunen, an den Schläfen ergrauenden Haaren standen. Die aristokratischen Gesichtszüge offenbarten keinerlei Gefühlsregung, als er nun Alea von oben bis unten musterte. »Ihr seid also Aleanore Laodameia di Mestilio Cavalese, die Tochter meines Bruders Emilio di Mestilio Cavalese und dessen Frau Constanze. Hättet Ihr wohl die Güte, mir das Schmuckstück zu zeigen, welches man bei Euch fand?«

Verwirrt nestelte Alea am Verschluss des Kettchens an ihrem Arm. *Die Herzlichkeit ist wahrlich verblüffend. Kein Wunder, dass man siebzehn Jahre gewartet hat, bis man auf den Gedanken kam, nach mir zu suchen. Ich sollte vielleicht dankbar sein, dass ich erst jetzt das Vergnügen einer Rückführung in den Kreis meiner lieben Verwandtschaft habe.*

»Ja, dieses Schmuckstück hat in der Tat Constanze gehört, die Götter mögen ihrer Seele gnädig sein. Damit wäre Eure Abkunft wohl einwandfrei bewiesen, und mir bleibt nichts, als Euch im Hause di Mestilio zu begrüßen. Ich werde natürlich versuchen, meine Pflichten als Euer Onkel zu erfüllen, soweit dies in meiner Macht steht. Sollte es Euch an etwas fehlen, so teilt dies nur dem guten Leonhard mit, er wird sich um alles kümmern. Und nun bitte ich Euch, mich zu entschuldigen, die Arbeit wartet. Wir sehen uns dann beim Abendessen. Ich wünsche Euch noch einen angenehmen Abend.«

Ohne auf ihre Erwiderung zu warten, kehrte Laserian di Mestilio an seinen Schreibtisch zurück, um sich sogleich in seine Papiere zu vertiefen. Alea saß da wie vom Donner gerührt. Fassungslos starrte sie den Granduco an, der, völlig vertieft in seine Dokumente, ihre Anwesenheit bereits wieder vergessen zu haben schien. Unschlüssig erhob sie sich und verließ, sich mehrmals zu dem Mann hinter dem Schreibtisch umwendend, den Raum.

Rinilla betrat den Salon, in dem sich Alea nun seit über einer Viertelstunde versteckte, mit einem Stirnrunzeln. »Hier seid Ihr also, ich habe Euch schon überall gesucht. Ihr müsst Euch beeilen! In einer halben Stunde trifft sich die Familie zum Abendessen und Ihr habt Euch noch nicht umgezogen. Ich …« Sie stockte, als sie die geröteten Augenlider und die verlaufenen schwarzen Spuren auf den Wangen der jungen Frau sah. »Aber, junges Fräulein, was ist mit Euch? Habt Ihr Euch wehgetan? Kann ich Euch helfen?«

Die junge Zofe schien ernstlich besorgt, als sie Alea musterte. »Soll ich einen Medicus rufen, oder benötigt Ihr eher den Rat einer Hebamme, die sich mit Frauenleiden weit besser auskennt?«

Alea lächelte gequält. *Die Hebamme sitzt direkt vor dir, liebe Rinilla, und ist doch außerstande, das Leiden zu mindern. Warum kommt hier eigentlich keiner auf die Idee, dass ich mich nicht verletzt habe, sondern dass ich verletzt worden bin? Und das von fast allen, die mir heute vor Augen getreten sind. Wenn ich nicht befürchten müsste, dass man mir sofort nachsetzt, hätte ich diesen ach so gastlichen Ort schon längst verlassen. Doch wo, um der Götter willen, soll ich denn schon hin? Nicht nur mein Leben ist mir entglitten, ich selbst bin mir fremd. Da steht vor mir ein pausbäckiger Backfisch, der wohl noch nie in seinem Leben eine folgenschwerere Entscheidung treffen musste, als die Frage zu klären, welches Kleid die*

Herrin zum nächsten Ball anziehen könnte, und doch scheint dieses Kind fester auf Dere zu stehen, als ich es tue.

»Kommt, ich helfe Euch auf und dann werden wir ganz schnell in Eure Räume gehen und Euch etwas Hübsches anziehen. Keine Angst, ein wenig Wasser und Schminke, und niemand wird etwas bemerken.«

Willenlos ließ sich Alea von der Zofe hochziehen und in ihr Ankleidezimmer führen. Ebenso apathisch ließ sie den Kleiderwechsel und die Bemühungen Rinillas über sich ergehen, ihr Äußeres den Anforderungen anzupassen. »So, hier noch ein wenig Wangenrot, und Ihr werdet sehen, Ihr fühlt Euch gleich viel besser. Und nun los, sonst kommen wir zu spät in den Salon.«

Man hätte genauso gut eine große Stoffpuppe an meiner statt verwenden können. Wahrscheinlich würde dies noch nicht einmal irgendjemandem auffallen. Rinilla geleitete Alea vorsichtig in einen großen Raum im Erdgeschoss, dessen Wände mit tiefblauen Seidentapisserien ausgeschlagen waren. Mehrere Kanapees waren an den Wänden verteilt, jeweils durch kleinere Tischchen ergänzt, auf denen vereinzelt Gläser standen.

Augenscheinlich hatte sich die Familie bereits versammelt. Auf einem der Sofas hockte Timmi – *Timotheus*, verbesserte sich Alea schnell in Gedanken –, ihm zur Seite das kleine Mädchen, die Schwester des Rabauken. Ein weiterer, etwa fünfjähriger Junge ergänzte das Ensemble auf dem Sitzmöbel. Im Gegensatz zu den beiden anderen Kindern war er sehr blass und wirkte kränklich.

Langsam wanderte Aleas Blick weiter, auf der Suche nach einem ungestörten Plätzchen, auf welches sie sich flüchten konnte, als sich aus einem Lehnstuhl am Fenster der Granduco erhob, eine dicke Mohaccazigarre in der einen Hand, ein Weinglas in der anderen. Freundlich lächelnd näherte er sich Alea, nachdem er das Glas abgestellt hatte, nahm formvollendet ihre Hand in die seine und führte sie, ihr einen Handkuss auf den Handrücken hauchend, an seine Lippen. Dann wandte er sich in einer alles einschließenden Bewegung an die versammelten Familienmitglieder. »Meine Lieben, ich darf euch hiermit Aleanore Laodameia di Mestilio Cavalese, die Tochter meines Bruders Emilio di Mestilio Cavalese, vorstellen, die nach unendlich langer Zeit endlich den Weg heim in den Schoß der Familie gefunden hat.« Obwohl sie die Formulierung störte – hatte man sie doch eher an den Haaren hierher gezerrt –, konnte sich Alea eines Gefühls des Geschmeicheltseins nicht erwehren.

Wenn ich es nicht besser wüsste, würde ich annehmen, dass dieser Granduco nichts mit jenem gemein hat, den ich eben noch in seinem Arbeitszimmer aufgesucht habe. Sind das hier nur einfache Höflichkeitsfloskeln oder liegt ihm doch etwas an mir? Je länger ich in diesem Haushalt bin, desto rätselhafter wird mir das Ganze.

Verwirrt sah sie auf das Sofa, auf welchem es sich die Kinder des Hauses bequem gemacht hatten. Hatte sie bei ihrem letzten Zusammentreffen noch den Eindruck gewonnen, als seien Timmi und seine Geschwister die Einzigen in diesem Haushalt, die noch ein vergleichsweise normales Verhalten an den Tag legten, wirkten sie hier, im Kreis der Familie, streng und erwachsen. Angetan in teure Anzüge und ein Kleid, welches in seinem Schnitt dem Aleas glich, sahen sie wie zu klein geratene Spiegelbilder der sie umgebenden Erwachsenen aus. Selbst das Grinsen schienen die drei verlernt zu haben.

Auf der anderen Seite des Raumes, nahe einem großen Kachelofen, der ein gut Teil der Wand einnahm und dessen Kacheln mit traviagefälligen Motiven geschmückt waren, saß eine unscheinbar wirkende Frau in einem roten Brokatkleid, welches ihre Blässe nur noch unterstrich. Hals und Arme waren mit wunderschönen Ketten aus purem Gold geschmückt und in die Haare hatte man ihr Edelsteine eingeflochten. Das strenge Gesicht und die feinen Fältchen um die Augen machten es schwer, das Alter der Frau zu erraten. Der liebevolle Blick, mit dem sie die Kinder musterte, die bei der Vorstellung Aleas durch den Granduco aufgesprungen waren und nun dem neuen Familienmitglied ihre Ehrerbietung erwiesen, strafte die Strenge, die sie zur Schau trug, Lügen.

»Timotheus Efferdan Laserian di Mestilio Cavalese al Escobar, mein ältester Sohn und Erbe. Seine Schwester Tsaiane Zafira Dorimena di Mestilio Cavalese al Escobar und mein jüngster Sohn Ernswin Ingrimur Gilead di Mestilio Cavalese al Escobar. Und dort sitzt meine liebe Frau und Mutter meiner Kinder, Hesione Ismene Eurykleia di Mestilio Cavalese.«

Während es sich die Kinder wieder auf dem Sofa bequem machten, trat Alea vor die Frau des Granduco und verharrte, die Herzschläge gewissenhaft in Gedanken mitzählend, in einem tiefen Knicks vor der Herrin des Hauses. Diese nahm die Geste mit einem freundlichen Lächeln entgegen und bot Alea, die herbeieilenden Dienstboten geflissentlich ignorierend, ein kleines Glas mit einer bernsteinfarbenen Flüssigkeit an. In einer klaren und tiefen Stimme begrüßte sie Alea auf das Herzlichste. Sie bot ihr einen Platz an ihrer Seite und, sehr zu Aleas Erstaunen, beließ es dabei. Keine Frage zu ihrer genauen Herkunft, nur ein wissender Blick aus freundlichen Augen, der zu sagen schien: Hab keine Angst, ich werde dich beschützen.

Von der anderen Seite des Salons konnte sie Timmi sehen, der ihr, nachdem er vorsichtig die Lage sondiert hatte, verschwörerisch zublinzelte, und obwohl Alea immer noch nicht so recht wusste, wie sie mit der Situation umgehen sollte, verspürte sie doch mit einem Mal etwas wie Wärme und Geborgenheit. Vielleicht gab es hier ja doch ein paar Menschen, denen sie nicht völlig gleichgültig war.

Mit einem leisen Knarren öffnete sich die zweiflügelige Tür an der Stirnseite des Raumes und Leonhard trat ein. »Es ist angerichtet.« Mit einer tiefen Verbeugung begab er sich zur Seite und der Blick aller Anwesenden fiel in das angrenzende Speisezimmer. Nacheinander erhoben sich die Mitglieder der Familie und folgten dem Granduco an die große Tafel.

Der Speiseraum war ebenso prunkvoll eingerichtet wie der Salon. Neben einem langen Büfett aus Kirschholz und zwei dazu passenden Vitrinen, in denen kostbarste Pokale und Gläser aus Kristall aufbewahrt wurden sowie Tassen aus feinstem Porzellan, beherrschte die große, damastgedeckte Tafel den Raum. Silberne Kandelaber mit brennenden Kerzen und eine ebenfalls silberne Vase mit tiefroten Rosen ergänzten das Bild. Während Laserian dem Platz am Kopfende des großen Tisches zustrebte, schob Leonhard die unsichere Alea einfach vor sich her und dirigierte sie so zu einem Stuhl links neben dem Granduco und gegenüber ihrer Tante. Erst als ihr Leonhard den Stuhl fast gegen die Kniekehlen presste, ließ sich Alea auf den Sitz fallen. Die steife Atmosphäre wie auch die verwirrende Anzahl silbernen Bestecks vor ihr erfüllten sie mit einem Gefühl des Unwohlseins, welches sich zu einer regelrechten Panik steigerte.

Eine Seitentür öffnete sich und entließ fünf, in rote Pagenuniformen gewandete Jungen, von denen jeder eine kleine, silberne Schüssel auf der Hand balancierte und den, an seiner weißen Mütze leicht zu erkennenden Chefkoch.

Auf ein unhörbares Kommando hin füllten die sechs gleichzeitig dampfende Suppe in die vor jedem Familienmitglied aufgestellten Suppentassen und zogen sich anschließend wieder zurück, dieweil ein weiterer Livrierter jeweils eines der Gläser, die vor jedem in einer größeren Traube standen, mit Wein füllte.

In diesem Raum dürfte wohl weit mehr an Geschirr versammelt sein, als man in unserem gesamten Dorf finden kann, dachte Alea fassungslos. *Und diese Gläser! Zum Glück gibt es zuerst Suppe. Die Löffel werde ich wohl kaum verwechseln können.*

Nachdem der Granduco den Segen der Travia auf die Speisen herabgerufen hatte, senkte sich Stille über die Tischgesellschaft, unterbrochen nur von vereinzelten Schlürfgeräuschen aus Richtung der Kinder. Die Verwirrung stand Alea wohl allzu deutlich ins Gesicht geschrieben, schien doch Timmi, wann immer sich ihre Blicke begegneten, ein Grinsen zu unterdrücken. Und auch die mütterlich beruhigenden Blicke, die ihre Tante Hesione ihr zuwarf, bestätigten Aleas Eindruck, sie benehme sich völlig daneben. Dieses Gefühl verstärkte sich noch, als nach der Suppe Vorspeisen, Salate und sonstige Speisen aufgetragen wurden, deren Zusammensetzung und Zubereitung ihr völlig unbekannt waren. In unregelmäßigen Abständen verstohlen zu Laserian hinüberschielend, ob sie auch das richtige Besteck verwendete, wurde ihre Hand während des Mahls immer zittriger.

Als Timmi endlich am unteren Tischende in ein nicht mehr zu unterdrückendes Kichern ausbrach, fiel Alea die Gabel aus der Hand. Tränen schossen ihr in die Augen, und bevor noch irgendwer etwas sagen konnte, war sie schon aufgesprungen und zur Tür geflüchtet, die hinter ihr mit einem lauten Krachen ins Schloss fiel.

Wie lange sie heulend auf dem Bett gelegen hatte, konnte Alea nicht sagen. Irgendwann spürte sie eine zarte Hand, die ihr vorsichtig über das dichte Haar strich. Den Kopf fester ins Kissen pressend, versuchte sie verzweifelt, dem Tränenfluss Einhalt zu gebieten.

Ein weißes Spitzentaschentuch senkte sich in ihr Gesichtsfeld, während weiterhin eine Hand beruhigend über ihren Kopf strich. »Ist ja gut, mein Kind. Weine dich ruhig aus.«

Obwohl sie die weiche Frauenstimme erst einmal gehört hatte, wusste Alea sofort, wem sie gehörte. Langsam hob sie den Kopf und sah ihrer Tante in die wissenden Augen. Hesione legte einen Finger vor die Lippen: »Ssst, sag jetzt nichts. Es muss sehr schwer für dich sein, hierher zu kommen, völlig fremd in einer ungewohnten Umgebung. Niemand, den du kennst, nichts, das dir hilft, dich zurechtzufinden. Kind, Kind, wir müssen dir wie Ungeheuer vorkommen.«

Bedauernd senkte die Frau den Kopf. »Und doch gibt es nichts, scheint mir, womit wir dir helfen könnten. Du gehörst zur Familie, und das ist alles, was zählt. Und es ist eine Sache, auf die du unbedingt stolz sein kannst. Du bist eine di Mestilio, mit allen Rechten, aber auch allen Pflichten, die den Mitgliedern dieses alten Geschlechts zukommen. Hast du noch Hunger?« Alea schüttelte verneinend den Kopf. »Dann solltest du dich am besten jetzt zu Bett begeben. Du musst todmüde sein, bei den vielen Dingen, die du heute erlebt hast. Ich werde Rinilla beauftragen, dich morgen zeitig zu wecken. Wir bekommen Besuch von einer sehr einflussreichen Dame, und ich fürchte, dass du morgen Vormittag wohl noch ein wenig in den Fragen der Etikette ausgebildet werden musst, ehe wir dich Lana Tarak vorstellen können.«

Während sich Rinilla schon durch die Tür schob, um Alea beim Auskleiden behilflich zu sein, küsste Hesione sanft Aleas Stirn und zog sich dann leise zurück.

Kapitel 9

Sanna verließ ihren Stammtisch und wünschte der Gruppe noch einen angenehmen Abend. Sie war wie immer begeistert. Maros, ein Mitglied der Freidenkerloge und gleichzeitig eine Art Vorsitzender ihres Stammtischs, hatte angekündigt, dass er mit ein paar Freunden eine neue Gazette herausbringen wolle. Einen Verleger und eine Druckerei hatte er bereits aufgetan. Lediglich ein paar aufgeweckte Leute, die jene Zeitschrift mit Leben füllen würden, fehlten ihm noch. Sanna war überglücklich, dass er ihr angetragen hatte, für seine Zeitung zu schreiben. Sie war geübt im Verfassen von Prosatexten, Lyrik und Dramen. Andarim, der Nandusgeweihte, hatte sogleich eine umfassende Aufklärungs- und Bildungskampagne für alle Leser gefordert. Maros hatte ihn zurückgehalten, schließlich wolle man den Adel nicht laufend vor den Kopf stoßen. Bei diesen Worten hatte er Sanna eindringlich angesehen.

Sie wissen, dass ich mit einer adeligen Frau zusammenlebe. Andarim hat bereits mehrere Male versucht, mich auszuhorchen, doch ich habe geschwiegen. Sharielle darf da nicht hineingezogen werden. Ich will unserer Sache dienlich sein, doch gibt es für mich eine eindeutige Grenze, die ich nicht überschreiten werde. Ich könnte es mir nie verzeihen, wenn Sharielles Leben durch meine politischen Ansichten zerstört würde. Zum Glück bin ich ein vorsichtiger Mensch geworden.

Sanna passierte die Botschaft des Mittelreiches. Die dreistöckige Villa war der Arbeitsplatz der elfischen

Botschafterin aus dem Neuen Reich, Arela Weißblatt. Eine Kutsche raste die Straße hinab und fuhr ohne Rücksicht auf die Passanten durch die Pfützen. Das Wasser spritzte nach allen Seiten. Sanna sah noch einmal über die Schulter, um einige Büttel zu mustern, die in der Nähe einer Schneiderei standen. Nach kurzer Beobachtung kam sie zu der Überzeugung, dass die Stadtwache nicht hinter ihr her sei. In diesem Augenblick stieß sie heftig mit jemandem zusammen.

»Bei Praios! Nimmt das Unglück für heute denn gar kein Ende?«

Der Sprecher war ein ansehnlicher, großer Mann über dreißig. Er hatte kurzes, blondes Haar, einen gepflegten Bart und eine kleine Narbe über der Augenbraue. Seine prunkvollen Reisegewänder waren komplett durchnässt. Scheinbar hatte er der Kutsche nicht schnell genug ausweichen können. Er sah Sanna an und sein Blick wurde weich. Seine blauen Augen blitzten freundlich, als er ihre Hand nahm und einen Kuss darauf hauchte. »Vergebt mir bitte vielmals, meine Dame.«

Jetzt erst bemerkte Sanna, dass zwei weitere Männer direkt hinter ihm standen. Der dunkelhaarige Mann war ein wahrer Riese, muskelbepackt mit Vollbart und langen schweren Zöpfen. Der Dritte im Bunde trug sein braunes Haar zu einem kurzen Zopf geflochten und bestach durch sein elegantes Auftreten. »Verzeiht meinem Freund, aber er ist ein wahrer Tollpatsch. Und ein Verehrer der Frauen. Komm, Caric, wir müssen weiter.« Er lächelte freundlich und wünschte Sanna einen wundervollen Tag. Sanna schlug verlegen die Augen nieder und verabschiedete sich von den drei Edelleuten.

Nach einer Viertelstunde erreichte sie die Villa ihrer Freundin. Eine staubige Reisekutsche stand auf dem Vorplatz und ließ Sanna erahnen, dass die Kinder von ihrem Aufenthalt in Kuslik zurückgekehrt waren. Sie läutete an der Tür und kurz darauf öffnete Bertrand. »Ah, meine Dame, tretet ein.«

Sanna konnte sich ein Kichern nicht verkneifen. Nach all den Jahren wusste Bertrand noch immer nicht, wie er sie denn nun anreden sollte. Sanna war nicht von Stand, nicht in der Armee und auch keine Geweihte. Dadurch entfielen die meisten Titel. Blieben nur noch förmliche Anreden, die jedoch in Anbetracht der Tatsache, dass sie sich jeden Tag sahen, recht steif wirkten.

Das Monokel festgeklemmt, fuhr der Bedienstete fort. »Die Hausherrin ist noch nicht heimgekehrt, ich erwarte sie aber in der nächsten halben Stunde zurück. Die Vorbereitungen für das Abendessen laufen bereits.« Bertrand zog die Augenbrauen hoch und fügte an: »Ach ja. Eure … ich meine die Kinder der Hausherrin, also …« Der sichtlich um Worte bemühte Diener stotterte verlegen, und als er sich dieser Schwäche bewusst wurde, lief er rot an. Dies war mehr als peinlich für einen so distinguierten Leibdiener wie den alten Bertrand. Sanna lächelte und unterbrach seine Bemühungen.

»Ihr wollt sagen, die Kinder sind wieder da? Das freut mich, danke, Bertrand.« Der Diener machte einen Kratzfuß und zog sich sichtlich erleichtert zurück. Sanna legte ihre Tasche mit den Papieren und Vorschlägen ihrer Freunde ab und streckte sich.

»Sion? Madanne?«, schallte ihre Stimme durch das Haus. Jemand eilte kurz darauf mit laut polterndem Schritt die Treppe hinunter. Sion stürzte auf Sanna zu, die in die Knie ging und den Jungen in die Arme schloss. Sie streichelte seinen Blondschopf und drückte ihm einen Kuss auf die Stirn. Der Junge blickte sie aus klaren hellblauen Augen an. »Schön, dass du da bist. Ich muss dir so viel erzählen, du glaubst gar nicht, was wir alles gemacht haben. Endlich sind wir wieder zu Hause.« Er drückte sie fest an sich; er litt nicht unter dem Verlust des Vaters, denn er liebte die Freundin seiner Pflegemutter abgöttisch. Sanna fühlte sich erleichtert und die ganze Anspannung des Tages fiel von ihr ab wie überschüssiger Ballast. Ihre leise Stimme klang liebevoll.

»Ich freue mich auch, dass ihr wieder hier seid.« Sie erhob sich und fragte neugierig: »Wie war es denn in Kuslik? Hattet ihr viel Spaß?«

Sions Augen leuchteten und er fing an zu erzählen. »Ja, es war schön. Onkel Sarianor hat uns sogar sein Schiff gezeigt.«

Onkel Sarianor ... Sanna lächelte still vor sich hin. In Wirklichkeit war Sarianor Zornbrecht der Neffe des bekannten Granden aus Al'Anfa. Sharielle hatte ihn auf einer ihrer früheren Missionen kennen gelernt. Obwohl er der Schwarzen Allianz angehörte, war er kein typischer Vertreter seines verrufenen Stadtstaates. Ihr Vertrauen ihm gegenüber hatte Sharielle in höheren Militärkreisen zusätzlichen Misskredit eingebracht. Der Südländer hatte sich in der Nähe von Kuslik ein beachtliches Anwesen gekauft, in welchem er regelmäßig Urlaub machte, wenn das Pflaster daheim zu heiß wurde. Eigentlich war er nur ein Bekannter der Familie, doch hatten ihn die Kinder einmal zum Onkel gemacht und waren nicht bereit, auch nur einen Zoll davon abzurücken. *Nun ja, die Kinder haben mich als ihre zweite Mutter akzeptiert, warum dann nicht einen weiteren Ausländer als Onkel? Ich persönlich traue ihm nicht, aber ich kann mich auf Sharielles Urteil verlassen.*

»Wo ist eigentlich deine Schwester?«

Sion winkte ab. »Die ist auf ihrem Zimmer und schmollt. Sie wäre lieber noch in Kuslik geblieben. Sie sagt, hier sei alles soooo langweilig.«

Sanna schüttelte kaum merklich den Kopf. *Was habe ich dem Mädchen nur getan? Warum kann sie mich nicht leiden? Wir streiten schon, seit wir uns kennen. Vielleicht glaubt sie, ihre Ersatzmutter hätte etwas Besseres verdient als mich.* Schnell schüttelte sie diesen Gedanken ab und versuchte, nicht weiter über den Grund von Madannes Ablehnung zu spekulieren. Sion schubste sie an.

»Sanna? Bertrand hat gesagt, dass heute Abend ein wichtiger Mann zum Essen kommt. Wer ist es denn?« Die Neugier stand dem Jungen ins Gesicht geschrieben, und er konnte sehr hartnäckig sein, wenn er etwas wissen wollte.

Sanna holte tief Luft und bemühte sich um einen gelangweilten Ton. »Er heißt Garvor di Scilaggio und ist Offizier in der Armee.«

Sion strahlte über das ganze Gesicht. »Das ist ja toll. Ein richtiger Soldat! Bestimmt hat er schon viele Schlachten geschlagen und ist ein ganz großer Held!«

Sanna wollte sich nicht den Mund verbrennen und schwieg lieber. Der Junge war noch immer ganz hingerissen. »Wenn ich alt genug bin, dann werde ich auch Offizier. Mein Freund Tsajan hat mir erzählt, dass man sehr schnell Offizier werden kann, wenn man adelig ist.«

Sanna pustete sich eine Strähne aus dem Gesicht und sagte dann: »Überleg dir das noch einmal. Du hast ja zum Glück noch ein wenig Zeit bis dahin. Und erzähl vor allem deiner Mutter nichts davon! Sonst zieht sie erst dir und dann mir die Ohren lang.« Ein heiteres Lachen Sions beendete das Thema und ließ den Kapitan vorübergehend in Vergessenheit geraten.

Sanna machte sich auf den Weg nach oben, um nach Madanne zu sehen. Sie klopfte zaghaft an und trat ein. Das junge Fräulein saß an seinem Schreibtisch und trug offenbar etwas ins Tagebuch ein. Sie drehte den Kopf, erkannte Sanna und schlug das Buch zu. Madanne warf sich das lange schwarze Haar über die Schulter und stand auf. Ihr Gesichtsausdruck war wie immer von Stolz und Überheblichkeit geprägt. »Was gibt es?«, fragte sie in einem anerzogen höflichen Tonfall. Sanna hob eine Hand und ließ sie wieder sinken.

»Eigentlich wollte ich nur sehen, wie es dir geht, Madanne.«

Eine frostige Atmosphäre legte sich über den Raum, wie das Netz eines Fischers. Sanna faltete die Hände und überlegte einen Moment krampfhaft, was sie noch sagen könnte, doch ihr fiel nichts ein. Dieses Schweigen war charakteristisch für den Umgang der beiden miteinander. Irgendetwas hatte schon seit langem jeglichen Kontakt verhindert, und nur gelegentlich unterbrach ein heftiger Streit die erdrückende Stille. »Dann ist ja alles in Ordnung. Wir sehen uns beim Essen.«

Sanna schloss die Tür hinter sich und hielt inne. *Was bin ich für ein Trottel. Wenn mich jemand so reden hörte: Eigentlich wollte ich nur wissen, wie es dir geht. Was für eine leere Phrase! Manchmal muss ich mich fragen, ob wirklich ich das bin, die so spricht?* Wütend über sich selbst machte sie sich auf den Weg in die Küche.

Sharielle spazierte gemächlich durch die großen Gartenanlagen der Innenstadt. Die Abendsonne erwärmte noch immer die Luft, jedoch war es draußen mittlerweile schon bedeutend angenehmer als zur Mittagszeit. Die Adelige war auf der Suche nach einem alten Kriegsinvaliden, der ihr als Bindeglied zu einem ihrer Informanten diente. Sie hatte es schon am Rondra-Tempel versucht, wo er gewöhnlich stand und um Almosen bat, aber er war nicht da gewesen.

Sharielle umrundete eine kunstvoll beschnittene Hecke und erblickte den Alten am Wegesrand. Er kauerte neben einem Gebüsch, vor sich seine Krücken. Sein Kopf war mit einem schmutzigen Verband umwickelt, der sein rechtes Auge bedeckte; das Bein, an welchem der Unterschenkel fehlte, hatte er demonstrativ von sich gestreckt, damit dem Passanten gleich auffiel, was für ein armer Kerl er war. Sein graues, verfilztes Haar reichte ihm bis auf die Schultern und sein Vollbart hatte auch schon seit geraumer Zeit nicht mehr das Messer eines Barbiers gespürt.

Langsam näherte sich Sharielle dem Veteranen. Sie neigte sich zu ihm herunter und legte ein Goldstück in seine mit allerlei Kleingeld gefüllte Holzschale. Er wünschte ihr Rondras und Travias Segen und bedankte sich inbrünstig.

»Wenn du mir sagst, wo ich Gallus finden kann, dann soll dieses Goldstück nicht das Letzte gewesen sein, das den Weg in dein Schälchen findet.«

Der Alte musterte die Cavalliera eindringlich. »Aha. Dachte ich mir doch gleich, dass hier mehr dahintersteckt. Ihr findet Gallus, lasst mich überlegen …« Der Veteran kratzte sich am Kopf und fing an zu grübeln. Ächzend zog Sharielle ihren Geldbeutel hervor und ließ eine weitere Goldmünze mit dem Konterfei der Kaiserin in seine Schale wandern. »Ah, ich glaube so langsam fällt es mir wieder ein. Wisst Ihr, wo die Arena ist?«

Die Adelige dachte kurz nach, dann erinnerte sie sich. »Natürlich, im Marktviertel.« Sie ließ erneut ein paar Münzen klingeln und machte sich auf den Weg ins Marktviertel. Der Alte rief ihr noch einmal Segenswünsche nach und machte sich dann daran, den Standort zu wechseln. Für heute hatte er genug verdient; dieses Gold würde ihn für Wochen über Wasser halten. Vorausgesetzt, er würde nicht sofort alles verwetten und in Schnaps anlegen, was allerdings recht wahrscheinlich war.

Die Arena war eine große Anlage, die bis zu eintausend Zuschauern Platz bot. Hier wurde alles veranstaltet, was an Belustigung für das Volk zulässig war. Hahnenkämpfe, Hunderennen und akrobatische Darbietungen begeisterten die Zuschauer, welche eifrig ihr Geld verwetteten. Sharielle fühlte sich ein wenig unwohl in dieser Umgebung. Die Leute waren ausgelassen und fröhlich, nicht so stocksteif und langweilig wie die Menschen, mit denen sie für gewöhnlich verkehrte. Die strengen Gerüche der Tiere stiegen ihr in die Nase, als sie einen Hundezwinger passierte.

Ein Mann in weiten Gewändern mit südländisch gebräunter Haut sprach sie an. »Edle Dame, wollt Ihr nicht Euer Glück versuchen? Meine Hunde sind die besten Tiere aus dem Tulamidenland. Ich verspreche Euch, wenn Ihr Euer Geld auf mich und meine Sieger setzt, soll es Euer Schaden nicht sein.«

Sharielle lächelte gequält und hob abwehrend die Hände: »Eigentlich wollte ich gar nicht wetten. Trotzdem danke für das höfliche Angebot; vielleicht ein andermal.« Schnell drängelte sie sich weiter durch die Menge, sodass dem Tulamiden keine Möglichkeit blieb, sie in ein längeres Gespräch zu verwickeln.

Schließlich gelangte sie zum Tisch eines Schreiberlings, der eifrig die aktuellen Quoten berechnete. »Verzeiht, mein Herr. Ich suche einen Mann namens Gallus. Könntet Ihr mir vielleicht in dieser Hinsicht behilflich sein?«

Der Schreiber blickte kurz auf und deutete mit dem Kopf in eine ungefähre Richtung, dann widmete er sich wieder seinen Listen. »Besten Dank für Eure tatkräftige Hilfe«, sagte sie in sarkastischem Tonfall.

Sharielle bahnte sich ihren Weg durch die Menge und entdeckte schließlich den groß gewachsenen Mann, der angespannt einen Hahnenkampf verfolgte. Als sie ihm die Hand auf die Schulter legte, fluchte er und riss sich den Hut vom Kopf. Verärgert schleuderte er die Kopfbedeckung zu Boden und versetzte ihr einen Tritt. Doch galt sein Zorn wohl nicht Sharielle, sondern dem Ausgang des Kampfes: Eines der beiden Tiere sah schwer angeschlagen aus und bewegte sich kaum noch. Ungefähr die Hälfte der Beobachter brach in lauten Jubel aus, wohingegen der Rest deprimiert auf den Kampfplatz starrte. Gallus wandte sich zu Sharielle um und blickte sie fragend an. »Was?«, entfuhr es ihm in harschem Ton.

Sharielle trat erschrocken einen halben Schritt zurück; es war schon eine Weile her, seit sie mit ihm zu tun gehabt hatte. »Gallus, seid Ihr das?«

Der Mann nahm seinen Hut vom Boden auf und klopfte den Staub ab. Seine Augen verengten sich zu Schlitzen und er erkannte die Cavalliera. »Ihr seid Sharielle di Jazayeri. Ich wusste es doch gleich. Ihr kamt mir so bekannt vor. Viel Zeit ist seit unserem letzten Geschäft vergangen. Was führt Euch heute zu mir?«

Die Adelige senkte den Blick. »Ich benötige Eure Hilfe. Jedoch soll Eure Mühe auch diesmal wieder redlich belohnt werden.«

Diese Worte zauberten ein Lächeln auf das Gesicht des Mannes. »Ich habe stets gern mit Euch Geschäfte gemacht. Lasst uns das an einem anderen Ort besprechen.«

Sharielle nickte und folgte ihrem Informanten durch das Gedränge. Aufmerksam blickte sie sich nach allen Seiten um. *Ich muss äußerst vorsichtig sein. Gallus hat einflussreiche Freunde und Gönner in den höchsten Kreisen des Kartells. Außerdem ist er wahrscheinlich auch in der Lage, an Informationen der Phexkirche zu kommen. Er kann wahrscheinlich* alles *herausfinden, wenn er will. Ob aber ein Geschäft mit dem Kartell oder den Dienern des nächtlichen Gottes, gefährlich ist es in jedem Falle. Das klingt zwar lästerlich gegenüber den Dienern des Fuchses, aber wenn ich ehrlich bin, trifft es den Nagel auf den Kopf.*

Gallus hielt auf einen der Hundezwinger zu und nach kurzer Unterhaltung mit dem Wärter kehrte er an Sharielles Seite zurück. »Ist er einer Eurer Kontaktleute?«, fragte sie.

Gallus zog die Augenbrauen hoch und schüttelte verständnislos den Kopf. »Bei den Göttern, nein! Er ist lediglich der Betreuer meiner Hunde.«

Sharielle war ihre Naivität peinlich. Leicht errötend strich sie sich eine Strähne hinter das Ohr.

»Oh, selbstverständlich.«

Sie folgte Gallus zu einem Ausschank am Eingang der Arena. Dort setzten sie sich an einen kleinen Tisch und steckten die Köpfe zusammen.

»Also, womit kann ich dienen?«

Sharielle sah sich erneut um, kam aber dann zur Sache. »Ich brauche Informationen über drei Neureicher, die hier einreisen wollen. Vielleicht könntet Ihr die Augen offen halten?«

Gallus kratzte sich am Kopf und bestellte eine Karaffe Wein. »Ihr redet nicht zufällig von den drei Agenten in Diensten der KGIA, die hier heute Morgen ankamen?«

Sharielle stutzte und für einen Augenblick wollte ihr keine Antwort einfallen. *Wie kann er schon davon wissen? An dieser Sache ist etwas faul. Egal, er hat die Informationen, die ich dringend brauche.*

»Angenommen, dem wäre so, was würde es mich kosten, mehr über die Angelegenheit zu erfahren?« Gallus hob drei Finger. Die Adelige traute ihren Augen kaum; völlig verstört fragte sie nach: »Das kann nur ein Scherz sein! Dreihundert Horasdukaten? Ihr wisst sicherlich, dass Ihr von einem kleinen Vermögen sprecht.« Gallus nickte gelangweilt und nahm den Wein von der Bedienung entgegen.

»Ein vorzüglicher Tropfen. Möchtet Ihr auch einen Schluck?«

Sharielle schüttelte den Kopf. Mit heiserer Stimme fragte sie weiter: »Also dann, was könnt Ihr mir über die Agenten sagen?«

Gallus beschrieb die Männer oberflächlich und nannte ihre Namen.

»Was wisst Ihr über ihre Absichten?«

Gallus zündete sich eine Pfeife an und zog genüsslich daran. Er blies die Rauchwolke zur Seite und sagte: »Darüber ist mir nichts bekannt.«

Du elender Lügner! Natürlich weißt du, was sie hier suchen. Es geht es dir lediglich darum, den Preis in die Höhe zu treiben. »Nun gut«, sagte sie, »ich lege noch fünfzig Goldstücke dazu.«

Gallus zog erneut an seiner Pfeife und grinste breit. »Sieh an. Soweit ich mich entsinnen kann, möchten sie etwas von einem gewissen Granduco Laserian di Mestilio Cavalese al Escobar. Ihr wisst schon, der persönliche Berater der Kaiserin im Wirtschaftsausschuss.«

Sharielle wurde ungehalten und lehnte ihren Oberkörper fordernd über den Tisch. »Das weiß ich selbst! Was genau wollen sie vom Granduco?«

Gallus zuckte lediglich mit den Schultern. »Verzeiht, aber darüber weiß ich nichts. Ich denke, unser Gespräch ist hiermit beendet. Sendet die vierhundert Goldddukaten bitte an meinen werten Freund im Drôler Commercien-Syndikat. Ihr wisst, wen ich meine. Sobald das Geld eingetroffen ist, werdet Ihr einen kompletten schriftlichen Bericht mit allen notwendigen Informationen erhalten. Ihr wisst ja, dass unsere Ware stets von bester Qualität ist und dass mein Freund sehr präzise Arbeit liefert.«

Ja, dieser geheimnisvolle Mann, der schon das letzte Mal nach unserem Treffen das Geld eingestrichen hat. Plötzlich ging Sharielle ein Licht auf und wutentbrannt fuhr sie Gallus an: »Halt! Wir sagten dreihundertfünfzig in Gold, nicht mehr!«

Gallus erhob sich gemächlich und nahm die Pfeife aus dem Mund. »Cavalliera, Ihr dürft nie vergessen, dass Ihr hier nach unseren Regeln spielt. Entweder Ihr könnt mit kleinen Regelkorrekturen leben oder Ihr müsst leider aus dem Spiel ausscheiden!«

Diese unverhohlene Drohung machte Sharielle erneut

klar, dass sie mit dem Feuer spielte. Zähneknirschend stimmte sie zu und stand ebenfalls auf. Gallus wünschte ihr noch einen angenehmen Abend, doch Sharielle war bereits auf dem Weg nach draußen.

Sharielle zog kräftig an der Klingel und ein helles Läuten ertönte. Bertrand öffnete die Tür und hieß seine Herrin willkommen. Korrekt wie immer verneigte er sich und erkundigte sich nach ihrem Befinden. Sharielle rauschte an ihm vorbei und brummelte etwas Unverständliches. Bertrand schloss die Tür leise und prüfte den perfekten Sitz seines Monokels. Die Herrin konnte so launisch sein! Von einem zum anderen Mal war sie wie ausgewechselt. Bei all seiner Erfahrung als Leibdiener hoher Herrschaften stellte ihn seine Beschäftigung bei der Cavalliera doch jeden Tag vor neue, unvorhersehbare Herausforderungen.

Sharielle wies ihn an, ein Bad vorbereiten zu lassen. Bertrand leitete diesen Auftrag an die Kammerzofe weiter, schließlich mussten die Kompetenzen der Bediensteten strikt eingehalten werden. Dann widmete er sich wieder seiner Aufsichtspflicht und machte sich auf den Weg in die Küche.

Sanna kam ihm, auf beiden Backen kauend, entgegen. Bei den Göttern, wo war er, der arme Bertrand, auf seine alten Tage nur hineingeraten? Wo gab es denn so etwas, dass man vor dem Essen schon einen Probegang einlegte? Solche Barbarei kannte man doch nur noch im Bornland oder im finstersten Weiden, wo die Menschen mit dem Wort Kultur nichts anzufangen wussten. Nein, er hatte es auf seine alten Tage wirklich nicht leicht. Fassungslos beobachtete er, wie Sanna das Badezimmer ohne anzuklopfen betrat. Resignierend schüttelte er den Kopf und wandte sich wieder seinen Pflichten zu.

Sanna schloss die Tür zum Badezimmer leise hinter sich. Sharielle lag in einem bis an den Rand gefüllten

Zuber, die Augen geschlossen, einen friedlichen Ausdruck auf dem Gesicht. Heißer Dampf stieg vom Wasser auf und Sanna sog den süßlichen Duft von Parfum, Badeöl und anderen kosmetischen Tinkturen ein. Sie schlich sich langsam und vorsichtig an. Kurz bevor sie ihre Freundin erreicht hatte, hörte sie ein leises Brummen. »Du hättest ruhig klopfen können.«

Sanna setzte eine enttäuschte Miene auf und kniete sich neben den Badezuber. Sharielle schlug die Augen auf und reckte den Kopf ein wenig. Sanna gab ihrer Freundin einen kurzen Kuss zur Begrüßung, legte dann ihre Arme auf den Rand der Wanne und bettete ihren Kopf auf das geschaffene Polster. Sie sah in Sharielles grüne Augen und flüsterte: »Die Kinder sind wieder da. Du hast sie noch gar nicht begrüßt.«

Sharielle ließ sich ein wenig tiefer ins Wasser sinken. »Ich weiß, aber ich brauche jetzt einen Augenblick meine Ruhe.«

Sanna konterte in spöttischem Ton: »Ich kann auch gehen, wenn du willst.«

Sharielle legte den Kopf zur Seite und schlug mit der Hand auf die Wasseroberfläche. Sanna machte einen Satz zurück, doch sie reagierte zu spät: Die Fontäne traf Gesicht und Haare und durchnässte sie. Beide Frauen konnten ein Lachen nicht unterdrücken.

»Sharielle, du bist manchmal richtig kindisch.« Sanna näherte sich erneut und kniete sich ein zweites Mal vor den Zuber. »Glaubst du, dass dein Freund von der Armee heute Abend noch mehr Ärger machen wird?«

Sharielle griff nach einem Schwamm und begann sich zu waschen. Beiläufig nahm Sanna ihr den Schwamm ab und fuhr damit über die Schultern der Freundin.

»Lenk nicht vom Thema ab. Ich fürchte, dass er in einem Anfall von Kriegerwahn zu der Überzeugung gelangt sein könnte, nur halbe Arbeit getan zu haben, und mir sogleich den anderen Arm auch noch aufschlitzt!«

Sharielle schüttelte energisch den Kopf. »Nein. Jetzt übertreibst du, Sanna. Ich denke, wenn sich alle ein wenig zurückhalten, dürfte dies ein ruhiger Abend werden.«

Sanna umschlang die Schultern ihrer Freundin und küsste ihren Hals. »Hast du wirklich gefragt, ob sein Begleiter am Kronleuchter schaukeln würde?«

Sharielle kicherte und Sanna musste ebenfalls lachen. Sharielle wog ihren Kopf hin und her. »Gut, das war vielleicht nicht gerade diplomatisch von mir, aber mal ganz ehrlich: Du hast diesen Wilden doch selbst gesehen, primitiv, tumb, grob und hässlich!«

Sanna fasste Shariellles Hals mit beiden Händen und fragte mit gespielter Eifersucht: »Soso. Während ein brutaler Kerl deine Freundin aufschlitzt, hast du Zeit, auf die Vorzüge deiner Besucher zu achten.«

Sharielle drehte den Kopf nach hinten und stotterte: »Na ja, wenn du mich so fragst …«

Sanna lachte auf: »Na warte!«

Noch bevor Sharielle zu einer Antwort ansetzen konnte, wurde sie schon unter Wasser gedrückt. Als sie wieder auftauchte, schnappte sie nach Luft und warf den voll gesogenen Schwamm nach Sanna. Das Wurfgeschoss traf diese am Bauch und mit einem lauten Klatschen entließ der Schwamm die gespeicherte Flüssigkeit. Völlig durchnässt setzte Sanna zunächst eine grimmige Miene auf, doch dann schlich sich ein Lächeln auf ihr Gesicht.

Als sie den Schwamm zurückgab, zog Sharielle sie heran und küsste sie lange. Der Duft von Shariellles frisch gewaschenen Haaren und dem Rosenparfum, das sie sich aus dem Süden liefern ließ, stieg Sanna in die Nase und machte sie benommen. Als sie sich von den Lippen ihrer Freundin löste, grinste diese und flüsterte: »Zieh dir etwas Hübsches an, wir wollen schließlich einen guten Eindruck machen …«

Sanna nickte und verließ das Badezimmer, feuchte Spuren hinterlassend.

Draußen lief sie fast Bertrand in die Arme. Er musterte sie von Kopf bis Fuß und hob mahnend den Zeigefinger, bereit, eine belehrende Bemerkung anzubringen, doch nach kurzem Grübeln ließ er den Finger entmutigt wieder sinken. Nein, er schwieg lieber, denn was hätte er dazu auch sagen sollen?

Die Tafel war gedeckt, alles harrte der Gäste, die gleich erscheinen mussten. Sharielle trug ein weites, rotes Ballkleid mit Drôler Spitze und Vinsalter Dekolleté. An ihren Ohren baumelten zwei prächtige, mit Perlen versehene Ohrgehänge, die früher ihrer Mutter gehört hatten. Ihre Wangen hatte sie dezent gerötet und auch ihre Lippen wirkten durch die Schminke kräftiger und voller.

Sanna trug ein enges schwarzes Kleid al'anfanischer Machart; es hatte zwar einer halbstündigen Diskussion bedurft, sie zu überreden, sich in ein Kleid zu zwängen, doch Sharielle fand, dass sich der Aufwand gelohnt hatte. Das dunkle Kleid war mit weißen tigerartigen Streifen versehen und wirkte bis auf die knappen Träger recht traviagefällig. Wenn Sanna jedoch die Beine übereinander schlug oder einen Schritt tat, machte sich der berühmte Al'Anfaner Schnitt bemerkbar. Dem aufmerksamen Betrachter entging dann nicht, dass der Stoff an einer Seite sehr hoch geschlitzt war und einen Blick auf makellose Beine freigab. Sanna trug bis auf einen Ring am Finger keinen Schmuck, Sharielle war es jedoch gelungen, sie zu überreden, ein wenig Lippenrot aufzutragen.

Sion hatte man in eine pagenartige Livree gesteckt, Madanne hingegen hatte ihr Gewand selbst gewählt. Ihr Geschmack, was Kleidung anging, richtete sich stets nach den unberechenbaren Launen der Vinsalter Mode. Momentan waren blaue Farben und Korsetts der letzte

Schrei. Dementsprechend trug sie ein bis zur Taille recht eng geschnürtes Kleid mit weit schwingendem Rock. Der Stoff war mit zahlreichen Perlen bestickt und die Spitze an den Ärmeln mit Goldfäden durchwirkt. Ihr sonst glattes Haar kräuselte sich zu Locken und war kunstvoll mit mehreren Bändern und Nadeln am Hinterkopf festgesteckt. Obwohl sie noch recht jung war, wirkte sie bereits wie eine distinguierte Frau von Stand, die wusste, was sie wollte.

Sharielle hatte sich in einen gepolsterten Sessel sinken lassen und beobachtete aufmerksam ihre Nichte, der sie eine Mutter sein wollte. *Sie wird einmal zu einer der begehrtesten jungen Damen am Hof avancieren. Das Streben nach Reichtum, Macht und Prunk wurde ihr zusammen mit ihrem beeindruckenden Aussehen in die Wiege gelegt, lediglich an gesellschaftlichen Feinheiten gilt es noch zu feilen. Es ist gut möglich, dass sie es einmal zu mehr Ansehen bringt als ich. Eines wird sie sich bestimmt gemerkt haben: nämlich um jeden, dessen politische Ansichten mit den kaiserlichen nicht konform gehen, einen großen Bogen zu machen. Nicht so wie ich.*

Sharielle mühte sich redlich, die bis zu den Ellenbogen reichenden weißen Handschuhe anzuziehen. Sanna ließ sich auf ihrem Schoß nieder, das Kleid teilte sich auf der Hälfte ihres Oberschenkels und fiel seitlich herab. »Sharielle?«

»Ja.«

Sanna warf einen Blick auf ihre Beine und sah dann ihrer Freundin ins Gesicht. »Hältst du das für eine gute Idee?«

Sharielle gab ihr einen Klaps und bedeutete ihr aufzustehen, da sonst das Kleid zerknittern würde. »Also, ich finde es schön.«

Bevor Sanna zu einer Antwort ansetzen konnte, läutete es an der Tür, und Betrand machte sich auf den Weg, die Gäste zu empfangen.

Der Diener bat die Männer herein und nahm ihre Waffen entgegen. Takate hatte sein Äußeres nicht verändert, da ihm Prunk, Pracht und teure Gewänder nichts bedeuteten; Kleider waren für ihn lediglich Gebrauchsgegenstände, die einem alltäglichen Zweck dienten. Garvor trug seine Ausgehuniform mit den Orden und der Schärpe, glänzende schwarze Stiefel und eine schwarze Perücke. Sharielle stutzte einen Lidschlag lang, denn sie hatte den Kapitan nicht mit solch auffälliger Haarpracht in Erinnerung. Wenige Augenblicke später hatte die Hausherrin alle Anwesenden miteinander bekannt gemacht, so wie es die Etikette von ihr verlangte. Sanna fiel auf, dass Sion den Offizier mit unverhohlener Bewunderung anstarrte.

Die Gesellschaft begab sich schweigend zu Tisch, und nachdem Wein ausgeschenkt worden war, folgte bald eine kleine Vorspeise – Hummerhäppchen, die auf einer Silberplatte gereicht wurden.

Sharielle, noch immer ihr halb gefülltes Glas in der Hand, brach die unnatürliche Stille und eröffnete mit fester Stimme die Konversation: »Sagt, Kapitan, habt Ihr die heutige Ausgabe des *Bosparan-Herold* gelesen?«

Der Offizier faltete die Hände und sah die Diplomatin an. »Ja, in der Tat.«

Natürlich hast du die Zeitung gelesen. Der Herold ist bei weitem das konservativste und nationalistischste Blatt, das mir bekannt ist.

»Ich persönlich empfinde die Erhöhung der Mittel für Landgendarmerie und Commissariate als ausgesprochene Wohltat«, fuhr der Kapitan fort. »Ihr nicht auch, Cavalliera? Scheinbar sagt man dem Verbrechen endgültig den Kampf an.«

Sharielle lächelte und erwiderte: »Gewiss. Ich habe gehört, diese Initiative stammt von Granduco Laserian di Mestilio.«

Die letzten Worte verließen ihren Mund nur beiläufig,

denn sie hatte ihre Aufmerksamkeit Sanna zugewandt, die ein Kichern zu unterdrücken versuchte. *Mädchen, jetzt beherrsche dich doch bitte nur dieses eine Mal!*, bat sie stumm. Dummerweise war die Tafel so lang, dass Sharielle ihrer Freundin keinen Tritt gegen das Schienbein versetzen konnte. Sanna wies mit dem Kopf in Richtung des Waldmenschen und mit einem Schlag begriff Sharielle den Grund ihrer Heiterkeit.

Takate saß leicht konsterniert vor seiner Vorspeise und war noch mit der Wahl des Bestecks beschäftigt. Eindeutig verunsichert prüfte er jede Gabel und jedes Messer, konnte sich aber nicht dazu durchringen, einfach ein Teil auszuwählen und mit dem Essen zu beginnen. Schnell wurde ihm bewusst, dass diese Schwäche der Gastgeberin nicht verborgen blieb. Entschlossen verkündete er: »In Takates Stamm gelten diese Tiere als Sendboten des großen Jaguars, Takate und seine Brüder essen sie nicht!« Sharielle konnte ein Lächeln nicht unterdrücken und nickte wohlwollend.

Mit seinem Essen hinlänglich beschäftigt, sah Garvor nur kurz auf und bemerkte den Fauxpas seines Begleiters nicht. Er schob seinen leeren Teller zur Seite und lehnte sich zurück. »Eines muss man Euch lassen, Cavalliera, jede Frau, die in Eurem Haus lebt, hat einen erlesenen Geschmack, was Bekleidung angeht.«

Madanne beantwortete das Kompliment mit einem züchtig schüchternen Lächeln. Sharielle drehte sich der Magen um. *Was glaubt dieser Kerl, wer er ist? Erst schlägt er um sich und schimpft mich in Grund und Boden, und nun setzt er sich an meinen Tisch, grinst wie ein Esel, dem man die Rübe vorhält, und macht meiner Tochter Komplimente.*

»Ich weiß Euer fachmännisches Urteil zu schätzen, Kapitan. Ein Mann wie Ihr kennt sich fraglos in der Welt der Vinsalter Damenmode vorzüglich aus.«

Der Offizier warf ihr einen hasserfüllten Blick zu; in

diesem Augenblick erkannte Sharielle, wie leicht es war, seine Fassade anzukratzen und ihn in Rage zu bringen.

Kurz bevor die Suppe gebracht wurde, betrat Bertrand den Raum und flüsterte Sharielle ins Ohr: »Verzeiht, Cavalliera. Ein Inspector des Adlerordens wünscht mit Euch und der Dame Sanna zu sprechen. Er sagte, es würde keinen Aufschub dulden.«

Sharielle runzelte die Stirn und sah Sanna vorwurfsvoll an, doch diese schien sich keiner Schuld bewusst, denn sie hob nur fragend die Schultern.

Sharielle entschuldigte sich bei Garvor und seinem Begleiter und bedeutete ihrem Diener, den Inspector in die Bibliothek zu bitten. Nachdenklich verließ sie das Speisezimmer, die immer noch verwirrte Sanna auf den Fersen. Garvor verzog keine Miene, obwohl er in seinem tiefsten Inneren bereit war, laut loszujubeln. *Jetzt, meine Liebe, wirst du leiden müssen. Der erste von vielen schmerzhaften Stichen sitzt und du kannst nichts dagegen tun.*

Ein schwarz gekleideter Mann mit blondem Haar betrat die Bibliothek. Am Kragen blitzte ein kleines Abzeichen aus purem Gold. Der Horasadler funkelte hell im Schein der Kerzen, als der Beamte, der sich als Inspector Jarim vorstellte, sich vor Sharielle aufbaute. Ihm folgten zwei Stadtgardisten, die starr geradeaus blickten und auf Anweisungen des Inspectors harrten.

Dieser zog ein zusammengefaltetes Blatt aus einer Tasche und glättete es. Er sah Sanna an und fragte in gelangweiltem Tonfall: »Seid Ihr die Dame Sanna?« Die Angesprochene nickte zögernd und schluckte schwer. »Im Namen Ihrer Horaskaiserlichen Majestät verhafte ich Euch wegen dringenden Verdachts der staatsfeindlichen Konspiration. Wenn Ihr uns bitte folgen wollt.«

Der Inspector machte eine ausladende Handbewegung zur Tür hin. Sanna öffnete den Mund, brachte aber vor Schreck keinen Ton heraus. Energisch erhob sich Sharielle, stellte sich zwischen Sanna und den Ermittler und fragte nach dem Haftbefehl. Sie prüfte das Schriftstück und fand darauf die gültige Unterschrift eines Richters.

Bei allen Göttern, das darf nicht sein! Was soll ich jetzt tun? Mit harscher Stimme fauchte sie den Beamten an: »Wer erhebt die Anklage? Mit welchen Beweisen?«

Der Inspector zog eine Augenbraue hoch und entgegnete: »Einer unserer Ermittler erhebt die Anklage, da er diese Dame hier bei ihren Umtrieben gesehen hat.«

Sharielle war sich sicher, dass da etwas nicht stimmte, also hakte sie nach: »Nennt mir bitte den Namen dieses Ermittlers.«

Der Inspector zögerte, dann wurde er wütend. »Ich muss mich hier nicht rechtfertigen. Dieses Schriftstück beweist fraglos, dass ich im Interesse der Kaiserin und des Staates handle. Zwingt mich nicht, Eure Freundin mit Gewalt abführen zu lassen!«

»Wie könnt Ihr es wagen, mir in meinem eigenen Haus zu drohen? Ihr wisst anscheinend nicht, wen Ihr hier vor Euch habt.« Sharielles Stimme überschlug sich vor Zorn.

Der unbeherrschte Inspector griff zu seiner Waffe und richtete sie auf Sharielle. »Aus dem Weg! Sofort!«

Sanna fasste ihre Freundin an der Hand und zog sie leicht zur Seite. »Nein! Leg dich nicht mit ihnen an! Das ist sinnlos, ich werde mit ihnen gehen.« Sanna straffte sich und bewegte sich steif auf die Ordnungshüter zu. Sharielles Herz schlug immer schneller, ihre Beine wurden weich und ihre Kehle schnürte sich zusammen.

Als die Stadtwachen ihr Opfer an den Armen packten, spürte die Adelige einen schmerzhaften Stich in ihrem Inneren. Sanna schloss die Augen und atmete schwer. Ihre Hände zitterten, und nur mit Mühe konnte sie ein Schluchzen unterdrücken, als die Wachen sie durchsuchten. Die groben Hände der Soldaten fuhren über ihren Körper, entdeckten aber nichts.

Inspector Jarim steckte seine Waffe wieder ein und beruhigte sich allmählich. Er nahm Sannas linke Hand und zog den Ring von ihrem Finger. »Wo sie hingeht, hat sie keine Verwendung für solche Schmuckstücke.«

Der Beamte reichte den Ring an Sharielle, die ihm daraufhin eine schallende Ohrfeige versetzte. Sharielle spürte, wie sowohl die Verzweiflung als auch das Stechen in ihrer Brust weiter anwuchsen und drohten, ihren Brustkorb zu sprengen. Sie schloss Sanna fest in die Arme, so als gälte es, sie nie wieder loszulassen. Leicht neigten sich die Köpfe der Liebenden zueinander und ihre Lippen trafen sich in einem zärtlichen Kuss.

Sharielle spürte die Tränen ihrer Freundin auf ihren Wangen. Sannas Hände umfassten Sharielles Hüften und hielten sie in sanftem, aber festem Griff. Sharielle wünschte sich, dass dieser eine Augenblick niemals enden würde, aber das Ende kam schneller als erwartet. Jarim packte Sanna am Arm und riss sie zurück. »Das reicht jetzt!«, knurrte er. »Ist ja widerlich! Los, abführen!«

Die Wachen zogen die dunkelhaarige Schönheit mit sich. Sharielle versuchte ihrer Stimme einen überzeugenden Klang zu verleihen, doch es wollte ihr nicht gelingen: »Keine Sorge, ich hole dich wieder aus dem Gewahrsam!« Sanna formte mit den Lippen stumm die Worte: »Ich liebe dich …« Dann hatten die Soldaten sie hinausgeführt.

Garvors trockene Stimme kam von der offen stehenden Tür der Bibliothek her: »Nicht so herzlos, Inspector. Vielleicht war dies der letzte Kuss der beiden, auf ewig.« Sharielle zuckte zusammen. *Wie lange steht dieser Kerl eigentlich schon da und schaut zu?* Sie war hin und her gerissen, dem Inspector oder dem Soldaten an die Gurgel zu gehen.

»Wenn ich mich recht entsinne, steht auf Verrat und Revolution Tod oder Zwangsarbeit in den Minen.« Garvor schien jedes Wort auszukosten.

Der Satz traf die Adelige härter als ein umstürzender Baumstamm. *Eigentlich*, dachte sie bei sich, *sollte ich nun richtig wütend sein.* Doch Trauer, Verzweiflung und Hoffnungslosigkeit lähmten ihren Zorn. Inspector Jarim hielt kurz inne und verließ dann das Zimmer.

Sharielle rauschte an Garvor vorbei in das Speisezimmer, wo sich Takate soeben erhoben hatte. Garvor, der ihr mit spöttischem Grinsen gefolgt war, verbeugte sich leicht. »Es war ein wirklich ausgezeichnetes Menü, meine Teuerste. Leider müssen wir nun gehen. Bestellt Eurem Koch, dass er ein wahres Genie ist. Versäumt nicht, uns bei entsprechender Gelegenheit wieder einzuladen. Einen angenehmen, guten Abend, Cavalliera.« Der Moha nickte nur kurz und folgte dann seinem Vorgesetzten. Die Tür schlug zu und sogleich breitete sich eine eisige Stille im Esszimmer aus.

Mit erstickter Stimme forderte Sharielle ihre Kinder auf, sie allein zu lassen. Fassungslos setzte sie sich in ihren Lehnstuhl, die Augen fest auf ihr leeres Weinglas geheftet, das unschuldig vor ihr stand. Wutentbrannt packte sie es und schleuderte es gegen die Wand, wo es klirrend zerbarst. Erste Tränen rannen über ihr Gesicht und verwischten das Wangenrot. Ein tiefes Schluchzen entrang sich ihrem Innern, das Herz war ihr unendlich schwer. Weinend legte sie die Arme auf den Tisch und vergrub ihr Gesicht im weichen, weißen Stoff ihrer Handschuhe. Ihre Trauer war überwältigend, ein nicht enden wollender Tränenstrom drang aus ihren Augen. Stoßweise atmend, kannte sie in ihrer Verzweiflung nur einen einzigen Gedanken, der ihren Verstand gefangen nahm, ihr Herz entzwei riss und sie in erbarmungslos kaltem Griff hielt: Sanna.

In der fensterlosen Kutsche, in die ihre Bewacher sie gesperrt hatten, war Sanna zu der Ansicht gelangt, dass man sie jetzt vorläufig ins Gefängnis stecken würde. Doch als die Soldaten sie grob aus dem Fahrzeug zerrten, stellte sie fest, dass sie sich vor dem Commissariat befanden, das um diese Uhrzeit selbstverständlich geschlossen war. Der Inspector holte einen Schlüsselbund aus der Tasche und öffnete die Eingangstür. Man führte Sanna in ein Büro, in welchem der Beamte hinter einem breiten und sehr ordentlich aufgeräumten Schreibtisch Platz nahm. Die Gardisten schlossen die Tür und verharrten vor dem Eingang. Inspector Jarim entzündete eine Lampe und entriegelte eine gesicherte Schublade an seinem Schreibtisch. Leise fluchend machte er sich daran, in den Akten zu suchen. Mit einem dumpfen Schlag knallte ein umfangreiches Dossier auf die Tischplatte, und der Beamte wandte sich, die Hände wie zum Gebet gefaltet, Sanna zu. »Also, diese Akte hier befasst sich mit Euren Verfehlungen dem horasischen Staat gegenüber. Wir haben zwar nicht alle Beweise, um sämtliche Anschuldigungen gegen Euch zu stützen, aber ein Großteil der in diesem Dossier erwähnten Vorwürfe hat Hand und Fuß. Wie Ihr seht, steht Euch ein Prozess bevor, der aller Wahrscheinlichkeit nach mit Eurer Verurteilung zum Tode beziehungsweise lebenslanger Zwangsarbeit enden wird.«

Sanna senkte den Blick und versuchte die Anspannung, die ihren Körper in seiner Umklammerung hielt, abzuschütteln. »Ich verstehe.«

Der Inspector zog ein ledernes Etui aus seiner Tasche, öffnete es und steckte sich eine der darin befindlichen, daumendicken Zigarren in den Mund. Er entzündete das Räucherwerk an der hellen Flamme des Lämpchens und blies Sanna eine Rauchwolke ins Gesicht. »Euch aus dem Verkehr zu ziehen ist unbedingt nötig, denn Ihr stellt eine Gefahr für die göttergegebene Ordnung unseres Landes dar. Ihr versteht sicherlich, dass mir hier keine Wahl bleibt.«

Sanna wedelte den Qualm zur Seite und blickte den Inspector kalt an. *Verschone mich bitte mit deinem Geschwätz über Pflichtbewusstsein, Loyalität und Verantwortung deinem Land gegenüber. Ich kann diesen Unfug schon nicht mehr hören! Scheinbar rechtfertigt hier jeder sein Vorgehen, egal was es sein mag, mit der Liebe zu seiner heiligen Nation.*

Jarim blätterte kurz in der Akte und fuhr dann fort: »Eure Freunde sind weitaus interessanter als Ihr selbst. Ich möchte Euch deshalb ein Geschäft anbieten, welches Euch die einmalige Gelegenheit bietet, wieder gutzumachen, was Ihr verbrochen habt. Bringt uns Eure Freunde! Liefert sie uns auf einem Silbertablett, und ich schwöre Euch den heiligsten Eid, dass ich diese Akte hier den Flammen übergeben werde.«

Sanna ließ sich nichts anmerken und starrte weiter unbeeindruckt geradeaus. *Niemals! Ich werde nicht zur Verräterin, die ihre engsten Freunde der Tyrannei ihrer Staatsmacht überantwortet.*

»Überlegt es Euch gut, denn großartige Alternativen drängen sich Euch nicht gerade auf. Wenn Ihr Euch weigert zu kooperieren, wird Euch das den Rest Eures Lebens kosten. Was Eure Freundin angeht, nun, sie mag ihre Titel, ihr Vermögen und ihr Ansehen besitzen, doch wie lange? Ihr werdet entweder hingerichtet oder arbeitet Euch in einer Erzmine zu Tode. Und Sharielle? Nun, was, wenn die arme Cavalliera durch einen solchen Skandal in Mitleidenschaft gezogen würde? Man hört doch immer wieder von Angehörigen edelster Familien, die enteignet wurden und fürderhin ihr Leben in Armut als Landstreicher oder Bettler fristen.«

Sanna schluckte schwer und wischte sich den Angstschweiß von der Stirn. *Das ist die schrecklichste Wahl meines Lebens. Entweder ich verantworte den Tod mehrerer*

Freunde oder ich ruiniere Sharielle und sehe sie nie wieder. Nein, ich werde alles tun, nur Sharielle darf keinen Schaden davontragen!

Sanna schüttelte den Kopf und wisperte: »Ich werde tun, was Ihr von mir verlangt, egal wie niederträchtig es auch scheint.«

Die Zigarre glühte auf, als der Inspector an ihr zog und mit einem Nicken sein Einverständnis erklärte. »Wenn Ihr mich täuschen wollt, wird diese Akte, die hier vor mir liegt, Euer Schicksal und das Eurer Freundin unwiderruflich besiegeln! Habt Ihr mich verstanden, meine Dame?«

Sanna bejahte die Frage leise und ließ den Kopf sinken, der ihr vor Sorge und düsteren Gedanken schwer geworden war.

Die Wachen brachten die Gefangene auf Geheiß des Beamten zurück zur Kutsche. Der Inspector schloss die Tür hinter sich wieder ab und gab den Soldaten den Befehl, Sanna in den Kerker zu sperren und sie am nächsten Morgen gegen eine saftige Kaution freizulassen. Inzwischen war die zweite Stunde nach Mitternacht angebrochen und Jarim gähnte, die Augen auf den schwarzen, sternenübersäten Himmel gerichtet, den er immer wieder voller Faszination bewunderte. *Hoffentlich ist diese Angelegenheit tatsächlich der Untergang der Cavalliera und nicht mein eigener!*

Kapitel 10

Der nächste Vormittag war ein einziger Albtraum. Obwohl sich Leonhard sichtlich Mühe gab, Alea in die Feinheiten der Liebfelder Etikette einzuweisen, fühlte sich diese bereits mit den einfachsten Dingen heillos überfordert. *Es ist doch völlig egal, wie ich die Gabel halte. Hauptsache ist, dass ich nicht während des Essens verhungere. Warum muss ich jedes Mal einen Krampf in meiner Hand riskieren, bloß weil irgendjemand einmal auf die abstruse Idee kam, dass Leute von Stand eine Gabel nur auf eine einzige Weise zu halten haben?*

Und warum soll ich auswendig lernen, mit welchem Besteck ich welche Speise zu verzehren habe, wenn mir schon beim bloßen Anblick von Austern oder Hummer übel wird? Auch mag es ja sein, dass man vor einem Signore nicht so tief knickst wie vor einem Grandsignore, aber da es zusätzlich auch noch darauf ankommt, in welchem verwandtschaftlichen Verhältnis die Person zu mir steht, der ich meine Ehrerbietung erweise, brauche ich sowieso jemanden, der mir jederzeit genau sagt, wann ich was zu tun habe.

»Nein, Ihr müsst die Hand mit dem Fächer höher nehmen. Man darf Eure Augen unter keinen Umständen sehen, das wäre kokett und würde von Eurem Gegenüber als Aufforderung verstanden, Euch Avancen zu machen. Und seid vorsichtig mit Eurer Atmung. Euer Dekolleté sollte sich nicht allzu sehr heben und senken, es könnte sonst anstößig wirken, und Ihr wollt doch bestimmt nicht, dass man Euch für eine Kokotte hält, oder?«

Alea sah Leonhard verständnislos an. »Was, um der Götter willen, ist denn nun schon wieder eine Kokotte?« Während der Haushofmeister vor Verlegenheit tief errötete, öffnete und schloss er seinen Mund wie ein Fisch auf dem Trockenen. »Eine Kokotte, ja nun, eine Kokotte …«

Alea, die langsam begriff, über welche Art Frau zu sprechen Leonhard derartige Probleme bereitete, beobachtete interessiert, wie dem Haushofmeister feine Schweißperlen auf die Stirn traten.

»Lasst uns den Unterricht vorerst unterbrechen und eine kleine Pause einlegen. Schließlich sollt Ihr beim Empfang heute Nachmittag nicht allzu erschöpft sein …«

Der Empfang sollte im grünen Salon abgehalten werden, eben jenem Raum mit dem großen Balkon, in welchem Alea von Leonhard in die Feinheiten der Etikette eingewiesen wurde. Zu Aleas Erstaunen hatte sich Timmi eine Laute genommen und entlockte dem Instrument eine schöne alte Volksweise. Alea kannte das Lied; sie hatte es oft mit Silar und deren Kindern in der guten Stube gesungen, damals, in ihrem anderen, unendlich fernen Leben. Fast vermeinte sie das schräge Krähen Janniks zu hören und die liebliche Stimme Birtes.

Timmi, der ihr Eintreten augenscheinlich als Einziger bemerkt hatte, grinste sie an und bedeutete ihr mit einem Kopfnicken, sich neben ihn zu setzen. Der Rest der Familie hatte es sich derweil in den Polstermöbeln, die überall herumstanden, bequem gemacht und wartete auf das Eintreffen des Besuches.

Als Alea sich Timmi näherte, bemerkte sie eine kleine Handharfe, welche irgendjemand achtlos gegen die Wand gelehnt hatte. Wie in Gedanken hob Alea das zerbrechliche Instrument auf, wog es nachdenklich in der Hand und begann dann, vorsichtig die Saiten anschlagend, mit sanften Arpeggios die Lautenmusik zu begleiten. Obwohl sich in Timmis Gesicht ein kindliches Staunen ausbreitete, unterbrach er sein Spiel nicht, sondern schien sich vielmehr ganz auf Melodie und Begleitung zu konzentrieren. Belustigt beobachtete Alea, wie sich die Zungenspitze zwischen den zusammengepressten Lippen des Jungen hervorschob.

Gefangen in der uralten Melodie, die sich mehr aus ihrem Inneren denn aus ihren Händen den Weg in die Geborgenheit des stillen Augenblicks bahnte, schien es Alea, die Zeit bleibe stehen, für immer gefangen in dem Auf und Ab der Weise, die zweistimmig im Raum schwebte.

Alea, die Augen geschlossen, versuchte tiefer hineinzusinken in das Gewebe aus Tönen, sich ganz in den Noten zu verlieren, als sich scheinbar aus dem Nichts heraus eine sanfte Altstimme mit den umeinander kreisenden Stimmen der Instrumente verwob und im Kontrapunkt zur Melodie in einer Sprache sang, die mehr dem Zwitschern von Vögeln zu gleichen schien, als dass sie eine Aneinanderreihung von Worten hätte sein können. Die fremde Singstimme, die weder herb noch süß genannt werden konnte, schien völlig neue Harmonien zu schaffen, indem sie das Thema aufgriff und immer wieder abwandelte.

Als Timmi endlich sein Spiel mit einem kaum merklichen Zögern in den Schlussakkord münden ließ – Alea hatte keine Ahnung, wie lange sie so zu dritt musiziert hatten –, schwebte der Klang noch lange im Raum und hallte nach, bis der Granduco die Hände hob und gegeneinander schlug, so den Beifall anführend, der nun im ganzen Salon aufbrandete.

Aleas Augen brannten, als sie den Blick hob und sich umsah. Sie vermeinte, nie zuvor in ihrem Leben Musik gehört zu haben, die mit dieser vergleichbar war, uralt und doch völlig neu. Der Umstand, dabei gewesen zu sein, als diese Musik entstanden war, kam einem Geschenk gleich, welches sie niemals zu erhalten erhofft hatte. In dem Gefühl, nie so glücklich gewesen zu sein wie gerade eben, umarmte sie Timmi fest und hob dann den Blick, um nach der unbekannten Sängerin Ausschau zu halten.

In der Türöffnung stand eine Frau von fast überderischer Schönheit. Das schwarze Haar war kunstvoll im Nacken zusammengesteckt und mit Perlen und Diamantsplittern durchzogen. Das Gesicht, obwohl alterslos, spiegelte eine Reife und Stärke, die im Gegensatz zu dem jugendlichen Blitzen der Augen stand. Die Frau war in ein dunkelblaues, tief dekolletiertes Samtkleid gewandet, das die Anmut ihres Körpers unterstrich. Gerade die Schlichtheit des Kleides und das völlige Fehlen von Schmuck verliehen ihr eine Aura von Stärke, Schönheit und Macht, wie sie Alea noch bei niemandem gespürt hatte.

Freundlich strich die Unbekannte Timmi, der bei ihrem Anblick aufgesprungen war und sie mit einem perfekten Diener begrüßt hatte, über das kurze Haar: »Es freut mein Herz, wie gut du mit dem Lautenspiel vorankommst. Und wie groß du geworden bist. Wahrlich, ein stattlicher Herr und ganz der Vater.«

Damit wandte sie sich dem Granduco zu, der sich nun ebenfalls anschickte, der Fremden seine Ehrerbietung zu erweisen. Auch die Dame des Hauses hatte sich dem Gast genähert, der sie freundlich in die Arme schloss.

Alea bedachte die Harfe in ihrer Hand mit einem liebevollen Blick, legte sie vorsichtig auf einen kleinen Schemel und erhob sich mit einem leisen Seufzen. *Nun wird also wieder das neueste Haustier der Familie vorgestellt; das Findelkind, lange verschollen, aber doch stubenrein und obendrein sogar recht ansehnlich. Ganz der Vater oder die Mutter und so groß, fast eine erwachsene Frau. Wie ich das hasse! Man sollte mich in einen Käfig sperren und Eintritt verlangen.*

Langsam, sich nochmals alles vergegenwärtigend, was ihr Leonhard vor dieser Begegnung eingetrichtert hatte, trat Alea auf die Frau zu. Mit bebenden Händen das dunkelgrüne Leinenkleid mit den Stickereien ein wenig anhebend, versuchte sich Alea an den Verrenkungen eines tiefen Knickses, der zu ihrem Erstaunen sogar auf das Beste gelang. Die dunkelhaarige Schönheit musterte sie mit kaum verhohlenem Interesse, was aber diese Prüfung ergab, konnte Alea nicht feststellen; die Miene ihres Gegenübers blieb rätselhaft. Dann, als sei ihr der fragende Blick aufgefallen, verzog sich der Mund der Frau zu einem freundlichen Lächeln, wobei um die Augen und den Mund kleine Fältchen erschienen, ein Umstand, der Alea veranlasste, das Alter der Frau nach oben zu korrigieren.

»Mein Name ist Lana Tarak, und Ihr, mein Kind, müsst Aleanore Laodameia di Mestilio Cavalese sein. Welch seltsame Fügung, die Euch nach so langer Zeit in den Schoß Eurer Familie zurückgeführt hat!«

Alea war erstaunt. *Das erste Mal bin ich nicht die Tochter des greisen Emilio, sondern ein eigenständiges Wesen. Mag ich sie oder nicht? Sie ist seltsam, diese Lana Tarak. Obwohl augenscheinlich weder von hohem Stand noch in einer offiziellen Position, scheint ihr Einfluss immens zu sein; nicht umsonst haben der gute Laserian und seine Familie einen derartigen Aufwand betrieben, um die Dame aufs Fürstlichste zu empfangen.*

Behutsam schloss der Gast Alea in die Arme. »Ihr seid eine exzellente Musikerin, mein Kind, aber sicherlich ist Euch dies schon mehr als einmal gesagt worden, und so wird Euch meine Feststellung wohl eher ermüden als erfreuen. Wie ungeschickt von mir. Ich hoffe, Ihr könnt mir mein Verhalten als Folge dessen zugute halten, dass ich Euch noch nicht gut kenne, gleichwohl ich mich«, ein selbstbewusster Blick streifte den Granduco, der den beiden Frauen zulächelte, »wohl als enge

Freundin des Hausstandes Eures Onkels bezeichnen kann. Erlaubt mir, dass ich Euch auch meine Begleiter vorstelle.«

Aus dem Hintergrund traten zwei weitere Gäste, eine junge Frau mit ebenmäßigen Zügen in einem kostbaren, dunkelroten Kleid, das durch ein wahrhaft rahjagefällig anmutendes Mieder aus schwarzem Leder ergänzt wurde, und ein junger Mann in einem geckenhaften Wams, dessen bestrumpfte Beine in grotesk wirkenden Schnabelschuhen steckten.

»Selena di Mesturia, eine junge Edle aus Drôl und langjährige Freundin«, die Frau verneigte sich gekonnt, »und Armand, Marchese di Gravina.« Tänzelnden Schrittes verharrte der junge Mann einige Augenblicke in einer tiefen Verbeugung, der er durch ein freches Grinsen und gezierte Handbewegungen die Steifheit nahm, ohne lächerlich zu wirken.

»Ich bin entzückt, gerade an einem so blütenreichen Ort«, er warf einen spitzbübischen Blick zur Dame des Hauses, welche geziert errötete und in ein völlig uncharakteristisches Kichern ausbrach, »eine Rose von solch einnehmender Schönheit vorzufinden.« Forsch ergriff der junge Mann Aleas Hand, und bevor diese auch nur merkte, wie ihr geschah, beugte er sich darüber und hauchte einen Kuss darauf, während er sie aus den Augenwinkeln weiterhin beobachtete.

Die Verwirrung musste Alea anzusehen gewesen sein, denn in die Augen Lanas stahl sich eine Spur Mitgefühl, als sie Armand eine Hand auf die Schulter legte. »Der Marchese ist einer der gefragtesten Kavaliere und Draufgänger des Lieblichen Feldes«, erklärte sie. »Er bricht die Herzen der Frauen, wie andere Leute Blumen auf dem Feld. Mich deucht, er kennt in Vinsalt mehr Kemenaten verheirateter Frauen, als Ihr Haare auf dem Kopf tragt. Nehmt Euch in Acht, junges Fräulein, dass er Euch nicht das Herz oder Schlimmeres raubt.«

Alea hielt die Luft an. *Wie kann sie ihn nur so beleidigen? Aber seltsam, wie er sich bei ihren Worten aufplustert und in die Brust wirft, als hätte sie ihm versteckt ein Kompliment gemacht. Dabei hat sie doch gerade eben ganz klar darauf hingewiesen, dass er sich mit jeder Frau einlässt, die nicht schnell genug das Weite sucht. Kann diese Gesellschaft wirklich so dekadent sein, dass sie Buhlerei duldet und sogar fördert? Aber Leonhard deutete ja so etwas an.*

Bevor Alea den Gedanken zu Ende spinnen konnte, erschien der alte Hausdiener und kündigte an, der Nachmittagstee sei serviert. Alea verspürte so etwas wie Erlösung, als die ganze Gesellschaft sich in das Speisezimmer begab und an der großen Tafel Platz nahm. Die gewaltigen Torten, die man auf der festlichen Tafel aufgebaut hatte, reduzierten die Gespräche auf ein Minimum: Belanglosigkeiten wurden ausgetauscht und politische Ereignisse wiedergekäut, die wohl keinerlei Novität mehr darstellten.

Anschließend begab man sich wieder in den grünen Salon, doch auch jetzt kreisten die Gespräche hauptsächlich um Themen, deren Erörterung Alea ausschloss, die ja keinen Einblick in die jüngsten Entwicklungen des Reiches hatte. Wieder fiel ihr auf, mit welcher Grazie sich die Gäste, allen voran Lana Tarak, auf dem spiegelblanken Parkett der Diplomatie und der Politik bewegten. Das Wort der dunkelhaarigen Schönheit hatte Gewicht, und mehr als einmal bemerkte Alea, dass sich Laserian dem Urteil Lanas widerspruchslos beugte.

»Verzeiht, wertester Laserian, aber haltet Ihr es wirklich für klug, einer Erhöhung der Einfuhrsteuern für Luxusgüter zuzustimmen?« Lana fixierte den Granduco mit einem rätselhaften Ausdruck im Gesicht. »Natürlich braucht die Krone die daraus entstehenden Zusatzeinnahmen sehr dringend, aber bestraft eine solche Maßnahme nicht eher die Kaufleute, die schon jetzt große Schwierigkeiten damit haben, die Preise stabil zu halten, da doch der Markt auf Maraskan völlig zusammengebrochen ist und die Exporte von den Waldinseln mehr als nur gefährlich sind?«

Laserian hob die Schultern. »Verzeiht, Gnädigste, aber Ihr werdet zugeben müssen, dass diese Güter nicht lebensnotwendig sind. Folglich scheint es nur gerecht, dass diejenigen, welche sich solche besonderen Spezereien leisten wollen, dafür umso tiefer in die Tasche greifen müssen.«

Armand hob eine der geschminkten Augenbrauen. »Aber wächst dadurch denn nicht die Kluft zwischen arm und reich auf ein unerträgliches Maß? Befürchtet Ihr nicht, dass es seitens des gut situierten Mittelstandes zu nicht unerheblichen Spannungen kommen könnte, wenn diese sich davon abgeschnitten wähnen, es dem Adel, was Komfort und Lebensstandard betrifft, gleichzutun? Ja, würde es nicht ein viel positiveres Bild auf die Politik werfen, wenn man Dinge besteuerte, die gleichermaßen arm wie reich benötigen, einmal davon abgesehen, dass eine solche Maßnahme natürlich ein erhöhtes Maß an Einnahmen nach sich ziehen würde. Stellt Euch nur vor, statt Mohacca zu besteuern, würde man die einfachen Nahrungsmittel steuerlich belasten. Auf diese Weise würde keine Seite übervorteilt, denn jeder braucht nun einmal Mehl, Zucker und derlei Dinge mehr.«

»Ihr scherzt.« Laserians Gesicht zeigte eine leichte Rötung, ein deutliches Anzeichen dafür, dass er in Rage geriet. »Eben noch spracht Ihr von Unruhe, und im gleichen Atemzug schlagt Ihr vor, Mehl und Zucker zu besteuern und somit gerade die ärmsten Bevölkerungsschichten zusätzlich zu belasten! Was geschieht mit dem Volk, wenn es sich noch nicht einmal Brot leisten kann?«

Armand winkte ab. »Dann soll es eben Kuchen essen. Wen kümmert das einfache Volk? Sagt selbst, ist es nicht so, dass gerade der Handel mit Luxusgütern der ist, welcher dem Händler nicht nur die größten Gefahren, sondern auch den größten Verdruss bringt?«

»Ja, da mögt Ihr Recht haben.« Laserian sah seinem Gegenüber fest in die Augen. »Doch wollt Ihr bestreiten, dass eben jener Händler, der ein solches Risiko auf sich nimmt, auch den größten Gewinn einstreicht? Werter Freund, wollt Ihr etwa Phex um das Spiel betrügen?«

Lana lächelte säuerlich. »O Armand, Ihr müsst noch viel lernen.« Aufseufzend wandte sie sich an Laserian. »Verzeiht mir, wenn ich vom Thema ablenke, aber mir scheint«, ein Seitenblick traf den jungen Mann wie ein Hieb, »die Frage nach den Steuern ist schon mehr als totgeredet. Doch hört, Laserian ... Ein Bekannter erzählte mir neulich, er habe über einen Tag gewartet, bis ein Kaufmann ihm eine Ware liefern konnte, welche am Vortag bereits im Hafen Vinsalts eingetroffen war. Wieso braucht es so lange, bis die Ladung der Schiffe gelöscht ist?«

Laserian hob abwehrend die Schultern. »Wenn Ihr wüsstet, werteste Lana, wie viele Schiffe derzeit in Vinsalt ihre Ladung löschen wollen! Und dabei muss auch noch berücksichtigt werden, ob die Ware, die sie transportieren, leicht verderblich ist.«

Lana beugte sich interessiert vor. »Aber Kaufleute aus Vinsalt werden doch wohl bevorzugt behandelt, oder? Immerhin beschäftigen diese Händler, soweit mir bekannt ist, fast ein Zehntel der Bevölkerung unserer schönen Stadt.«

Laserian runzelte die Stirn. »Ich gebe gern zu, dass ich nicht darüber informiert bin, ob es eine Bevorzugung unserer eigenen Händler gibt.« Gedankenverloren nippte der Granduco an seinem Glas. »Ich sollte einmal mit dem Hafenmeister reden.«

»Ach, mein Lieber«, Lana lächelte Laserian gewinnend an, »ich bin mir sicher, dass eine solche Regelung existiert. Und wenn nicht, nun, Ihr steht dem Finanzressort vor … Wer, wenn nicht Ihr, sollte Ihrer Majestät die Vorteile einer solchen Abmachung aufzeigen?«

Sie scheint wirklich eine wichtige Frau zu sein, diese Lana. Und dazu gebildet und sehr mächtig. Wie mag sie wohl in diese Position gelangt sein und woher hat sie nur ihren Einfluss und all ihr Wissen? Insgeheim schüttelte Alea den Kopf. Diese Frau gab ihr wirklich so manches Rätsel auf.

Selena gesellte sich zu Alea und Timmi, die aus sicherer Entfernung die Diskutierenden beobachteten. »Alea? Ich darf Euch doch so nennen? Erzählt mir doch bitte ein wenig von Eurer Kindheit, Eurem Leben als Waise. Verzeiht meine Neugierde, aber ich finde es so spannend, dass der gute Laserian bis heuer nichts über Euren Verbleib wusste und auch Ihr in völliger Unwissenheit über Euer Schicksal und Eure Eltern aufgewachsen seid.«

Ein gequältes Lächeln zuckte über Aleas Gesicht. *Ich wusste es! Nun werde ich also ausgefragt. Das bizarre Wesen aus der tiefsten Provinz erzählt einen Schwank aus seiner Jugend. Und jeder hört gebannt zu, damit er meine kleinen Anekdoten beim nächsten Empfang Gewinn bringend weitererzählen kann.*

Doch die Aufmerksamkeit, welche Selena Alea entgegenbrachte, schien aufrichtig zu sein. Langsam und stockend, dann aber immer flüssiger erzählte Alea der Frau von ihrer Kindheit im Tempel, dem Leben in Weilersgrund und ihrer Ausbildung zur Hebamme. Wie in Gedanken strich die ältere Frau Alea eine Locke des kastanienbraunen Haars aus dem Gesicht, während sie gebannt an ihren Lippen hing.

Eine große Einsamkeit erfasste Alea, als sie von den Bewohnern des kleinen Dörfchens sprach, und sie zwinkerte sie wütend weg. Schließlich beendete sie die Geschichte mit ihrem überstürzten Aufbruch und dem Eintreffen im Stadthaus der di Mestilios.

Selenas Gesicht hatte einen nachdenklichen Ausdruck angenommen, doch sie schüttelte die Verwirrung ab, als sie sich an Alea wandte. »Wenn Ihr mögt, dann würde ich Euch gern einmal auf einen zwanglosen Besuch einladen. Zwar wohne ich nur als Gast im Haushalt Lanas, aber sie wird Euch gewiss mit Freuden begrüßen. Verzeiht meine Offenheit, aber was die Wahl Eurer Kleidung angeht, wie auch Eure Etikette, halte ich es für eine gute Idee, wenn ich Eure Ausbildung noch ein wenig verfeinere. Nichts für ungut, aber dieser Leonhard ist in seinen Formen doch schon ein wenig antiquiert, und auch der hier herrschende Geschmack«, mit gehobener Braue sah sie sich im Salon um, »hinkt dem Zeitgeist leicht hinterher. Glaubt mir, es wäre mir ein Vergnügen, Eure Ausbildung zu vervollkommnen. Abgesehen davon bin ich überzeugt, dass sich Lana freuen würde, mit Euch ein wenig zu musizieren. Die Arme ist ganz geknickt, dass es in Vinsalt kaum einen Musiker gibt, der die alten Lieder zu würdigen weiß. Auch wenn Euch dies vielleicht nicht bewusst ist, so habt Ihr mit Eurem kleinen Konzert Lana mehr beeindruckt als Ihr denkt.«

Alea nahm die Einladung mit sehr gemischten Gefühlen an. Einerseits hatte sie beinahe angefangen, sich daran zu gewöhnen, dass man sie ohne zu fragen andauernd herumschob, andererseits fühlte sie sich geschmeichelt, dass so hochstehende Damen wie Lana und zweifellos auch Selena ein Interesse an ihrer Gesellschaft bekundeten. Während Selena sich wieder erhob, fing Alea den hingerissenen Blick auf, mit dem Timmi sie musterte. Fragend hob sie die Augenbraue.

»Und du warst wirklich die einzige Heilkundige in dem ganzen Dorf? Das ist ja noch spannender, als ich es mir vorgestellt habe!«

Alea richtete den Blick gen Alveran. *Ich gebe es auf.*

Kapitel 11

Eine Stunde zuvor hatten die drei Männer die Hauptstadt des Alten Reiches betreten. Caric verstand jetzt, warum Vinsalt im Volksmund die ›Stadt der tausend Türme‹ genannt wurde. Noch bevor die Karosse das Stadttor passiert hatte, entdeckte der Agent bereits die zahllosen Türme, Erker und kunstvollen Giebel, die den Großteil der Villen zierten. Die Straßen waren in ausgezeichnetem Zustand: sauber, breit und durchgängig gepflastert. Die Reisegruppe war durch das Westtor in die Stadt gelangt und fuhr zunächst die Bannerstraße entlang. Diese Straße machte ihrem Namen alle Ehre, denn Dutzende bunter Fahnen, unter anderem die Flagge des Reiches und des Herrscherhauses, empfingen die Neuankömmlinge knatternd. Caric betrachtete die Flaggen, holte tief Luft und schloss die Augen. *Bei allen Göttern! Diese Stadt ist ein einziges Fanal für Macht, Reichtum, Prunk und Fortschritt. Ich kann kaum glauben, dass hier der Ursprung meines Landes zu finden ist. Doch schon einmal führte die Prunksucht und Besessenheit der Altreicher zu ihrem Untergang durch die Hand garetischer Rebellen. Praios allein weiß, ob sie aus den schrecklichen Fehlern ihrer unrühmlichen Vergangenheit gelernt haben. Es dürfte jedoch fraglich sein, ob das Mittelreich noch die Macht besitzt, dieses Land abermals in seine Schranken zu weisen. Das Mittelreich liegt in den letzten Zügen, Borbarad hat weite Landstriche mit Unheil überzogen und frisst sich tiefer ins Land hinein, wie ein Wurm, der sich durch einen Apfel arbei-*

tet. Selbst das Volk der Kriegsgöttin wurde in den Untergang gerissen. Rondra hat sich von ihren Amazonen abgewandt und sie der Vernichtung anheim fallen lassen. Nur das Wunder von Beilunk gibt Hoffnung, dass wenigstens der Götterfürst seinem auserwählten Reich zur Seite steht. Mit Praios' Hilfe kann es uns vielleicht gelingen, der Vernichtung zu entgehen. Vorausgesetzt, unsere Nachbarn wenden sich nicht gegen uns. Nun, darum sind wir hier, denn es gilt zu verhindern, dass ein mächtiger Mann dem Dämonenmeister seine Hilfe zuteil werden lässt.

Caric öffnete die Augen wieder und genoss die frische Luft, die seine Lungen füllte. Sein Vorgesetzter blickte ihn kurz an, lediglich um sich zu versichern, dass mit Caric alles in Ordnung war. Quendan, der eine Weile aus der Kutsche geblickt hatte, raunte seinen Kollegen zu: »Ihr könnt mir noch so lange von der horasischen Kultur vorschwärmen, ich finde diese Kleidung einfach abstoßend! Die Männer laufen herum wie herausgeputzte Gecken und die Frauen sind aufgetakelt wie kampfbereite Schlachtschiffe!«

Adoran schüttelte den Kopf. »Hier ist man nun mal zu der Überzeugung gekommen, dass es nicht gerade ansehnlich ist, wenn jeder in Lumpen oder, falls er es sich leisten kann, in einer Plattenrüstung umherläuft.«

»Ich denke, man sollte rondrianische Ansichten und kriegerische Ideale nicht zum alten Eisen werfen!", entgegnete Quendan. „Dieses dekadente Volk hat lediglich seine ehrenvollen Ursprünge vergessen und schwelgt jetzt in seinem Reichtum, seiner Vergnügungssucht und seinen unmoralischen Gesellschaftsnormen! Wenn man von den Ardariten einmal absieht.«

Das Halten der Kutsche beendete die Diskussion. Caric öffnete die Tür und stieg aus, gefolgt von seinen Kollegen. Mit einem leisen Platschen setzte er seinen Fuß in eine Pfütze, die vom Regenguss der letzten Nacht übrig geblieben war. Leise fluchend schüttelte er den nassen Stiefel und machte seine Kameraden auf die Unwegsamkeit aufmerksam.

Ungefähr fünfzig Schritte entfernt lag eine mehrstöckige Villa, über deren Eingangstür die Fahne des Neuen Reiches im lauen Wind flatterte. Adoran musterte kurz die Stadtgardisten, die am Ende der Straße standen, entschied aber, dass sie wohl nur auf ihrem Rundgang waren. »Kommt, wir müssen kurz in die Botschaft, dort wird man uns den Namen unseres Kontaktmanns nennen. Außerdem wird man uns die Einladungen zu den Bällen des Granduco übergeben.«

Der dunkelhaarige Offizier schlug seinen Umhang über die linke Schulter, prüfte den Sitz seines Hemdes und marschierte los. Caric warf erneut einen Blick auf seine Stiefel und begutachtete missmutig die Flecken auf dem Leder. Adoran machte einen Satz zur Seite, da eine offene Karosse in wilder Fahrt die Straße entlanggeprescht kam. Quendan sprang zurück, nur Caric stand fassungslos da und musste mit ansehen, wie das Fahrzeug an ihm vorbeiraste und erneut Regenwasser in seine Richtung spritzte. Quendans Lachen trieb Caric zur Weißglut. Seine gesamte Kleidung war durchnässt und schmutzig. Er begutachtete den Schaden, schüttelte den Kopf und sah auf. Eine junge Frau, das dunkelbraune, fast schwarze Haar zu einem Pferdeschwanz gebunden, näherte sich schnellen Schrittes, blickte jedoch nicht nach vorn, sondern nach hinten und prallte daher gegen Caric. »Bei Praios! Nimmt das Unglück für heute denn gar kein Ende?«, fluchte er.

Die Frau war zierlich, sie trug eine hellblaue Hose aus luftiger Seide, halb offene Schuhe und eine an den Ärmeln geschlitzte Bluse im Farbton der Hose. Der dünne Stoff ließ ihre helle Haut durchschimmern, und Caric konnte erkennen, dass sie ein knappes weißes Brusttuch unter der Bluse trug. Über der Schulter hing an einem abgewetzten Riemen eine lederne Tragetasche. Caric sah in die grünen Augen der sichtlich verlegenen Frau und spürte, wie sein Zorn langsam verflog. Zögerlich nahm er ihre linke Hand und hauchte einen Kuss darauf. »Vergebt mir bitte vielmals, meine Dame.«

Adoran, der näher getreten war, wünschte der hübschen Dame freundlich lächelnd noch einen schönen Tag. »Verzeiht meinem Freund, aber er ist ein wahrer Tollpatsch. Und ein Verehrer der Frauen. Komm, Caric, wir müssen weiter.«

Die Frau schlug die Augen nieder und verabschiedete sich höflich von der Gruppe.

Caric sah noch einmal über die Schulter der Frau hinterher, widmete dann aber seine Aufmerksamkeit der Botschaft. *Ein wahrhaft von Rahja gesegnetes Mädchen, so schön und unschuldig. Sie ahnt nichts von dem Unheil, das wir über ihr Land bringen wollen; sie führt einfach nur ihr unbeschwertes Leben und braucht sich um solche schwerwiegenden Problemen, mit denen wir zu kämpfen haben, keinerlei Gedanken zu machen. Ich kann sie nur um ihre Sorglosigkeit beneiden.*

Der Aufenthalt in der Botschaft war nur von kurzer Dauer; schnell hatte man den Agenten weitergeholfen und sie dann wieder vor die Tür gesetzt. Adoran streckte sich im warmen Sonnenschein, dass die Gelenke knackten. »Wir werden uns jetzt eine Bleibe für die Nacht suchen, dann wird sich Caric etwas Trockenes anziehen und anschließend gehen wir zu unserem Kontaktmann.«

Die beiden anderen nickten zustimmend und folgten ihrem Anführer zurück zur Kutsche. Quendan, der schon halb eingestiegen war, streckte den Kopf noch einmal aus der Kutsche und sah den wartenden Adoran fragend an: »Wie heißt eigentlich der Kerl, den wir treffen sollen?«

Adoran stemmte die Hände in die Hüften. »Er heißt Gallus.«

Die Gruppe quartierte sich in einem eher bescheidenen Hotel mit dem Namen *Haus Vinsalt* ein. Nachdem sie ihre Zimmer bezogen hatten, wechselte Caric seine Kleidung, und anschließend machten sie sich auf den Weg zur Arena, wo sie auf ihren Informanten treffen sollten. Auf die Frage, warum man die Hilfe eines Unbekannten benötigte, antwortete Adoran knapp: »Ich weiß nicht, was er uns mitteilen wird, man sagte mir lediglich, dass er uns etwas Wichtiges zu berichten habe und dass die Information bereits bezahlt sei. Also, da es uns nichts kostet und nur hilfreich sein kann, sehen wir uns diesen Gallus doch einmal aus der Nähe an.«

Die Arena war gut besucht; überall tummelten sich Zuschauer und Veranstalter. Sich durch das Gedränge wühlend, erreichten die Agenten bald eine kleine Schenke unweit des Eingangs. Adoran umrundete etliche voll besetzte Tische und erreichte schließlich den Tresen. Er wechselte ein paar Worte mit dem Schankwirt, dann winkte er Caric und Quendan zu sich. Adoran deutete auf einen hoch gewachsenen Mann, der einige Schritt entfernt stand und an einer Pfeife zog. Die Gruppe schlenderte zu ihm und Adoran eröffnete das Gespräch. »Entschuldigt bitte, aber seid Ihr Gallus?«

Der Angesprochene nahm die Pfeife aus dem Mund und nickte. »Ihr seid die drei Männer, für deren Wissensdurst bereits bezahlt wurde. Kommt, wir setzen uns an diesen Tisch hier.« Gallus zeigte auf seinen Tisch und setzte sich auf einen der beiden Stühle. »Verzeiht, aber ich hatte vor kurzem eine geschäftliche Besprechung unter vier Augen … Zieht Euch einfach zwei Stühle heran, ich bin sicher, dass wir alle hier Platz finden.«

Aufmerksam musterten die Neureicher ihre Kontaktperson und warteten gespannt auf die geheimnisvolle

Information, die der Horasier preiszugeben hatte. Caric sah sich misstrauisch in der Schenke um; er fühlte sich unwohl, hatte das Gefühl, beobachtet zu werden. Jedoch erweckten in diesem Etablissement die meisten Gäste den Anschein, als seien sie nicht unbedingt das, was man aufrechte und ehrbare Bürger nannte. *Warum werde ich das Gefühl nicht los, wie ein Tier in einer noch nicht ausgelösten Falle zu sitzen, aber mit der unumstößlichen Gewissheit, dass das Unheil gleich unbarmherzig über mich hereinbrechen wird?* Caric schüttelte diesen Gedanken ab und drehte sich wieder dem Informanten zu.

»Was habt Ihr uns zu sagen, Gallus?«, erklang Adorans feste, fast fordernde Stimme. Gallus lächelte wie ein Haifisch. »Ich möchte Euch mitteilen, dass die hiesigen Behörden über Eure Ankunft informiert sind.«

Blankes Entsetzen machte sich auf den Gesichtern der Agenten breit; fassungslos starrten sie den Informanten an, der sich gerade wieder die Pfeife anzündete.

Adoran stammelte: »Aber … wie kann das möglich sein?«

Gallus zuckte gleichgültig mit den Schultern und blies eine Rauchwolke über den Tisch. »Ich weiß es nicht, aber um diese Frage zu beantworten, wurde ich schließlich auch nicht bezahlt, meine Herren. Ich soll Euch nur ausrichten, wer Euch auf den Fersen ist.«

Quendan verschränkte die Arme und knurrte: »Dann lasst mal hören!«

Gallus winkte einem Schankmädchen und bestellte einen weiteren Krug Wein. »Es handelt sich um eine Adelige namens Sharielle di Jazayeri. Sie arbeitet mit dem Adlerorden und der Armee zusammen, im Auftrag des horasischen Geheimdienstes.«

Die Schankmagd stellte ein Tablett mit drei frischen Gläsern und einer Weinkaraffe auf den Tisch. Gallus hob das Tablett an und zog eine darunter befindliche Mappe hervor. »Ihr findet hier drin alles, was es über sie zu wissen gibt: ihre Adresse, ihre persönlichen Verhältnisse, ihre Beschreibung sowie die aller wichtigen Leute aus ihrem Umfeld und noch weitere nützliche Details.«

Mit festem Griff umschloss Adorans Hand die Mappe; der Blick des Offiziers war weiterhin auf Gallus gerichtet. Dieser füllte bereits die Gläser und forderte die Agenten dazu auf, den Rebensaft zu kosten. Vorsichtig kamen sie der Aufforderung nach und warteten gespannt auf weitere Offenbarungen ihres Gastgebers. Doch sollten sie enttäuscht werden. »Nun, meine Herren, Ihr habt erhalten, wofür bezahlt wurde. Ich hoffe, dass Euch diese Informationen hilfreich sein werden. Möge der Segen der Zwölfgötter mit Euch sein.«

Mit einem knappen Nicken verabschiedeten sich die Agenten und machten sich auf den Weg zum Ausgang.

Caric blickte noch einmal zurück und folgte dann seinen Kameraden. *Wenn diese Sharielle tatsächlich auf uns angesetzt ist, dann bleibt uns kaum Zeit, unseren Auftrag zu erfüllen. Entweder wir umgehen sie oder wir stellen sie allein. Andere Möglichkeiten, unseren Kopf zu retten und unsere Mission zu erfüllen, sehe ich nicht. Ich fürchte, dass auch dieses traurige Kapitel meiner Karriere wieder mit einer Menge Blut geschrieben wird.*

Zurück in ihrem Hotel, genehmigte die Gruppe sich ein reichhaltiges Nachtmahl, welches den Neureichern die Vielfalt der hoch gelobten Liebfelder Küche demonstrierte und ihnen wahre Gaumenfreuden bereitete. Quendan hatte dem Wein eifrig zugesprochen und wurde zusehends müder. Er konnte der Unterhaltung kaum noch folgen und seine Augenlider fielen in unregelmäßigen Abständen für längere Perioden zu. Schließlich erhob er sich wankend und entschuldigte sich. Caric schüttelte den Kopf und drehte den Teller mit dem Kuchenstück, welches er sich als Nachtisch bestellt hatte. Adoran lachte leise. »Suchst du den strategisch besten Ansatzpunkt für eine Frontaloffensive?« Caric schreckte hoch, legte seine Gabel zur Seite und schob den Teller ein Stück von sich; er war für den Augenblick mehr als nur gesättigt.

»Ich habe die Mappe eingehend studiert, Caric. Die Erkenntnisse, die ich daraus gewonnen habe, sind erschreckend.«

»Wie meinst du das?«

»Ich erkläre es dir. Wäre unser Feind ein unbekannter Soldat, der einfach nur auf der falschen Seite steht, würde dies für uns kein Problem darstellen. Erinnerst du dich an die junge Frau, mit der du heute vor der Botschaft zusammengestoßen bist?«

»Ja, natürlich.«

Adoran nahm einen Schluck aus seinem vollen Weinglas, tupfte sich mit einer Serviette aus feinstem weißem Leinen den Mund ab und fuhr fort. »Was hältst du von ihr? Ich weiß, du kennst sie nicht, was eine realistische Einschätzung unmöglich macht, aber es geht mir um deinen spontanen Eindruck.«

Caric verstand zwar den Sinn von Adorans Ausführungen nicht, noch wusste er, worauf sein Vorgesetzter hinauswollte, aber er dachte angestrengt nach. »Nun ja, sie war hübsch, höflich, freundlich und machte auf mich einen, wie soll ich sagen, einen unschuldigen und liebenswerten Eindruck. Aber du weißt, ich kann aus dieser einmaligen Begegnung heraus kein zuverlässiges Urteil fassen. Wie kommst du ausgerechnet auf sie?«

Der Offizier öffnete die Mappe und holte eine Kohlezeichnung heraus, die ein Porträt der dunkelhaarigen Frau zeigte. Stutzend nahm Caric das Bild in die Hand und fragte: »Wie kommt dieses Bild in die Mappe? Das heißt doch wohl nicht, dass diese Frau unsere Gegnerin ist, oder?«

»Nicht ganz, mein Freund. Diese Frau ist die Geliebte

unserer Gegnerin; sie ist einer der Schwachpunkte, die hier aufgeführt werden. Weiterhin werden zwei Kinder erwähnt. Du weißt, was ich damit ausdrücken will?«

Ja, ich verstehe. Egal wie unschuldig der Feind wirkt, er bleibt doch unser unerbittlicher Gegner. Wir kämpfen nicht gegen einen herzlosen Niemand, der nur ein Ziel kennt: unsere Vernichtung. Nein, unsere Gegnerin ist ein Mensch, der ein erfülltes Leben führt, welches wir unseren Zielen zum Fraß vorwerfen sollen.

»Adoran, du kannst nicht von mir erwarten, dass ich gegen Kinder und unschuldige Personen vorgehe. Ich bin es leid! Ich kann es nicht mehr sehen! Wir müssen eine Linie ziehen, an der deutlich steht: bis hierhin und nicht weiter! Verstehst du mich? Ich kann nicht nach Hause zurückkehren und mir einen Orden an die Brust heften, weil ich eine Frau der Person, die sie liebte, beraubte und ihre Kinder als Druckmittel gegen sie verwendete. Das kann nicht im Sinne der Götter sein, es ist wider mein Gewissen!«

Der Offizier holte tief Luft und antwortete: »Ich verstehe dich, das weißt du auch. Es gibt keine unbedingte Notwendigkeit für uns, so vorzugehen, wie du es gerade beschrieben hast. Wir sollten uns aber bereits mit dem Gedanken vertraut machen, dass wir vielleicht alle Möglichkeiten nutzen müssen, die sich uns bieten, auch wenn diese Alternativen mit unseren persönlichen Ansichten nicht vereinbar sind.«

Caric fühlte Zorn in sich aufsteigen. Er räusperte sich, dann konterte er: »Rede nicht so über die Menschen. Es klingt, als wären sie bedeutungslos, lediglich Figuren in einem großen Spiel. Du verschließt deine Augen vor der Wirklichkeit und handelst unter dem Deckmantel deiner Loyalität unserem Land gegenüber. Du sprichst davon, jemanden auszulöschen, der für eine weitere Person der Mittelpunkt ihres Lebens ist. Du müsstest doch wissen, was das heißt! Stell dir vor, jemand würde über dich und Veriana so reden. Um einem Ziel nicht im Weg zu stehen, wird die Geliebte eines Menschen ausgelöscht. Das klingt trocken und verständlich, aber du kannst dir vielleicht vorstellen, was das für den überlebenden Partner bedeutet.«

Adoran schwieg eine Weile. »Du hast sicherlich Recht, aber dennoch dürfen wir uns nicht von solchen Widrigkeiten aufhalten lassen. Wir haben einen heiligen Eid geschworen, unserem Land zu dienen und es mit allen Mitteln zu verteidigen. Dieser ... Bethanier ... ist dabei, unsere Heimat zu verwüsten, unsere Städte zu plündern und die Welt zu unterjochen. Es ist unsere heilige und unanzweifelbare Pflicht, uns mit ganzer Macht gegen den Dämonenmeister zu stellen. Es scheint, als würde er in unserem Nachbarland auch schon Fuß fassen. Darum sind wir hier, um ihn daran zu hindern! Sicher ist es unrecht, wenn eine Frau, die ihrem Staat dient, uns aber aufhalten will, gnadenlos vernichtet wird. Wir haben jedoch keine andere Wahl! Das Wohl tausender meiner Landsleute ist mir wichtiger als das persönliche Glück einer einzigen ausländischen Diplomatin. Und wenn es nötig ist, ihr Leben, ihre Freunde und sogar ihre Kinder zu opfern, damit dem unheiligen Borbarad Einhalt geboten wird, dann bin ich, bei allen Göttern, mehr als bereit dazu!«

Caric schwieg und dachte eingehend über das eben Gehörte nach. Es musste eine Lösung geben, die weniger ungerecht war. Er erhob sich langsam und blickte noch einmal auf seinen Nachtisch, den er nun doch nicht mehr essen würde. »Ich bete zu den Göttern, dass wir einen anderen Ausweg finden.« Seinem Vorgesetzten eine gute Nacht wünschend, drehte er sich um und begab sich auf sein Zimmer. Adoran saß noch eine Weile allein am Tisch, bevor er die Rechnung bezahlte und sich ebenfalls auf sein Zimmer zurückzog.

Kapitel 12

Das Bett war in einem bemitleidenswerten Zustand: Die Laken waren zerwühlt, die Kissen über das gesamte Schlafzimmer verteilt und die Decke lag zusammengeknäult am Fußende. Sharielle hatte fast nicht geschlafen, sie hatte sich von einer Seite zur anderen gewälzt, gelegentlich war sie in einen unruhigen, von Albträumen geplagten Schlummer gesunken, nur um dann hochzuschrecken und wieder wach zu liegen. Es klopfte zaghaft an der Tür, als sie gerade ein wenig Ordnung ins Chaos brachte. »Herein!«, erklang ihre Stimme leise. Durch die Tür schob sich Sion, der nach seiner Tante sehen wollte. Sharielle hatte den beiden Kindern ihres Bruders angeboten, sie als ihre Mutter anzunehmen, was zu Beginn auf Ablehnung, dann aber auf breite Zustimmung gestoßen war.

Sion setzte sich neben sie auf das Bett und sah sie besorgt an. Sharielle umarmte den Jungen, denn ihr wollte kein Wort einfallen, zu sehr war sie mit den Gedanken bei ihrer Geliebten.

»Was machen die denn jetzt mit Sanna?« Sion hob eines der Kissen vom Boden auf und seine Miene blieb unverändert besorgt.

Mit gesenktem Kopf flüsterte Sharielle: »Ich weiß es nicht.«

»Kannst du denn gar nichts tun?«, erklang Madannes helle Stimme. Das junge Fräulein hatte das Zimmer auf leisen Sohlen betreten, da auch sie wissen wollte, wie es ihrer Mutter erging und vor allem, was als Nächstes geschehen würde. Sharielle war den Tränen nahe, konnte sie aber gerade noch zurückhalten. Ihr Blick wurde von Entschlossenheit, ihre Stimme von Kraft erfüllt, als sie sich erhob und verkündete: »Doch, ich kann etwas tun!«

Mit einem lauten Knall ließ Sharielle die Tür des Büros ins Schloss fallen. Dass eine solche Vorgehensweise nicht gerade von Anstand zeugte, war ihr bewusst, aber im Augenblick absolut gleichgültig. Der Inspector setzte ein amüsiertes Lächeln auf und kam ihr zuvor: »Regt Euch nicht auf, vorerst werden wir noch keine Anklage erheben. Wenn Ihr eine kleine Kaution von dreißig Horasdukaten zahlen wollt, so könnt Ihr Eure Freundin gleich wieder mitnehmen.«

Sharielle schrie den Beamten wütend an. »Ihr wollt mich wohl zum Narren halten? Ich warne Euch, Inspector, überspannt den Bogen nicht, denn ich bin durchaus in der Lage, Euch Probleme zu bereiten. Unterschätzt meinen Einfluss nicht, werter Herr!«

Der Ermittler war durch die Intensität der Verbalattacke deutlich verunsichert und entgegnete vorsichtig: »Ich wollte Euch keineswegs beleidigen, Cavalliera. Es war mein Ernst: Sobald Ihr die Kaution bezahlt habt, wird Eure Freundin sofort freigelassen.«

Da stimmt etwas nicht. Wenn die Beweislast so erdrückend wäre, wie er gestern Abend noch meinte, würde man Sanna jetzt keinesfalls gegen eine Kaution auf freien Fuß setzen. Wie gern würde ich weiterbohren, aber das hat, bevor ich nicht mit Sanna gesprochen habe, überhaupt keinen Sinn. Ich muss zunächst wissen, was gestern noch vorgefallen ist. Sharielle strich sich eine Strähne aus dem Gesicht und neigte den Kopf leicht nach vorn: »Ihr sagtet dreißig Horasdukaten? Gut, das kann ich mir gerade noch leisten.«

Jarim di Varesa machte sich sofort daran, ein Schriftstück aufzusetzen, welches die Freilassung Sannas veranlasste. Die Feder kratzte über das Papier, und nachdem er die Arbeit beendet hatte, streute er zum Trocknen der Tinte Sand auf das Schriftstück. Mit einem Pusten entfernte er den Sand wieder und überreichte das Dokument einem Sekretär, den er mittels einer Glocke herbeigerufen hatte. »Wenn Ihr draußen warten wollt, Cavalliera. Ich habe noch andere Fälle zu bearbeiten.«

Sharielle verabschiedete sich höflich und wartete unruhig im Vorzimmer des Commissariats. Ihr Herz hatte wieder zu hämmern begonnen und ihre Gedanken kreisten um das Gespräch. Sie konnte keine Erklärung finden, warum der Inspector ein solches Verhalten an den Tag legte; außerdem fiel es ihr schwer zu glauben, dass Sanna gleich durch diese Tür kommen würde und sie beide dann einfach nach Hause gehen könnten. *Vielleicht war es eine Falle!* Panikerfüllt sah sie sich um, dann gewann sie ihre Fassung wieder und hörte auf die Stimme ihrer Vernunft, die ihr sagte, dass diese Spekulationen unsinnig seien. Ihre Hände wurden eiskalt und sie fröstelte am ganzen Körper. Die Zeit tröpfelte träge vor sich hin. Sharielle schien es, als würde sie eine halbe Ewigkeit in diesem tristen Wartezimmer ausharren.

Endlich schwang die Tür auf, zwei Wachen eskortierten Sanna hinein und salutierten vor der Adeligen. Sanna trug noch immer das dunkle Kleid mit den weißen Streifen. Sie wirkte blass, die Schminke war verwischt, ihre Augen gerötet, und sie sah müde aus, so als hätte auch sie in der Nacht kaum Schlaf gefunden. Beide Frauen umarmten sich und verließen Hand in Hand das Commissariat.

»Alles in Ordnung? Sanna? Geht es dir gut?« Sharielle blieb vor ihrer Kutsche stehen und nahm Sannas Gesicht in ihre Hände. Die smaragdgrünen Augen ihrer Freundin wirkten verblasst, ihr Feuer schien erloschen; sonst so lebhaft, spiegelten sie nur Trauer und unendliche Müdigkeit.

Sanna nahm die Hände ihrer Freundin in ihre eigenen, und Sharielle spürte, wie das Zittern langsam verebbte. Sanna flüsterte: »Ja, es geht mir gut. Lass uns bitte nach Hause fahren.« Beide stiegen in die wartende Kutsche, und Sharielle wies den Kutscher an, sie schnellstens zu ihrem Heim zu bringen.

Als Bertrand die Haustür öffnete und sein Blick auf die beiden Frauen fiel, wurde ihm sofort klar, dass er handeln musste. Er grübelte kurz, hieß die Herrschaften willkommen, setzte sein Monokel auf und rief einen Teil der Dienerschaft zusammen. »Ich möchte, dass umgehend ein zweites Frühstück für die Damen vorbereitet wird. Nichts Schweres, ein paar Früchte, tulamidischer Tee und etwas aranisches Gebäck. Außerdem muss ein Bad vorbereitet werden, und schickt nach dem Medicus, er sollte sich vielleicht ein Urteil über den Zustand der Dame Sanna bilden. Kammerzofe, lege sofort frische Kleider bereit, damit sich die Dame nach dem Bad entsprechend umziehen kann.« Die Hände hinter dem Rücken verschränkt, überlegte der Haushofmeister, ob ihm etwas entgangen war, und blickte dann souverän auf die anderen Bediensteten herab. Er klatschte zweimal fordernd in die Hände: »Na los, ihr habt gehört, was ich gesagt habe. Nun aber eilig ans Werk!«

Sharielle setzte sich mit Sanna auf eines der Sofas im Salon, nachdem sie die Kissen so umdrapiert hatte, dass ihre Freundin es möglichst bequem hatte. *Seltsam, jetzt ist es wahr geworden, Sanna ist wieder bei mir … Und dennoch schlägt mein Herz wie wild und ich fühle mich weder erleichtert noch befreit.* Sharielle freute sich über Sannas Rückkehr, doch im Augenblick war sie wie blockiert und wusste nicht, was sie sagen sollte. Ohne lange zu überlegen, schloss sie die Freundin, die offenbar Trost und Geborgenheit dringender als ein Bad und eine

Mahlzeit benötigte, in die Arme. Sanna schmiegte sich an sie.

In dieser Position verharrten beide unbeweglich und schweigend, bis Bertrand der Cavalliera wortlos zu verstehen gab, dass das Bad vorbereitet sei und ab sofort zur Verfügung stehe. Sanft strich Sharielle über das glatte Haar und die Wange Sannas und wisperte ihr ins Ohr: »Komm, mein Schatz. Nimm erst einmal ein heißes Bad, dann frühstücken wir, und anschließend erzählst du mir, was vorgefallen ist.«

Mit geschlossenen Augen nickte Sanna und erhob sich leise seufzend vom Sofa, ohne darauf zu achten, dass die Kissen zu Boden rutschten. Einige Augenblicke lang sah Sharielle ihrer Freundin mit besorgter Miene nach, dann stand sie selbst auf, um sich etwas Bequemeres anzuziehen, denn in familiärer Umgebung gab sie nicht viel auf prachtvolle Gewänder und höfisches Auftreten. Leichtfüßig schlenderte sie nach oben in ihr Schlafzimmer und suchte in dem prall gefüllten Kleiderschrank nach einem luftigeren Kleid, welches der Hitze eher entsprach.

Sharielle stand an der Türschwelle und genoss das laue Lüftchen, welches durch die weit geöffnete Balkontür in ihr blondes Haar fuhr. In der Sonne war es auf Dauer unerträglich, deshalb blieb sie im schützenden Schatten ihrer Vorhänge stehen und beobachtete den Vorgarten ihrer Villa. Gerade war Bertrand dabei, einen Mann abzuwimmeln, der auf einer Stange etliche exotische Vögel mit sich führte und sie wohl verkaufen wollte. *Ich habe schon viele Geschichten über sprechende Vögel aus dem Süden gehört. Der Gedanke, ein solch ungewöhnliches Haustier zu besitzen, lässt mich seit langem nicht mehr los. Eines Tages werde ich mir eines dieser bunten Plapperviecher zulegen.*

Sharielle zuckte zusammen, als sich zwei Arme von hinten um ihren Körper schlangen und die schlanken

Hände auf ihrem Bauch zur Ruhe kamen. Ein kühles Lippenpaar drückte sich sanft auf ihren bloßen Hals und ein Kribbeln durchfuhr ihren Körper; sie schloss die Augen und gab sich diesem wohligen Gefühl hin. Ein leichter Schwindel erfasste sie, als Sannas Lippen sie ein zweites Mal etwas tiefer am Hals küssten und stetig weiterwanderten, bis Sharielle die zärtliche Berührung auf ihrer rechten Schulter wahrnahm. Aus dem sanften Kribbeln wurde langsam ein Zittern, welches ihren Körper wie eine schäumende Welle durchbrandete und all ihre Angst und ihre Sorgen hinwegspülte, so als wären sie nur nächtliche Schatten.

Sannas Daumen schoben die Träger von Sharielles grünem Kleid vorsichtig zur Seite, bis sie lose über deren Oberarmen hingen. Ihre lange goldblonde Mähne wurde von Sannas Hand gebändigt und nach vorn geworfen; einen Wimpernschlag später fühlte sie ein Pusten in ihrem entblößten Nacken, das sie angenehm frösteln ließ. Die Zärtlichkeit genießend, formte Sharielle ein Hohlkreuz, während der angenehme Luftzug ihr Rückgrat hinunterwanderte. Sanna streifte ihr das Kleid über die Hüften, auf dass es ungehindert und geräuschlos auf den weichen tulamidischen Teppich fiel. Jetzt spürte Sharielle die kühlen Hände ihrer Freundin auf der Haut, deren Berührung dennoch wie das heiße Feuer einer Esse brannte.

Langsam schoben sich Sannas feingliedrige Finger unter den durchscheinenden Stoff des Mieders aus feinster Drôler Seide und fuhren behutsam über Sharielles Rücken, dann weiter zu ihren Rippen und den weichen Brüsten. Ein ersticktes Seufzen drang aus ihrer Kehle, die liebkosende Berührung raubte ihr allmählich die Sinne. Schließlich drehte sie sich langsam zu ihrer Geliebten um.

Sanna trug eine weiße, längs geschlitzte Pluderhose, die neugierige Blicke auf ihre langen, glatten Beine herausforderte, und ein knappes Brusttuch gleicher Farbe. Ihre nackten Füße versanken im tiefen Teppich, ihr braunes Haar klebte feucht an Hals und Schultern. Die kranke Blässe war einem frischen Teint gewichen und ihr ganzer Körper strahlte nun Kraft und Lebenslust aus.

Beide Frauen blickten sich tief in die Augen. Erst jetzt fiel Sharielle auf, dass der Körper ihrer Geliebten ebenfalls bebte und dass sie genauso schwer atmete. Behutsam näherten sich die beiden einander. Nur wenige Halbfinger, deren Überwindung das jähe Ende ihrer Zurückhaltung bedeuten würde, trennten ihre Lippen noch voneinander. Für einen Augenblick hielten beide inne und ergründeten den Blick der anderen. Sharielle fühlte ihr Herz hämmern und ihren Mund trocken werden. In Sannas Augen lagen unendlich viel Liebe, Wärme und Treue. Die Zeit verrann in solcher Langsamkeit, dass es schien, als wollte Satinav diesen einen Augenblick zu einer Ewigkeit ausdehnen.

Sannas Mund öffnete sich leicht, ein kurzes Blinzeln, ein fester Druck der Hände, dann schob sie ihren Kopf nach vorn und ihre Lippen pressten sich zu einem leidenschaftlichen Kuss auf den Mund der Geliebten. Das Kribbeln auf Sharielles Haut verwandelte sich in ein pulsierendes Feuer; sie spürte, wie sich Sannas schlanker Körper sanft gegen ihren Leib drängte und sehnsüchtig nach mehr Zärtlichkeit und Lust schrie.

Sachte löste Sharielle, noch immer in der Berührung des Kusses gefangen, die Verbindung ihrer Hände und streichelte sanft über Sannas Hüften und ihr Hinterteil. Langsam zog sie die Pluderhose nach unten, bis sie direkt neben ihrem eigenen Kleid zu Boden glitt. Den leidenschaftlichen Kuss noch immer erwidernd, wanderten ihre Hände über Sannas Rücken und nestelten am Knoten des Brusttuches. Mit geschickten Fingern hatte sie ihn flink geöffnet und das Kleidungsstück fiel zu Boden.

Zögernd lösten sich die Liebenden aus ihrem innigen Kuss, beide mit einem Lächeln in den geröteten Gesichtern. Zärtlich ließ Sharielle ihre Finger über Wangen, Hals, Brüste, Bauch und Schenkel der Geliebten gleiten. Sanna genoss die lustvolle Liebkosung der schlanken Finger mit den langen Nägeln und küsste sanft die linke Wange Sharielles. Vorsichtig zog sie mit ihren Zähnen am Ohrläppchen der Geliebten, was diese mit einem katzengleichen Schnurren beantwortete. In enger Umarmung sanken beide in die hellen Seidenlaken, die sich auf der nackten Haut weich und zart anfühlten.

Nachdem die Frauen ihrer Wiedersehensfreude auf angenehme Weise Luft gemacht hatten, lagen sie noch eine Weile aneinander gekuschelt im Bett. Hungrig vom leidenschaftlichen Liebesspiel, zogen sich beide schließlich etwas über und machten sich auf den Weg nach unten. Lange Zeit aßen sie wortlos, scheinbar in den Genuss der erlesenen Speisen vertieft, und doch stand die Frage nach den Vorfällen der letzten Nacht unausgesprochen zwischen ihnen. Endlich, als die Spannung schier unerträglich zu werden drohte, legte Sanna mit einem tiefen Seufzer das Messer aus der Hand und sah ihre Freundin unverwandt an.

Sanna hatte bereits kurz nach ihrem Gespräch mit dem Inspector die Entscheidung getroffen, dass sie Sharielle auf jeden Fall die ganze Wahrheit erzählen würde; etwas anderes kam ihr überhaupt nicht in den Sinn. Mit einem verzweifelten Schulterzucken beendete sie ihre Ausführungen: »Mir bleibt keine Wahl. Ich muss meine Freunde verraten, wenn ich dich nicht verlieren will.«

Sharielle dachte angestrengt über einen Ausweg aus dieser problematischen Lage nach. Dann antwortete sie plötzlich: »Lass mich nur machen, meine Liebe. Ich weiß, wie wir aus dieser Sache wieder herauskommen.«

Sanna blickte ihre Freundin fragend an, doch bevor

sie etwas sagen konnte, fuhr Sharielle fort: »Ich weiß schon, was ich tue. Vertrau mir einfach.« Entschlossen stand sie auf und wandte sich zur Tür. Auf dem Weg nach draußen wandte sie sich noch einmal um und rief ihrer Geliebten zu: »Sieh mal in die oberste Schublade meines Nachttisches, da findest du etwas, was in deinen Besitz gehört.«

Die Adelige verließ eiligst ihre Villa, ohne jemandem mitzuteilen, wohin sie gehen würde. *Es ist genug Zeit vergangen, in der ich tatenlos einen Tiefschlag nach dem anderen einstecken musste. Jetzt werde ich beweisen, dass ich diese unsauberen, aber effektiven Spielchen auch beherrsche.*

Sanna band den Morgenmantel zu, stand auf und ging zum Nachttisch, um nachzusehen, wovon ihre Freundin gesprochen hatte. Nachdem die Schublade offen war, konnte sie ein freudiges Lachen nicht unterdrücken. *Sharielle, meine Liebste, ich wusste, dass du es niemals vergessen würdest.* Sie nahm den Silberring aus dem Ebenholzkästchen und steckte ihn sich wieder an den Finger. Zu lange schon war er nicht an der Stelle gewesen, an welche er unweigerlich gehörte.

Die Tür des Büros wurde energisch aufgerissen und Jarim di Varesa blickte verärgert auf. Sharielle trug ihre dunkelblaue Uniform aus Geheimdienstzeiten mit den goldenen Abzeichen eines Leutnants an Kragen und Ärmeln. Ihre blonde Löwenmähne hatte sie im Nacken mit einem schlichten Haarband gebändigt, ihr Rapier baumelte in einem prunkvollen Wehrgehänge an ihrer Seite. Der Mann, welcher dem Inspector gegenübersaß, ein eher unauffälliger junger Bürger in Handwerkertracht, zuckte zusammen und sah fragend zur Tür.

Der Inspector brüllte zornig: »Entschuldigt, Cavalliera! Ich bin hier in einer vertraulichen Unterredung mit einem Zeugen. Wenn Ihr die Güte hättet ...«

Er konnte den Satz nicht beenden, da ihm die Adelige

unmittelbar ins Wort fiel. »Los, sofort raus hier!«, fuhr sie den Handwerker an. Um ihrer Aufforderung Nachdruck zu verleihen, fegte sie mit einem kräftigen Armschwung sämtliche Papiere vom Schreibtisch. Wilder Zorn stand in ihren klaren Augen, als sie sich über das Pult neigte, um den Beamten mit ihrem Blick festzunageln. Eilig suchte der verängstigte Bürger das Weite. Jarim wich zurück; sein Ärger war einer leichten Panik gewichen.

»Wir sollten einiges klarstellen, Inspector di Varesa. Meine Freundin, die letzte Nacht von Euch inhaftiert wurde, hat mir von Euren unlauteren Machenschaften erzählt.«

Der Ermittler runzelte die Stirn und fragte mit gespielter Unwissenheit: »Wovon sprecht Ihr? Ich fürchte, dass ich Euch nicht folgen kann.«

Sharielles Faust schlug krachend auf den Tisch. »Hört auf, mich zum Narren zu halten. Ich weiß, dass solche Methoden, wie Ihr sie gebraucht, nicht rechtens sind. Vielleicht sollte ich Eure Vorgesetzten informieren, dass geheime, erpresserische Absprachen zur gängigen Praxis in Euren Ermittlungsfällen geworden sind. Außerdem habe ich den Eindruck, dass Eure finanziellen Möglichkeiten die Einkünfte eines einfachen Inspectors bei weitem übersteigen.«

Jarim stutzte und suchte verzweifelt nach einer Antwort, die ihn vor der unbändigen Wut der Cavalliera retten könnte, doch ihm wollte einfach nichts in den Sinn kommen.

»Oder wie erklärt Ihr es Euch«, fuhr Sharielle fort, »dass Ihr eine kleine Villa mit mehreren Bediensteten unterhaltet? Dafür dürfte Euer Gehalt nicht ausreichen. Ah, ich sehe, Ihr tragt einen Goldring am Finger. Der sieht mir ganz so aus, als hätte Meister Dorgrond, Sohn des Garbolosch, ihn gefertigt.«

Der Inspector wollte zu einer Erklärung ansetzen, kam aber nicht dazu.

»Lügt mich nicht an, ich kenne die Meisterwerke des Schmiedes, denn ich kaufe selbst gelegentlich Schmuck bei ihm. Ich habe noch nie weniger als vierzig Horasdukaten für ein vom Meister gefertigtes Stück bezahlt. Könnt Ihr mir erklären, wie Ihr Euch solche Eskapaden leisten könnt?«

Eingeschüchtert sackte der Beamte auf seinem Stuhl zusammen und suchte krampfhaft nach einem Ausweg. Sharielle hielt einen Augenblick inne, um die Kraft ihrer anschuldigenden Worte wirken zu lassen.

Bis jetzt haben sich die Nachforschungen über den Inspector als nützlich erwiesen. Jedoch habe ich keinen stichhaltigen Beweis, der ihn mir ans Messer liefert. Diesen Dolchstoß kann er sich nur selbst versetzen, und wie ich ihn einschätze, wird er alles tun, um seinen Hals aus der Schlinge zu retten, die sich unaufhaltsam zuzieht.

»Hierfür, mein lieber Inspector, gibt es nur eine Erklärung: Ihr werdet noch zusätzlich zu Eurem normalen Gehalt von jemandem bezahlt. Ich habe Erkundigungen eingezogen und weiß, dass die Arbeit eines Inspectors so aufwendig ist, dass er keinesfalls eine bezahlte Nebenbeschäftigung annehmen kann. Daraus schließe ich, dass Ihr Euer Geld schneller und mit wenig Zeitaufwand verdient: Ihr verkauft Informationen aus den Akten an Dritte.«

Diese ungeheure Beschuldigung schockierte den Beamten so, dass seine Miene versteinerte und er reglos zur Tür starrte, als ob ihm die Wand eine Antwort liefern könnte.

»Ihr seid gesehen worden, wie Ihr Geld entgegengenommen habt.« *Hoffentlich fällt er auf meine List herein, sonst war mein ganzer Auftritt nicht nur umsonst, sondern auch noch gefährlich und blamabel.* Sharielle setzte sofort nach: »Ich gebe Euch allerdings die gleiche Chance, die Ihr meiner Freundin Sanna zugestanden habt. Wenn Ihr mir die Namen der Leute nennt, die Euch bestochen haben, dann werde ich dieses Gespräch vergessen und Euch nicht mehr behelligen; andernfalls muss ich leider mit Euren Vorgesetzten reden.«

Es war deutlich zu sehen, wie das Gehirn des Inspectors arbeitete, und nach kurzem Zögern gestand er: »Gut. Ich habe Informationen an jemanden verkauft, der sich gezielt erkundigt hat. Wenn ich Euch seinen Namen nenne, werdet Ihr mich verschonen – habe ich Euch da richtig verstanden?« Sharielle nickte und verschränkte erwartungsvoll die Arme vor der Brust. »Kapitan Garvor di Scilaggio bezahlte mich, damit ich ihm die Akte Eurer Freundin zeigte, und er bewegte mich dazu, einige Veränderungen zu ihrem Nachteil vorzunehmen.«

Ich habe es gewusst! Diese Ratte! Dieser scheinheilige, blank polierte Zinnsoldat ist ein schmieriger und verlogener Intrigant, der die Fassade eines nationalistischen Militärs als Banner vor sich herträgt!

Sharielle wandte sich zur Tür und sagte leise: »Ich verachte Euch, Inspector di Varesa. Leute wie Ihr verschachern die Ideale unseres Landes für ihr eigenes materielles Wohl. Ihr seid die erbärmlichste mir bekannte Karikatur eines Mannes! Ich werde dafür sorgen, dass man Euren Umtrieben ein schnelles Ende bereitet.« Ihre harsche Stimme schrie nach einem Korporal, der mit seinen Männern und Pherion di Avona vor der Tür gewartet hatte.

Der verratene Inspector riss eine Schublade an seinem Pult auf und seine Finger tasteten nach dem Griff eines Wurfdolches. In der Zwischenzeit waren der Korporal der Stadtgarde, drei Soldaten und der Generaladvokat eingetreten. Jarim wurde schlagartig die Aussichtslosigkeit seiner Lage bewusst; er würde dieser Übermacht niemals entkommen können, selbst wenn es ihm gelänge, von seiner Waffe Gebrauch zu machen. Entmutigt hob er die Hände und ließ sich von den Gardisten fesseln. Ein Schreiber trat ein und verkündete der Cavalliera, dass er das ganze Gespräch bis ins kleinste Detail wortwörtlich festgehalten hätte.

Mit einem kräftigen Händedruck beglückwünschte der Leiter der Vinsalter Staatsanwaltschaft die Adelige. »Sehr gut, Cavalliera. Ihr habt geholfen, einen Verräter an Staat und Krone unschädlich zu machen. Ich bin wieder einmal stolz auf Euch.«

Gemeinsam verließen die Cavalliera und der Advocat das Commissariat. Sharielle deutete an, sie müsse sich dringend mit dem Juristen unter vier Augen unterhalten, woraufhin beide sich in eine Kutsche setzten und zur Villa di Avonas fuhren.

Pherion setzte sich auf seinen breiten Stuhl, der hinter einem penibel aufgeräumten Schreibtisch im Arbeitszimmer der Villa stand. Er bot, wie es die Höflichkeit erforderte, seinem Gast ebenfalls eine Sitzgelegenheit an, die Sharielle dankbar annahm. »Also, Cavalliera. Was bedrückt Euch dermaßen, dass Ihr mit mir darüber sprechen wollt?«

Sharielle blickte unschlüssig auf ihre im Schoß gefalteten Hände, dann gab sie sich einen Ruck und sah dem Generaladvokat direkt ins Gesicht: »Es ist Kapitan Garvor di Scilaggio.« Di Avona nickte und faltete die Hände, während er sich mit beiden Ellenbogen auf die schwere Tischplatte stützte. Sharielle breitete ihre Probleme wie einen Teppich vor ihm aus: »Garvor arbeitet gegen mich, obwohl er den Befehl hat, mich zu unterstützen. Er verachtet mich, meine Lebensweise und alles, was mit mir zu tun hat. Der Informationsfluss zwischen uns ist deutlich gehemmt, man könnte sogar sagen, unsere Kooperation kränkelt. Denn heute musste ich, wie Ihr ja wisst, erfahren, dass er einen Beamten bestochen hat, um mir und meiner Freundin das Leben schwer zu machen. Ich bitte Euch, Pherion, gebt mir die

Möglichkeit, mich gegen diesen Mann zur Wehr zu setzen; auch er muss irgendwo Schwachpunkte haben, die es jetzt zu finden gilt. Wenn Ihr mir nicht helfen wollt, weiß ich nicht mehr, wen außer den Göttern ich noch um Rat fragen könnte. Ich bin so gut wie machtlos.«

Pherion di Avona nickte mitfühlend. »Ihr wisst sicherlich, dass ich Euch in dieser Hinsicht in meiner Funktion als Generaladvokat keine Hilfe leisten kann. Es widerspräche dem Gesetz, wenn ich mich jetzt mit Euch verschwören würde, um dem Kapitan unter der Hand den Garaus zu machen. Ich hoffe, dass Ihr das verstehen könnt. Ohne stichhaltige Beweise kann ich gegen Garvor di Scilaggio nichts unternehmen. Ich kann Euch zum Beispiel auch keine Beweise dafür liefern, dass die Gerüchte, der Kapitan werde vom Militärgeheimdienst verdächtigt, ein Mitglied der Söhne des Horas zu sein, der Wahrheit entsprechen.«

Du bist doch ein Schlitzohr, Pherion di Avona. Bei allen Göttern! Die Söhne des Horas! Diese Gruppierung hat es sich zum Ziel gemacht, das Kaiserhaus Firdayon zu stürzen und einen Gottesstaat unter der Herrschaft des einen, wahren Horas zu errichten, um den Ruhm vergangener Zeiten wieder aufleben zu lassen. Ich kann nicht fassen, dass womöglich einer dieser gefährlichen Verschwörer mit mir in meinem Haus am selben Tisch zu Abend gegessen hat.

Sharielle versuchte, ihre Überraschung zu verbergen, indem sie ihre Hand vor den vor Schreck weit geöffneten Mund hielt. »Wie soll ich jetzt weiter vorgehen? Ihr sagtet doch selbst, dass Ihr keine Beweise habt, die Eure Anschuldigungen untermauern, oder täusche ich mich?«

Pherion verneinte die letzte Frage und öffnete eine Schublade, um zwei Eintrittskarten für die Oper herauszuholen und sie vor der Adeligen auf den Tisch zu legen. »Laserian di Mestilio wird heute Abend in die Oper gehen. Euer Kapitan wird dort sein, um sich in der

Nähe des Granduco aufzuhalten und ihm Schutz zu gewähren. Ich schlage daher vor, dass Ihr Euch ebenfalls ein wenig Kultur zu Gemüte führt und heute zu später Stunde die Vorstellung besucht. Außerdem solltet Ihr die Augen offen halten, da die Mittelreicher vielleicht diese Gelegenheit nutzen werden, an den Granduco heranzukommen.«

Sharielle nahm die Karten entgegen und hakte nach: »Warum zwei Karten?«

Ein breites Grinsen zog sich über das faltige Gesicht des Anwalts, als er zu einer Erläuterung ansetzte: »Vergebt mir bitte, aber es wäre auffällig und ungewohnt, solltet Ihr allein erscheinen. Mittlerweile ist man es gewöhnt, Sanna an Eurem Arm zu erblicken.«

Sharielle war nur mäßig begeistert. »Ich möchte Euch nicht zu nahe treten, aber ich will, dass Sanna, soweit es geht, aus dieser Sache herausgehalten wird. Ihr darf unter keinen Umständen etwas geschehen.« *Er wird dies niemals als Ausflucht akzeptieren. Er versteht vielleicht meine Beweggründe, aber seine Entscheidung steht unumstößlich fest.*

Pherion verabschiedete die Adelige mit den Worten: »Ich kann Eure Gefühle verstehen, erwarte aber von Euch die Einsicht, die hier vonnöten ist. Wie auch immer, Ihr genießt weiterhin mein volles Vertrauen. Lebt wohl, Cavalliera, ich wünsche Euch Glück und den Segen der Götter.«

Kapitel 13

Vorsichtig stieg Alea die hohe Treppe herauf. Gaston hatte den Landauer durch die halbe Stadt kutschiert, bis sie vor einem großen, weiß getünchten Haus gehalten hatten, dessen Fenster und Türöffnungen mit roten Sandsteineinfassungen versehen waren. Zwei Türmchen wuchsen aus dem schiefergedeckten Dach heraus und überall lugten kleine Erker in den bewölkten Nachmittagshimmel. Ein hoher, kunstvoll geschmiedeter Zaun schloss sich auf beiden Seiten an das Haus an und gab den Blick frei auf die gepflegte Gartenanlage, die hinten an das Gebäude angrenzte. Die Tür, augenscheinlich aus dem harten Holz der Steineiche gefertigt, war aufwendig mit Schnitzereien verziert. Durch ein kleines Fenster, welches mitten in die Tür eingelassen war, konnte man in eine große Eingangshalle blicken, die mit den unterschiedlichsten Sitzmöbeln ausgestattet war. Von der Decke des Raumes hing ein vergoldeter Lüster, über und über mit gläsernen Prismen bedeckt, die den Raum mit zuckenden Regenbögen überfluteten.

Nachdenklich zog Alea an dem eisernen Klingelzug, der neben dem Eingang in die Wand eingelassen war, doch anstelle eines einfachen Gongschlags perlten eine ganze Reihe von Tönen, einem Glockenspiel nicht unähnlich, durch die Halle. Ein fülliger Mann in einer kostbar verzierten Dienerlivree näherte sich aus dem hinteren Teil des Hauses und musterte sie eingehend durch das geschlossene Fenster. Dann, als habe sie einer ersten Prüfung standgehalten, öffnete er die Tür, wies sie in die Eingangshalle und verneigte sich, nachdem er die Tür wieder geschlossen hatte, höflich vor ihr. »Seid willkommen im Hause der Dame Lana Tarak. Wäret Ihr bitte so gütig, mir Euren Namen und Euer Begehr zu nennen?«

Alea lächelte unsicher, stellte sich vor und betonte, die Dame des Hauses habe sie eingeladen, sie hier und jetzt aufzusuchen und ihr Gesellschaft zu leisten.

Der Diener zeigte mit keiner Miene, ob ihm diese Erklärung genüge; stattdessen wies er auf die umstehenden Stühle: »Wenn Ihr bitte Platz nehmen würdet, damit ich Eure Ankunft meiner Herrin melden kann? Eure Karte?« Beflissen streckte der Mann seine Hand aus, als fordere er sie auf, ihm etwas zu geben.

Alea runzelte die Stirn: »Welche Karte?«

Augenscheinlich gab es doch Dinge, die den Gleichmut des Mannes zum Wanken bringen konnten. Die Miene, die er aufsetzte, zeugte von Unglauben, ja völliger Irritation: »Eure Visitenkarte, gnädiges Fräulein.« Fast schien sich so etwas wie Mitleid in das Gesicht des Mannes zu stehlen.

Alea schluckte. *Ich hatte nicht erwartet, dass mein erster Besuch außer Haus einfach werden würde, aber dass ich mich augenscheinlich bereits lächerlich mache, bevor ich auch nur meiner Gastgeberin vorgestellt werde …* »So befremdlich dies für Euch sein mag, aber ich besitze keinerlei Visitenkarten«, sagte sie. Der Blick, mit dem der Diener auf sie herabsah, bedurfte keines weiteren Kommentars.

Dass er nicht die Nase rümpft, ist alles. Habe ich es also wieder einmal geschafft. Ich sollte mir Notizen machen, vielleicht gibt es ja sogar irgendjemanden, der hierüber lachen kann. Ich kann es wahrlich nicht. Alea rang noch mit sich selbst, ob es nicht besser sei, gleich wieder zu gehen, als Schritte auf der großen Treppe über ihr ertönten.

Die Besuche im Stadthaus Lana Taraks gestalteten sich trotz Aleas anfänglicher Bedenken alles in allem als sehr unterhaltsame und lehrreiche Nachmittage. Meist war es Selena, die sie in allerlei Dingen unterrichtete, die ihr Kniffe zeigte, wie man die Konversation aufrechterhielt, ohne allzu viel Plattitüden von sich zu geben, und vielerlei mehr. Sie beauftragte auch – im Einvernehmen mit dem Granduco – ihren persönlichen Schneider mit der Anfertigung einer ganzen Reihe von Gewändern – jedes Einzelne nach Aleas Ermessen von geradezu schamloser Freizügigkeit – und lehrte sie, wie sie sich in Gesellschaft zu bewegen hatte. Obwohl die Lektionen schwierig und zeitraubend waren, gelang es Selena doch, die strenge Atmosphäre immer wieder durch einen Scherz oder eine kleine Anekdote aufzulockern und so das Lernen angenehm zu machen.

Die Abende gehörten Lana, die Alea wie selbstverständlich als eine ihr Gleichgestellte aufnahm und sie in die Feinheiten der Musik einweihte.

Manchmal begleitete Timmi Alea und sie verbrachten den Abend zu dritt im Musikzimmer, während sich Selena zurückzog, um Korrespondenzen zu erledigen oder Bekannte zu besuchen. Alles in allem begann Alea schon sehr bald, sich in Vinsalt wohl zu fühlen, und obwohl die Lektionen immer noch an ihr zehrten, empfand sie ihr neues Leben doch als angenehm.

Eines Abends, Alea hatte einmal mehr Lana auf der Harfe begleitet, führte der Kammerdiener einen älteren Herrn in einer zerschlissenen Robe herein, dicht gefolgt von Selena. Lana erhob sich mit der ihr eigenen Eleganz und begrüßte den Alten mit aufrichtiger Freude. »Werter Magister, was verschafft mir die Ehre? Alea, Kind, darf ich Euch Magister Leomir Haldubrand vorstellen? Setzt Euch doch.« Vorsichtig geleitete Lana die gebrechliche Gestalt zu einem nahen Stuhl mit hoher Lehne.

Der Alte beäugte Alea interessiert und suchte dann den Blick Selenas. »Dies also ist das Mädel?« Selena nickte. »Nun gut, so wollen wir doch mal sehen. Komm näher, Kind! Nur keine Angst, ich werde dir nicht wehtun. Doch meine Augen sind schwach und ich habe deinen Vater nicht mehr so gut in Erinnerung.«

Ängstlich näherte sich Alea dem alten Mann, sich gegen alles wappnend, was dieser vielleicht im Sinne haben mochte. Freundlich lächelnd wies Leomir auf den Boden vor sich, und Alea, die beiden Frauen an den Seiten des Stuhles ängstlich beobachtend, ließ sich vor dem Alten auf die Knie nieder. Beruhigend strich ihr der Mann durch das Haar und über die Stirn. Verwirrung breitete sich in Aleas Kopf aus. Wo war sie hier überhaupt und was war nur los? Ihre Gedanken huschten wie aufgeschreckte Kaninchen hin und her, und es fiel ihr schwer, sich auf eine Sache zu konzentrieren.

Dann stürzte sich ein brennender Schmerz auf sie, gefolgt von einer fast körperlichen Übelkeit, die ihren Verstand zu zerreißen schien. Ein gequältes Keuchen entrang sich ihrem Mund, während die Welt um sie herum einstürzte, ausgelöscht durch den peinigenden Schmerz, der ihr den Kopf zu zermalmen drohte.

Wie durch eine dicke Wand vernahm sie die Stimme Lanas, hart wie Granit: »Ihr könnt mir erzählen, was Ihr wollt, dies ist nie im Leben die Tochter Emilios. Glaubt mir, ich kannte den alten Wüstling gut genug. Sie gleicht ihm in keiner Weise. Wie kann Laserian nur so verblendet sein, ihr diese Geschichte abzukaufen? Constanzes Tochter, ja, das könnte sein. Aber der bloße Verdacht reicht mir nicht. Sie hat Constanzes Potential, ohne Zweifel, und Constanze war klug genug, ihr eigenes Leben zu leben, auch an der Seite Emilios. Ich will wissen, ob sie die Tochter Constanze di Mestilios ist, nicht mehr und nicht weniger. Verschafft mir die Information und es soll Euer Schaden nicht sein.«

Spinnendürre Finger schienen sich in Aleas Bewusstsein zu drängen, durchstöberten jeden Winkel ihrer Gedanken und huschten durch ihre Erinnerungen. »Sie selbst hat keine Antwort darauf. Ihr wurde gesagt, Laserian sei ihr Onkel, und ich finde keine Spur, dass dem nicht so sein sollte. Sie glaubt selbst daran.«

Selena maß Alea mit einem nachdenklichen Blick. »Was sollen wir also machen? Lana, Ihr habt hier zu bestimmen. Wie sollen wir weiter verfahren?«

Lana wandte sich an den Magier. »Wie steht es mit meinem Verdacht? Habe ich Recht oder steht er auf tönernen Füßen?«

Wieder dieses Zupfen in Aleas Erinnerungen: schmierige, feuchte Finger, die ihr Hirn durchmaßen und eine Spur wie Schneckenschleim hinterließen.

»Nun, sie verfügt über ein gerüttelt Maß an magischem Potential, beinahe wäre sie mir entschlüpft, aber da zahlen sich dann doch die Jahre an der Akademie aus.« Ein selbstgefälliges Lächeln stahl sich auf die Miene des Magiers. »Ich denke, Euer Verdacht hat sich bestätigt, auch wenn ich der Falsche bin, Euch endgültig Klarheit verschaffen zu können. Was diese Constanze angeht ...«, nachdenklich musterte der Magister ein Bild, das Lana vorsorglich auf den Tisch gelegt hatte. »Zwar ist das Muster verschwommen, aber ich würde sagen, die ersten Eindrücke, die sie von ihrer Mutter hat, finden eine Entsprechung in diesem Bild. Ja, meines Erachtens ist diese Frau ihre Mutter.«

Lana wiegte nachdenklich den Kopf. »Nun denn, wenn wir eines gewonnen haben, dann ist es Wissen. Wissen, das wir vielleicht zu gegebener Zeit einsetzen können. Und wir haben die Gewissheit, dass uns einige Leute mindestens eine Erklärung, wenn nicht gar einen kleinen Gefallen schulden. Und das ist mehr, als ich mir zu erhoffen wagte. Selena?« Die Frau warf Lana einen fragenden Blick zu. »Ich möchte, dass unsere Leute in

Drôl über die neuesten Entwicklungen informiert werden. Aber nur die Leute, die involviert sind, wir verstehen uns?«

Auf Selenas Gesicht flammte Widerspruch auf, der aber in der Glut des Blickes, mit dem Lana ihr Gegenüber bedachte, in sich zusammenschmolz. Demütig schlug sie die Augen nieder. »So wird es geschehen.«

»Noch etwas: Setze Gallus auf die Herkunft Aleas an. Wäre doch gelacht, wenn wir nicht noch mehr Profit aus der Situation ziehen könnten. Sag ihm, jede Kleinigkeit könnte sich als wichtig erweisen. Ich will alles wissen, hörst du? Alles. Ah ja … Ich will zusätzlich, dass unsere Leute im Haushalt di Mestilio sich langsam vorbereiten. Es kann jetzt nur noch ein paar Tage dauern, bis die Aktion anläuft, und ich möchte nicht, dass es uns unvorbereitet trifft.«

»Leomir?« Lana fasste den Magier, der sich den Anschein gab, unsichtbar zu sein, fest ins Auge; ihre Stimme hatte einen beißenden Klang angenommen. »Ich will, dass sich das Mädchen an dieses Gespräch nicht mehr erinnert. Versteht Ihr mich? Nie mehr!«

Der Magier erblasste. »Aber Euer Gnaden, Ihr wisst, was Ihr da von mir verlangt? Dieser Spruch ist …«

»Euch mehr als geläufig. Vergesst nie, mit wem Ihr es hier zu tun habt. Ich kann in Euch lesen wie in einem Buch, und was ich dort sehe, gefällt mir nicht. Hütet Euch und denkt daran, dass meine Augen auf Euch gerichtet sind, wo auch immer Ihr seid.«

Der Magier war während Lanas Rede aschfahl geworden. Seine Schultern sanken herab und er begann leise eine Formel zu murmeln. Dann, den Blick wie um Vergebung bittend auf das entspannte Gesicht vor sich geheftet, berührte er Aleas Stirn ein zweites Mal, woraufhin die junge Frau vor ihm in sich zusammensackte.

Schweißperlen rannen Leomir über die Stirn, als er den gehetzten Blick von dem Bündel hob, das da vor ihm am Boden lag, und zu Lana aufschaute. Die Miene der hoch gewachsenen Frau war rätselhaft. Behutsam löste sie einen kleinen Lederbeutel von ihrer Taille und warf ihn dem Magier in den Schoß. Dann straffte sie die Schultern und verließ den Raum, ohne Leomir noch einmal anzublicken. »Denkt daran, Leomir, ein Fuchs, der sich hintergangen fühlt, beißt zu.«

Verwirrt öffnete Alea die Augen. *Ich muss kurz eingenickt sein.* Unbewusst schüttelte sie den Kopf, während sie Lanas amüsierter Blick traf. *Ich hätte gestern früher ins Bett gehen sollen. Oder aber das Essen heute Mittag war zu schwer. Seltsam, das ist mir noch nie passiert.* Immer noch ein wenig verwirrt, hob Alea die kleine Handharfe und schlug mit flinken Fingern die Saiten an, während sich ein Lächeln über Lanas Gesicht ausbreitete.

Kapitel 14

Auf dem Vorplatz der Oper herrschte bereits reges Treiben, als Sharielles Kutsche vorfuhr. Straßenhändler priesen ihre Waren an, ein Gaukler jonglierte mit Bällen und Kinder rannten zwischen den Beinen der Herumstehenden hindurch und spielten Fangen. Sharielle verließ als Erste das Gefährt und half dann Sanna, die sich in ein Ballkleid gezwängt hatte, beim Aussteigen; sie selbst trug an diesem Abend Uniform.

Von überall schallten Rufe über den Opernplatz, und während eine Schar Tauben vor der anfahrenden Kutsche aufflog, schoben sich Sanna und Sharielle vorsichtig durch das Gewühl. Arm in Arm betraten beide Frauen das Opernhaus, lächelnd und nach allen Seiten grüßend. Kurz unterhielten sie sich mit Bekannten, dann stiegen sie die gewundene Treppe hinauf, die zu den Rängen führte. Sie nahmen in einer der Logen Platz, von wo sie eine vorzügliche Sicht auf die Bühne hatten.

Der Granduco förderte mit seinem Privatvermögen etliche der am heutigen Abend auftretenden Sänger und Schauspieler, sodass man ihm einen Platz in der Ehrenloge reserviert hatte. Sharielles Blick schweifte über die Familie des Hochadeligen, bis er an Kapitan di Scilaggio hängen blieb. Der Offizier unterhielt sich angeregt mit Laserian di Mestilio. *Das fehlt mir noch! Garvor und der Granduco sind wahrscheinlich die besten*

Freunde. Nicht auszudenken, welchen Schaden der Kapitan anrichten kann, sollten sich die Anschuldigungen gegen ihn als wahr erweisen.

Sharielle schreckte aus ihren Gedanken, als sie eine Gruppe von drei Männern entdeckte, die es sich in den unteren Rängen bequem machten. *Bei allen Göttern! Das sind sie! Die KGIA traut sich tatsächlich hierher. Ich muss eine Möglichkeit finden, den Granduco und den Kapitan zu warnen.* Doch just in diesem Augenblick ließen die Musiker im Orchestergraben ihre Instrumente zu einer pompösen Ouvertüre erschallen, die alle Gespräche zum Verstummen brachte.

Sanna lehnte sich zurück, um die Aufführung zu genießen; musikalische Darbietungen begeisterten sie seit jeher.

Die Agenten nicht aus den Augen lassend, rutschte Sharielle unruhig auf ihrem Sitz hin und her und widmete dem Stück kaum Aufmerksamkeit.

Der Gongschlag, der die große Pause ankündigte, war noch nicht ganz verhallt, da erhob sich Laserian auch schon von seinem Sitz in der Mitte der Loge. »Ich werde mich nun wohl in den Salon begeben und den Getränken zusprechen. Kapitan, würdet Ihr mir wohl das Vergnügen bereiten, mich zu begleiten?«

Schwerfällig erhob sich auch die Frau des Granduco aus den weichen Polstern und lächelte Alea zu, die sich soeben von einem der hinteren Plätze erhob: »Wir Frauen sollten die Pause nutzen, um unsere Toilette ein wenig aufzufrischen. Du begleitest mich doch, Liebes?« Alea zuckte mit den Schultern. *Mir ist im Augenblick jeder Ort recht, an dem ich nicht das Gefühl habe, dass mich jeder anstarrt.*

Die Frauen strebten den entsprechenden Räumlichkeiten entgegen, während die Männer zur geschwungenen Treppe flanierten.

»Ich kann kaum noch sitzen«, klagte Sanna mit weinerlicher Stimme, streckte sich mühselig und stöhnte leise auf. Sie fuhr sich beiläufig durch das dunkle Haar und gähnte herzhaft. Sharielle lächelte sie mitleidig an, dann erhob sie sich, reichte Sanna die Hand und half ihr auf die Beine. »Sanna, würdest du mir bitte ein Glas Wein holen, ich habe einen so furchtbar trockenen Hals.« Die Dunkelhaarige lächelte und machte sich sogleich auf den Weg. *Gut, Sanna ist vorerst aus der Schusslinie. Jetzt muss ich nur noch rechtzeitig den Granduco erreichen.*

Garvor blickte erstaunt zur großen Flügeltür, welche die Garderobe des Opernhauses mit dem Foyer verband. Eben hatte sie sich mit einem kaum überhörbaren Quietschen geöffnet und entließ nun einen grauhaarigen Mann mittleren Alters, dessen Leibesumfang auf einen mehr denn nur beträchtlichen Appetit schließen ließ. Garvor erstaunte dabei weniger die Tatsache, dass es sich bei dem Mann um Signore Emalion Zerrutatio handelte, seines Zeichens Direktor der Oper zu Vinsalt, als vielmehr das Tempo, mit welchem sich der beleibte Mann auf die kleine Gruppe zubewegte, die sich gerade angeregt plaudernd unter einem prächtigen Lüster versammelt hatte.

Schwer nach Atem ringend und mit hochrotem Kopf schoss er an Garvor vorbei und begann, ohne auch nur im Schritt innezuhalten, mit verhaltener Stimme auf den Granduco einzureden: »Ich bin untröstlich, wertester Laserian. Ihr könnt Euch nicht vorstellen, was ich schon mitmachen musste. Sie hat mich einfach versetzt. Nicht nur, dass sie ihr Gastspiel um einen Tag verlängert, ohne mit mir als ihrem Agenten und treuen Freund Rücksprache zu halten, nein, damit verärgert sie auch Euch, unseren treuesten Mäzen.«

Laserian, in seinen Gedanken unterbrochen, hatte eindeutig Schwierigkeiten, dem Wortschwall Zerrutatios zu folgen: »Langsam, mein Lieber. Wer, in Alverans Namen, hat Euch versetzt und was hat das mit mir zu tun?«

Immer noch keuchend, taxierte der Direktor sein Gegenüber aus kleinen Schweinsäuglein, offenkundig bemüht herauszufinden, ob er gerade auf den Arm genommen wurde. Während eine dicke Ader auf seiner Stirn zu pochen begann, entschied sich Zerrutatio wohl gegen eine Herabsetzung seiner Person und für ein Missverständnis, hob resignierend die Augen gen Alveran und setzte zu einer überaus langen und ausufernden Rede an, die darauf hinauslief, dass die große Diva Jedhia di Zsavar ihr Gastspiel in Drôl um einen weiteren Tag verlängert habe und somit nicht, wie erwartet, bereits am morgigen Vormittag eintreffe. Folglich könne die Feier, die der Granduco anlässlich der Rückkehr der Dame zu veranstalten plane, erst einen Tag später stattfinden, ein Umstand, den Zerrutatio zwar bedauere, den zu ändern er sich jedoch außerstande sehe. »Ihr wisst ja, wie diese Frauen sind: eitel und eingebildet, dabei aber von einer verblüffenden Unzuverlässigkeit«, beendete er seinen Bericht. »Ich hoffe, die Verschiebung der Feier bringt keine Umstände mit sich?«

Zerrutatio hing förmlich an den Lippen di Mestilios, abwägend, wie groß der Schaden wohl sei, der seinem Haus hierdurch entstehen würde. Der Granduco aber nahm die schlechte Nachricht geradezu gelassen auf: »Regt Euch nicht auf, Maestro. Ich werde alles Nötige veranlassen. Gewährt mir übermorgen einfach die Freude Eures Besuches und überlasst mir das Übrige. Ich habe schon mehr Schlachten geschlagen.« Lachend klopfte di Mestilio dem sichtlich erleichterten Herrn auf die Schulter und setzte, nachdem Zerrutatio sich entfernt hatte, das unterbrochene Gespräch fort, als sei nichts geschehen.

Sharielle drängelte sich höflich, aber bestimmt durch die Menschentraube in Richtung des Treppenaufgangs, der zum Vestibül führte. Endlich hatte sie das Gewühl hinter sich gelassen, da erkannte sie den Granduco, der sich mit einem der Neureicher unterhielt. Garvor stand zwei Schritte entfernt, ein Glas in der Hand, und musterte aufmerksam die Umgebung, bis er Sharielle entdeckte. Mit schnellen Schritten kam er näher und verneigte sich anzüglich lächelnd vor der Adeligen.

Sharielle strahlte ihn an: »Seid mir gegrüßt, Kapitan. Wie ich sehe, beobachtet Ihr den Feind, wie er sich gerade ungestört mit dem Granduco unterhält. Lasst mich raten, Kapitan, Ihr bezeichnet so etwas als eine Art taktische Aufklärungsmission, richtig?«

Völlig überrumpelt starrte der Offizier Sharielle an; der ironische Ton ihrer Rede war gar nicht bis zu ihm gedrungen. »Ihr meint, dieser Kerl, der sich als tobrischer Adeliger ausgibt, ist einer der mittelreichischen Geheimagenten? Wie zuverlässig ist diese Information?«

Sharielle lächelte süffisant. *Sehr gut, er hat Angst, ich könnte ihn mit einer Fehlinformation in die Irre leiten, sodass er handeln muss und sich dabei selbst diskreditiert.*

»Die Information ist absolut zuverlässig. Dieser Mann ist der Anführer eines drei Mann starken Kommandounternehmens. Seine beiden Kameraden müssten in der Nähe sein. Ich schlage vor, Ihr beschützt den Granduco, während ich mich einmal umsehen werde.«

Der Offizier nickte entschlossen, machte auf dem Absatz kehrt und schlenderte langsam zum Granduco zurück. Er beobachtete, wie sich der Neureicher verabschiedete, um seine Aufmerksamkeit einem groß gewachsenen Mann mit schwarzen Zöpfen zu widmen. *Gleich haben wir alle auf einem Haufen,* dachte er. *Scheinbar hat die verehrte Cavalliera doch ein paar Fähigkei-*

ten und Kontakte, die nützlich sind. Jetzt werden wir sehen, wie gut die Männer sind, die das Neue Reich gegen uns aussendet.

Garvor wartete, bis der Anführer sich entfernt hatte, dann bewegte er sich auf den Hünen zu. »Verzeiht, aber gehört Ihr auch zu dieser eher erbärmlichen Gesandtschaft aus Tobrien?«

Der Krieger schluckte schwer und knurrte eine kaum verständliche Antwort: »Ja, Ihr habt vollkommen Recht.«

Der Kapitan lächelte dünn wie ein Rasiermesser, während er nachsetzte: »Nun, die Ereignisse im Norden kann man wirklich als ärgerlich bezeichnen. Ein gewaltiges Reich zerbröckelt, weil seine größte Provinz von Schafsköpfen anstatt Soldaten verteidigt wurde. Das ist der Stoff, aus dem einige unserer besten Künstler eine bewegende Tragödie formen könnten. Zufällig kenne ich eine junge Dichterin, die sich auch in Dramen versucht. Vielleicht sollte man der Dame Sanna nahe legen, ein solches Stück zu schreiben. ›Der Versager von Garetien‹ wäre doch ein netter Titel, findet Ihr nicht?« Garvor lachte auf und nahm einen Schluck aus seinem Weinglas. »Andererseits könnte ich mir auch eine gute Komödie darunter vorstellen. Aber was erwartet man schon von einem Kaiserreich, welches von einem zögerlichen Mann regiert wird, der die Kaiserwürde nicht auf sich nehmen will.«

Der Neureicher bebte vor Wut. Garvor lachte weiter, in dem Bewusstsein, dass er nur gewinnen konnte. *Entweder du schweigst und lässt dich von mir demütigen, oder du ziehst blank, was mir lieber wäre, denn ich würde dich wie einen Käfer zermalmen!*

Quendan ballte die Hände zu Fäusten und presste zwischen zusammengebissenen Zähnen eine Antwort hervor. »Schweigt! Ihr seid nichts weiter als ein aufgeblasener Angeber, der das Soldatenleben nur aus Erzählungen kennt und sich jetzt in eine Ausgehuniform zwängt, um bei den Frauen mehr Erfolg zu haben.«

Garvor spürte den Hass wie eine heiße Welle in sich aufbranden. Er würde jetzt und hier diesem Mann eine Lektion erteilen!

Die Kontrahenten sahen sich starr in die Augen. Im Blick beider Soldaten funkelten Hass, Mordlust und die Bereitschaft zuzuschlagen. Dann fühlte Garvor, wie ihn eine Hand am Arm packte und ihn leicht zurückzog. Verärgert fuhr er herum und starrte Sharielle wütend an. Sie schüttelte verneinend den Kopf und schien signalisieren zu wollen, dass sein jetziges Vorhaben sich als fataler Fehler entpuppen könnte. *Sie hat Recht. Ein Kampf wäre in diesem Augenblick unangebracht. Aber aufgeschoben ist nicht aufgehoben! Er wird mir nicht entkommen!*

Der nordländische Hüne wurde ebenfalls von seinem Anführer zurückgehalten und mit beschwichtigenden Worten beruhigt. Ein Gongschlag verkündete das Ende der Pause, und die verfeindeten Parteien, die eben noch kurz vor einem Kampf gestanden hatten, trieben langsam, wie Eisschollen, wieder auseinander.

Tief in Gedanken versunken, verließ Alea den Erfrischungsraum für Damen. *Dies ist einfach nicht meine Welt.* Niedergeschlagen sah sie zu Boden, als jemand sie von der Seite anrempelte. Alea hob den Blick und sah direkt in das lächelnde Gesicht eines stattlichen Mannes in geschmackvoller und augenscheinlich teurer Kleidung. Er war mindestens neun Spann groß und hatte die Statur eines Kriegers. Das blonde Haar trug er kurz geschnitten und der Bart war ebenfalls vor nicht allzu langer Zeit gestutzt worden. Seine hellblauen Augen funkelten lebhaft. »Verzeiht, verehrte Dame, meine Ungeschicklichkeit.« Galant beugte er sich über ihre Hand und hauchte einen Kuss darauf. »Wenn ich mich vorstellen darf: Caric von Falkenhorst, landloser Adliger und tobrischer Handelsgesandter.«

Über Carics Gesicht huschte ein Schatten. *Und wieder einmal nicht du selbst. Manchmal fürchte ich, mich unter all den falschen Identitäten zu verirren, meine eigene Persönlichkeit unter dem Ballast von Arglist und Lüge völlig aus den Augen zu verlieren.* Ein Lächeln machte sich auf seinem Gesicht breit, ohne jedoch die Augen zu erreichen. »Und mit wem habe ich das Vergnügen?«

Alea merkte, dass ihr das Blut in den Kopf schoss. Nicht nur, dass dieser Mann über außerordentlich gute Manieren verfügte, er sah dazu auch noch einfach atemberaubend aus. Ihr Mund fühlte sich wie ausgetrocknet an. Sie drohte in den tiefen Augen ihres Gegenübers zu versinken und kämpfte verzweifelt um Kontrolle, während ihr Herz gegen ihre Rippen hämmerte, als wolle es die Brust durchschlagen.

»Aleanore Laodameia di Mestilio Cavalese, mein Herr.« Fast hätte sie sich wieder ob ihres ungewohnten Namens verhaspelt, und so verwunderte es sie nicht, dass der Mann irritiert eine Braue hob und sie scharf ansah.

»Di Mestilio? Ich wusste gar nicht …«

»Ich bin erst seit einer kurzen Weile hier in Vinsalt, da verwundert es nicht, wenn Ihr mich noch nicht gesehen habt. Verzeiht, dass ich Euch ins Wort falle, aber ich habe diesen Spruch jetzt schon so oft gesagt, dass ich ihn auswendig kann.« Um Entschuldigung heischend, blickte Alea ihrem Gegenüber ins Gesicht. *Ihr Götter, lasst jetzt nicht zu, dass er sich umdreht und verschwindet.*

Auf Carics Mund breitete sich ein Lächeln aus. »Wenn Ihr diesen Spruch schon so oft habt sagen müssen, so ist Eure Kehle sicherlich trocken. Darf ich Euch auf eine kleine Erfrischung einladen?«

Alea errötete vor Freude. »Es wäre mir mehr als nur ein Vergnügen, werter Herr von Falkenhorst.«

»Das Vergnügen, glaubt mir, meine Liebe, liegt ganz bei mir!« Alea schob ihre Hand unter den angebotenen Arm und ließ sich durch das Menschengewirr zu dem im ersten Stock gelegenen Ausschank geleiten.

SPIEGELSAAL stand in goldgefassten Lettern über dem Eingang zu dem großen Raum, in den Caric Alea führte. Er war mit weißem Marmor ausgekleidet; an den Wänden hingen große Spiegel aus vernieteten Messingplatten. Auf der Stirnseite öffneten sich fünf zweiflügelige Türen auf einen riesigen Balkon, von dem aus man den gesamten Opernplatz überblicken konnte. Überall standen oder saßen kleinere Grüppchen reich gewandeter Opernbesucher, ins Gespräch vertieft und hin und wieder an den vollen, hochstieligen Gläsern mit Wein oder Bosparanjer nippend.

Caric bat Alea, an einer der offenen Türen auf ihn zu warten, und steuerte auf die Theke zu, an der sich eine ganze Schar von Schankmädchen und Kellnern verzweifelt bemühte, die vielen Wünsche der zahlreichen Gäste schnellstmöglich zu erfüllen.

Caric nahm zwei Gläser besten Bosparanjers vorsichtig entgegen und bahnte sich seinen Weg zu Alea, die inzwischen auf dem Balkon an einem kleinen Tisch mit zwei Stühlen Platz genommen hatte.

»Die schöne Göttin scheint es heute gut mit uns zu meinen.« Vorsichtig stellte Caric die Gläser ab und lachte sie freundlich an.

In sein Lachen einstimmend, hob Alea ihr Glas langsam in die Höhe. »So soll unser Dank denn auch der Herrin Rahja gelten, auf dass sie segnend ihre Hand über uns halte.«

Der Blick, mit dem Alea Caric ansah, war unergründlich. Er vermeinte, sich in den Tiefen ihrer dunkelbraunen Augen zu verlieren. *Was mache ich hier? Die Frau, die mir gegenüber sitzt, ist Aleanore di Mestilio, Nichte des Granduco! Caric, wenn du einmal in deinem Leben etwas richtig machen willst, wenn ein Auftrag auch nur ein einziges Mal ohne Komplikationen vonstatten gehen soll, dann stehe jetzt auf und verlasse den Tisch.*

Die Augen nicht voneinander lösend, stießen Alea und Caric mit einem leisen Klingen ihre Gläser aneinander und nahmen jeder einen tiefen Schluck des perlenden Weines. Worte schienen keine Bedeutung mehr zu besitzen. Tief in das Antlitz des anderen eintauchend, saßen sie für geraume Zeit, die ihnen wie eine Ewigkeit erschien, völlig bewegungslos da. Als sie wieder die Gläser aneinander stießen und Carics Finger den Hauch eines Augenblicks auf Aleas Handgelenk verharrten, war diese Berührung sinnlicher, als es ein Kuss oder eine andere Berührung je hätte sein können.

Alea erschauerte bis ins Mark, gefangen im stahlblauen Blick des Mannes, um den sich ihr ganzes Sein zu winden schien. Ihr war, als entdeckte sie sich im Blick Carics selbst, als hätte diese einzige Begegnung sie aus einem Kokon befreit, von dem sie bis zu diesem Augenblick nichts gewusst hatte. Und nun, in ihrer neuen Form als Schmetterling, saß sie verwundbarer als je vorher direkt vor ihm und sammelte Kraft, die Flügel auszubreiten und sich bereitzumachen für einen ersten Flug, dessen Versprechen von Süße und Ekstase sie lockte wie nichts zuvor in ihrem Leben.

Kapitel 15

Ich habe dir dein Glas dort hingestellt. Wo warst du denn? Ich habe im ganzen Haus nach dir gesucht, aber ich habe dich nicht finden können.« Sanna hatte es sich bequem gemacht, bereit, dem letzten Akt der Oper *Fran Horas* zu lauschen. Sharielle nahm das Glas dankbar an und leerte es in einem Zug, woraufhin sie von ihrer Freundin entgeistert angesehen wurde. »Stimmt etwas nicht?«

Der wohligen Wärme nachspürend, die sich in ihrem ganzen Körper ausbreitete, drehte sich Sharielle zur Seite. »Die KGIA ist hier. Wenn wir nachher das Gebäude verlassen, dann beeilen wir uns am besten. Ich möchte ihnen hier und heute nicht noch einmal über den Weg laufen. Hast du mich verstanden?«

Wenngleich Sanna ob des harschen Tonfalls sichtlich gekränkt war, nickte sie bedächtig. »Und ich hatte gehofft, wir könnten uns hier noch ein wenig vergnügen. Aber wahrscheinlich willst du mich nur zu Hause abliefern und dann auf eigene Faust weitermachen.« Trotzig reckte Sanna das Kinn in die Höhe. »Aber nicht mit mir. Wenn du meinst, dich in Gefahr bringen zu müssen, dann komme ich mit.«

Sharielle wurde ungehalten. »Ich sagte nicht: ›Tue, was ich tue‹, sondern ›Tue, was ich sage‹!«, entgegnete sie und dachte: *Wieso will sie mich nicht verstehen? Ich meine es doch nur gut.* Schweigend wendeten beide ihre Aufmerksamkeit den Sängern zu, die gerade auf die Bühne traten, und verfolgten mehr oder weniger schmollend deren Aufführung.

»Hast du sie gesehen?« Quendan war noch immer außer sich vor Wut. »Diese schlanke Blondine mit ihrem Wachhund. Ich kann kaum glauben, dass ihr alle vor ihr zittert. Wenn es euch an Entschlossenheit fehlt, dann werde ich sie eben später ausschalten.«

Caric sprang fast von seinem Sitz hoch und sagte mit gedämpfter Stimme: »Was soll das, Quendan? Damit hilfst du uns keinen Schritt weiter, du bringst dich und uns höchstens ins Grab!«

Der Hüne winkte ab und schnaubte wutentbrannt: »Ich habe vor diesem Paradesoldaten keine Angst. Ihr seid scheinbar nicht bereit, überhaupt ein Risiko einzugehen. Wenn wir diesen Auftrag abgeschlossen haben und nach Hause zurückgekehrt sind, werde ich um meine Versetzung bitten. Es muss noch Einheiten geben, die unserem Land treu dienen und sich nicht vor Angst fast selbst einnässen.«

Adoran packte Quendan am Kragen und zog ihn zu sich heran. »Jetzt hör mir zu, du großmäuliger Idiot! Wenn du hier einen Kampf herausforderst und dabei stirbst, dann hast du Glück, denn solltest du dergleichen überleben, dann werde ich selbst dich töten! Hast du mich verstanden?«

Quendan riss sich los, nickte und erwiderte voller Verachtung: »Du bist eine Schande für das ganze Heer, Hauptmann Adoran. Du bist wie diese Sharielle: verweichlicht, inkompetent und stets verängstigt, wenn du etwas riskieren musst. Ich hätte nicht gedacht, dass deine Heiratsabsichten dich zu einem solchen Feigling machen!«

Caric versuchte seinen Vorgesetzten zu beruhigen, doch Quendan hatte den Bogen deutlich überspannt. »Ich schwöre hiermit feierlich, dass – falls überhaupt –

nur einer von uns beiden lebend nach Hause zurückkehren wird.«

Quendan nahm den Eid regungslos auf. »Ich habe weder vor dir noch vor dieser Frau Angst. Und wenn es nötig ist, werde ich die Mission allein oder mit Caric beenden.«

Caric zuckte zusammen. *Jetzt ist es unvermeidlich geworden. Einer von beiden wird tatsächlich sterben müssen, und wenn ich mich nicht vorsehe, gerate ich auch in die Schusslinie. Möge Praios mit uns sein, denn nun benötigen wir wahrhaftig göttlichen Beistand.*

Ein tosender Applaus zollte den Fähigkeiten der Musiker und Sänger Tribut, nachdem der Vorhang sich zum letzten Mal an diesem Abend gesenkt hatte. Eilig drängelte sich Sharielle durch die Besucher in Richtung Ausgang, stets in der Hoffnung, dass sie und Sanna den Neureichern nicht begegnen würden. Sie nahm Sanna an der Hand und zog sie wie ein störrisches Kind hinter sich her. Endlich erreichte sie den Ausgang und spürte schon den kühlen Hauch der Abendluft auf ihrer Haut, der Erfrischung versprach und ihre Lebensgeister weckte. Nur noch wenige Schritte trennten sie von ihrer Kutsche, als der dunkelhaarige Hüne ihr in den Weg trat. Er stemmte demonstrativ die Hände in die Hüften und holte tief Luft. »Ihr seid also Sharielle.«

Es war keine Frage, sondern eine kühle und sachliche Feststellung. Seine rechte Hand wanderte zu dem prunkvollen Schwert an seiner Seite, als Sharielle endlich begriff, dass dieser Mann nicht zögern würde, sie auf der Stelle zu töten. Verzweiflung und Angst fraßen sich in ihr Herz und lähmten sie. Mit ausgetrockneter Kehle und vor Verblüffung leicht geöffnetem Mund musste sie mit ansehen, wie der Neureicher seine im Sternenlicht leicht silbrig schimmernde Waffe zog und gegen sie richtete. Sharielle fühlte, wie ihre Knie weich wurden und ihr Verstand von einem einzigen Gedanken beherrscht wurde: *Das ist das Ende! Ich sterbe ängstlich auf der Straße, von einem brutalen Mörder niedergestreckt, ohne die geringste Gegenwehr.*

Doch bevor die Klinge ihren tödlichen Streich gegen die Adelige vollenden konnte, machte Sanna einen Satz nach vorn und stellte sich vor ihre Freundin. Ihre Arme waren nach hinten abgewinkelt, hielten Sharielle zurück, und ihr Leib formte einen lebendigen Schild gegen den Angriff. »Nein!«, ertönte ihre leise, aber entschlossene Stimme. »Niemand wird ihr etwas zu Leide tun, so lange ich lebe!« Trotz und eiserne Überzeugung spiegelten sich in ihren grünen Augen, während Sharielle regungslos dastand, noch immer unfähig zu handeln und vor Angst zitternd.

Quendan packte den Griff seiner Waffe mit beiden Händen und schwang die Klinge hoch über den Kopf, bereit, Sanna mit einem mächtigen Hieb zu Boron zu schicken. Er lächelte verächtlich und knurrte: »So lange Ihr lebt, wird der blonden Dame nichts geschehen, da habt Ihr vollkommen Recht. Doch nun ist es an der Zeit, Euch von Eurer unseligen Existenz zu befreien!«

Sanna schloss die Augen und erwartete schicksalsergeben den tödlichen Streich. Ihr ganzer Körper wurde von einem eisigen Beben erfasst. Mit fest aufeinandergepressten Lippen betete sie, dass ihr Opfer Sharielle retten möge, und zugleich konnte sie die irrwitzige Hoffnung, den Schlag vielleicht selbst zu überleben, nicht bezwingen. Doch der Angriff sollte nicht erfolgen.

Nach einer Weile, die Sanna wie eine Ewigkeit erschien, öffnete sie zögernd die Augen. Quendan war in der Bewegung erstarrt; das Schwert schwebte knapp einen Spann von Sannas Kopf entfernt, von seinen starken Händen gehalten, wie ein Raubvogel vor ihrem Gesicht.

Warum schlägt er nicht zu? Nichts kann ihn mehr aufhal-

ten, nur ich stehe noch zwischen Sharielle und ihm selbst. Sannas Herz klopfte wild, als erneut Hoffnung in ihr aufkeimte. Aus den Augenwinkeln bemerkte sie etwas, das über ihre rechte Schulter ragte. Langsam drehte sie den Kopf ein Stück zur Seite und erblickte den blank polierten Lauf einer geladenen Balestrina. Die Mündung der Schusswaffe zeigte geradewegs auf Quendans Kopf; ihm musste klar sein, dass er einen Schuss aus so kurzer Distanz nicht überleben könnte, dass die Kugel seinen Schädel durchdringen würde wie ein heißes Messer die Butter.

Sharielles Hand zitterte leicht, doch sie war nicht gewillt, den festen Griff, mit dem sie die Waffe hielt, auch nur einen Lidschlag zu lockern.

Mittlerweile hatten einige der Opernbesucher die Flucht ergriffen, andere hatten einen Kreis gebildet, um zuzusehen oder eventuell einzugreifen. Die Waffe immer noch auf den Agenten gerichtet, trat Sharielle langsam einen Schritt zurück und zog Sanna mit ihrer freien Hand fort von der im Mondlicht gefährlich blitzenden Klinge. Quendan ließ sein Schwert langsam sinken, und Sharielle spürte, wie sich der Knoten in ihren Eingeweiden zu lösen begann. Doch dann riss der Nordländer blitzschnell seine Klinge hoch und traf die Schusswaffe der Adeligen am Lauf. Ein Schuss löste sich, schlug aber in einer Häuserwand ein, ohne ernsthaften Schaden zu verursachen.

Quendan schickte die schmächtige Sanna mit einem kurzen Kinnhaken zu Boden und setzte eilig nach, um der Cavalliera den Gnadenstoß zu versetzen. Sharielle wich zurück und die Balestrina wurde ihr aus der Hand geschlagen, als Quendans Schwert wieder gegen den Lauf prallte. Klappernd fiel die Schusswaffe auf die gepflasterte Straße, und ein knirschendes Geräusch ließ den Waffenkenner erahnen, dass die Mechanik sich verklemmt oder anderweitig Schaden genommen hatte.

Während der Neureicher der Cavalliera die Klinge an den Hals setzte, arbeitete sich ein Mann durch die Gaffer und trat hinter ihn.

Kapitan di Scilaggios Stimme erklang laut und deutlich: »Cavalliera, habt Ihr ein Problem? Spricht dieser freundliche Herr auf Euer Gehabe etwa nicht an? Äußerst bedauerlich.« Quendan wandte sich um, blickte dem Offizier in die Augen, bedrohte aber weiterhin die Adelige.

»Genug der Spielchen! Lass die Dame in Ruhe und stell dich mir in einem Kampf Mann gegen Mann!« Garvor hatte die Worte geradezu ausgespien.

Sharielle atmete schwer, ein banger Blick in Sannas Richtung bestätigte ihr, dass ihre Freundin nicht ernsthaft verletzt war und wohl gleich wieder auf den Beinen sein würde. Zum ersten Mal war Sharielle über die Anwesenheit des Kapitans glücklich. *Den Göttern sei Dank! Vielleicht bringen sich die beiden gegenseitig um, sodass ich nur noch die Boronpriester rufen muss! Jetzt wird sich herausstellen, ob der Kapitan wirklich der Held ist, für den ihn alle halten.*

Quendan ließ von Sharielle ab und ging zwei Schritte auf den Kapitan zu, der seinen Umhang zur Seite geschleudert hatte. Auch er zog nun seine Waffe und ließ sie einige Male geschickt um sein Handgelenk kreisen. Garvor überbrückte die Distanz zwischen sich und seinem Gegner mit mehreren schnellen Schritten. Er holte weit aus und griff an.

Quendan duckte sich unter dem ersten waagrecht geführten Hieb hindurch, richtete sich auf, nur um dem zweiten gegenläufig geführten Schlag genauso auszuweichen. Das Langschwert des Mittelreichers zuckte vor, auf Garvors rechtes Knie zu, wurde jedoch vom scharfen Rapier des Offiziers zur Seite gefegt. Dieser schlug eine Finte gegen Quendans Hals, setzte dann aber zu einer Serie von Stichen gegen Arme und Oberkörper des Agenten an. Quendan wich zurück, brachte seine Waffe jedoch rechtzeitig nach oben, um die gezielten Stiche gegen seinen Leib mit der breiten Klinge seines Schwertes abwechselnd nach links und rechts abzulenken. Mit einem gellenden Schrei hob der Neureicher die Klinge über den Kopf und ließ sie mit voller Wucht auf seinen Gegner niedersausen. Garvor packte sein Rapier ebenfalls mit beiden Fäusten und riss es zur Abwehr in die Höhe. Ein metallisches Sirren erklang, als die Waffen aufeinander trafen und ein kleiner Funkenregen auf die Straße niederging.

Die Hände der Kämpfer waren von dem Aufschlag leicht betäubt. Während Quendan mit einem Zwischenschritt sein Gewicht verlagerte, stach der Horasier zu. Quendan warf sich zur Seite, wirbelte herum und trat dem Horasier mit voller Wucht gegen das Standbein.

Vor Schmerz aufbrüllend, ging der Kapitan zu Boden und verlor im Fallen sein Rapier. Mit wenigen Schritten war Quendan heran und ließ sein Schwert in hohem Bogen auf den Unterlegenen niedersausen. Garvor gelang es im letzten Augenblick, sich ein Stück nach links zu rollen, und das Schwert des Agenten traf klirrend auf den Fleck, an welchem Garvor vor dem Bruchteil eines Wimpernschlags gelegen hatte.

Während der Neureicher abermals ausholte, trat der Kapitan nach dem Knöchel seines Widersachers. Quendan knickte weg und schlug schwer auf dem Kopfsteinpflaster auf. Keuchend griff er nach seinem Schwert und drehte sich auf den Rücken, damit er den Kapitan, der behände aufgesprungen war, im Auge behalten konnte. Doch anstatt sein Rapier aufzuheben, griff der Offizier sofort an – ohne Waffen.

Quendans Finger hatten sich gerade um das Heft seines Schwertes geschlossen, als der Stiefelabsatz des Horasiers auf sein Handgelenk niedersauste. Quendan stöhnte laut auf; eine Woge stechender Schmerzen bahnte sich den Weg von seinem Handgelenk den Arm hinauf. Er packte den Fuß seines Gegners mit der anderen Hand und riss mit aller Kraft daran, sodass Garvor das Gleichgewicht verlor und krachend auf der Straße aufschlug.

Der Kampf wurde immer verbissener. Kaum hatten sich die Gegner aufgerichtet, als sie auch schon wieder aufeinander eindrangen. Nun, da sie beide ihre Waffen verloren hatten, glich der Kampf mehr einer wilden Schlägerei; der Ausdruck auf den Gesichtern beider Krieger zeugte vom Willen, den anderen zu töten.

Keuchend und mit schmerzverzerrten Gesichtern standen sie sich gegenüber, aus zahlreichen Wunden blutend. Quendan täuschte einen rechten Kinnhaken vor und schlug dann mit der linken Rückhand zu. Das gerötete Gesicht des Kapitans wurde zur Seite gerissen, und bevor er sich versah, hatte der Neureicher einen Dolch aus dem Gürtel gezogen und stürzte sich auf ihn. Die Faust mit dem Dolch schoss so schnell auf Garvor zu, dass dieser sich aus einer Ahnung heraus fallen ließ, was dazu führte, dass der Angreifer auf ihn stürzte. Die Spitze des Messers zielte auf Garvors Hals, der gerade noch den linken Arm hochreißen konnte. Die kurze Klinge bohrte sich durch seinen Unterarm, wurde aber kurz vor der ungeschützten Kehle aufgehalten.

Garvor schrie vor Schmerzen, als sich der kalte Stahl durch seinen Arm fraß und kurz darauf warmes Blut an den Fingern herab auf sein Gesicht rann. Mit der Rechten hielt er Quendans freie Hand, die nach seiner Kehle griff. Vor Anstrengung fletschten beide Männer die Zähne.

»Sieh deinem Tod ins Auge, kleiner Mann!«, presste Quendan zwischen zusammengebissenen Zähnen hervor, während Blut und Speichel sein Kinn hinabliefen. Garvor nahm all seine Kraft zusammen, und obwohl ihm der Schmerz im Arm fast die Sinne raubte, gelang es ihm, Quendan einen Schlag gegen den Kopf zu verpassen. Aufheulend rollte sich dieser von seinem Gegner herunter und hielt sich die zertrümmerte Nase mit beiden Händen.

Keuchend packte Garvor das Heft des Dolches und riss kraftvoll daran, bis er ihn aus der Wunde entfernt hatte. Er schob die Waffe unter seinen Gürtel. Hustend kam er auf die Beine und wankte zu seinem vor Schmerzen gekrümmten Gegner hinüber. Garvor griff fest in Quendans langes Haar und riss dessen Kopf hoch. Noch bevor dieser reagieren konnte, verpasste Garvor ihm einen wuchtigen Kinnhaken, der ihn mehrere Schritte zurücktaumeln ließ. Ein weiterer harter Haken schleuderte den Agenten rücklings gegen eine kleine Kutsche, die einem der Opernbesucher gehörte. Plötzlich riss Quendan das rechte Bein hoch und richtete es in einem gewaltigen Tritt gegen den Schritt des Offiziers. Garvor reagierte gerade noch schnell genug, um den Tritt abfangen zu können und dann das Bein des Angreifers nach oben zu ziehen. Doch der Schmerz in seinem Unterarm war so überwältigend, dass er den Agenten nicht aus dem Gleichgewicht bringen konnte. Quendan seinerseits, nun auf einem Bein balancierend, versetzte dem Kapitan einen linken Haken, dem ein Schlag von rechts folgte, der den Horasier wie eine gefällte Eiche zu Boden schickte.

Mühselig stand der Kapitan wieder auf; aus den Augenwinkeln bemerkte er, wie Quendan einen neuen Angriff vorbereitete. Unter lautem Gebrüll warf sich der Horasier nach vorn und rammte Quendan den Kopf in den Bauch.

Die Attacke ließ beide Kämpfer schwer gegen die Kutsche krachen; dem Neureicher wurde die Luft brutal aus den Lungen gequetscht, und noch bevor er sich wehren konnte, riss Garvor seinen Oberkörper hoch, sodass sein Hinterkopf hart auf dem Kinn des Agenten aufschlug. Benommen griff Quendan nach dem Hals des Kapitans, der den Angriff leicht abwehrte und Quendans rechten Arm gegen die Kutschentür drückte. Schnell zog der Kapitan Quendans Dolch aus dem Gürtel, wo er ihn verstaut hatte, nachdem er ihn aus seiner Wunde gezogen hatte, und stieß kräftig zu. Die schmale Klinge durchdrang die offene Handfläche des Neureichers mühelos und nagelte seine Waffenhand an das lackierte Holz der Kutschentür. Ein unmenschlicher Schrei, der noch etliche Straßen weiter zu hören war, entrang sich der Kehle des Gepeinigten. Obwohl Garvor seinen linken Arm kaum noch bewegen konnte, entlockte ihm der Anblick des wehrlosen Feindes ein grausames Grinsen.

Quendan hatte noch nicht aufgegeben, er tastete vorsichtig nach dem Dolch, doch der Kapitan kam ihm zuvor. Er schlug dem Agenten den Ellenbogen wuchtig ins Gesicht und packte dann dessen freien Arm und zog kraftvoll daran. Die Spannung übertrug sich vom Arm auf den Körper bis hin zur festgenagelten Hand, deren Fleisch jetzt gegen die scharfe Klinge gerieben wurde.

Erneut aufschreiend sackte Quendan in sich zusammen, und Blut rann seinen Arm und sein Gesicht hinab. Garvor spuckte verächtlich aus und blickte auf den geschlagenen Feind hinab. »Nun, ergebt Ihr Euch?«

Noch immer schwer nach Luft ringend, sah Quendan auf und knurrte dem Kapitan seine Antwort entgegen: »Niemals!«

Der Offizier zog eine Braue hoch und lächelte gequält: »Ich denke, dann werdet Ihr wohl kaum Bekanntschaft mit einem Gefängnisschiff oder den Minen auf den Zyklopeninseln machen, mein werter Freund.« Er wandte sich um, nahm sein Rapier auf und bemerkte jetzt erst den Kreis von Schaulustigen, der sich während des Kampfes gebildet hatte. Mit zusammengebissenen Zähnen zog Quendan den Dolch aus seiner Hand und brach dann an einem der Vorderräder der Kutsche zusammen.

»Deine Selbstüberschätzung hat dich und deine Männer in den Untergang geführt«, fuhr Garvor fort. »Der Adler ist stark, auch wenn deinesgleichen seine Pracht nicht anerkennen will und ihn verlacht. Mut und Ehre sind noch nicht tot in diesem Land! Merke dir meine Worte auf dem Weg in Borons Reich!«

Garvor riss seine Waffe nach oben und stieß mit unglaublicher Wucht zu, sodass die scharfe Klinge den Körper des Neureichers durchbohrte. Quendan bäumte sich noch einmal auf und fiel dann, leise röchelnd, mit weit aufgerissenen Augen zurück. Sich in Agonie windend, rollte er von einer Seite auf die andere, bis das Röcheln erstarb und der Körper des Agenten bewegungslos auf dem Pflaster zum Liegen kam.

Epilog

Die Kutsche schlingerte auf dem holprigen Pflaster, als sie durch eine Kurve fuhr. Sanna hatte sich eng an Sharielle geschmiegt und den Kopf an ihre Schulter gelehnt. In Gedanken versunken, strich Sharielle über das Haar ihrer Freundin. *Du wolltest dich für mich opfern, das habe ich nicht verdient. Ist dir nicht klar, dass ich nicht mehr hätte leben wollen, wenn du gestorben wärest? O Sanna, was soll nur werden?*

»Du hättest abdrücken sollen.« Sannas Stimme klang rau. »Er hat dich angegriffen und hätte nicht gezögert, kurzen Prozess zu machen.«

Sharielle lächelte gequält. »Ich bin keine Mörderin. Hätte er *nicht* gezögert, ich *hätte* abgedrückt.«

»Hätte, hätte … Glaubst du mir jetzt, dass dein Beruf viel zu gefährlich ist?«

»Er ist das Einzige, was ich gelernt habe. Mach dir nichts vor. Ich habe einiges an Geld von meinen Eltern geerbt. Aber das Haus, in dem wir wohnen, gehört meinen Großeltern. Ich brauche das Geld und die Stellung – nicht zuletzt, um uns zu schützen.«

Sharielle zog Sanna noch enger an sich und küsste sie liebevoll auf den Kopf. »Lass uns heute Abend nicht mehr darüber reden. Ich liebe dich viel zu sehr, als weiter mit dir zu streiten. Wenn wir zu Hause sind, bitten wir Bertrand, uns vor morgen Mittag nicht mehr zu stören. Und dann sehen wir, was der Abend noch zu bieten hat, einverstanden?«

Sanna drehte den Kopf ein wenig und grub ihre Nase in Sharielles Halsbeuge. »Aber vorher will ich ein Bad … und ein Glas Wein … und ganz viele Süßigkeiten …« Sharielle spürte Sannas samtweiche Lippen auf ihrem Hals. »Und dann will ich dich …«

Anhang

Erklärung aventurischer Begriffe

Götter und Monate

Praios – Gott der Sonne und des Gesetzes, gilt als der oberste der Zwölfgötter (sein Monat entspricht dem irdischen Juli)

Rondra – Göttin des Krieges und des Sturmes (ihr Monat entspricht dem irdischen August)

Efferd – Gott des Wassers, des Windes und der Seefahrt (sein Monat entspricht dem irdischen September)

Travia – Göttin der Gastfreundschaft, des Herdfeuers und der ehelichen Liebe (ihr Monat entspricht dem irdischen Oktober)

Boron – Gott des Todes und des Schlafes (sein Monat entspricht dem irdischen November)

Hesinde – Göttin der Gelehrsamkeit, der Künste und der Magie (ihr Monat entspricht dem irdischen Dezember)

Firun – Gott des Winters und der Jagd (sein Monat entspricht dem irdischen Januar)

Tsa – Göttin der Geburt und der Erneuerung (ihr Monat entspricht dem irdischen Februar)

Phex – Gott der Diebe und Händler (sein Monat entspricht dem irdischen März)

Peraine – Göttin des Ackerbaus und der Heilkunde (ihr Monat entspricht dem irdischen April)

Ingerimm – Gott des Feuers und des Handwerks (sein Monat entspricht dem irdischen Mai)

Rahja – Göttin des Weins, des Rausches und der Liebe (ihr Monat entspricht dem irdischen Juni)

Maße und Gewichte

Meile	=	1 km
Schritt	=	1 m
Spann	=	20 cm
Finger	=	2 cm
Unze	=	25 g
Stein	=	1 kg
Quader	=	1 t

Begriffe, Namen, Orte

Al'Anfa: mächtiger Stadtstaat im tiefen Süden Aventuriens, Hauptsitz des Boronkultes und zweitgrößte Stadt des Kontinents

Altes Reich: Das Liebliche Feld, neben dem Mittelreich mächtigster und kultiviertester Staat Aventuriens

Alveran: Residenz der Götter

Amazonen: weiblicher Kriegerbund, sieht sich als auserwähltes Volk der Kriegsgöttin. Es wird den Amazonen nachgesagt, gleichgeschlechtliche Beziehungen zu propagieren

Ardariten: Ordensritter der Rondrakirche

Aventurien: großer Kontinent, Handlungsort aller Geschichten der DSA-Reihe

Aventurischer Bote: überregionale Zeitung, in ganz Aventurien erhältlich

Balestrina: eine im Lieblichen Feld entwickelte moderne Handfeuerwaffe, ähnlich einer Steinschlosspistole, teilweise mit mehreren Schüssen ladbar

Borbarad: mächtigster Schwarzmagier in der aventurischen Geschichte, starb vor knapp 500 Jahren, wurde aber vor kurzem ins Leben zurückgerufen und ist mit seinen Armeen ins Mittelreich eingefallen

Bosparan: ehemalige geschleifte Hauptstadt des Alten Reiches. Heute steht die neue Hauptstadt des Horasreiches Vinsalt auf den Ruinen

Bosparan-Herold: konservative horasische Tageszeitung

Bosparanjer: ein erlesener, sehr teurer Schaumwein

Bund der Freidenker: eine Loge, die sich kosmopolitischer Weltsicht, Frieden, Aufklärung und liberalem Gedankengut gewidmet hat. Ihre Mitglieder werden von konservativen Elementen als demokratische Aufrührer gefürchtet

DBA: Departement für Besondere Angelegenheiten, der Geheimdienst des Horasreiches

Dere: die Welt, auf welcher der Kontinent Aventurien liegt

Drôler Commercien-Syndikat: Vereinigung südländischer Händler, Deckname eines mächtigen Verbrecherkartells

Gareth: Hauptstadt des Mittelreiches und größte Stadt Aventuriens

Golgari: Gesandter des Totengottes Boron, der die Seelen der Verstorbenen in Borons Hallen überführt

Horas: Kaisertitel der zum Horasreich zusammengefassten Königreiche Liebliches Feld und Drôl; auch: ein Heiliger, der als Schutzpatron des Lieblichen Feldes gilt

Horaskaiserlicher Orden vom Heiligen Blut: konservativer, korrupter und religiöser Laienbund, der sich der Anbetung des Horas und der korrekten Einhaltung alter Riten verschrieben hat; seine Mitglieder sind leicht an den scharlachroten Gewändern zu erkennen

KGIA: Kaiserlich Garetische Informations Agentur, Geheimdienst des Mittelreiches

Loge: überregionaler Stammtisch; Gruppierung, die je nach Größe einer nicht unbedingt politisch orientierten Partei ähnelt

Madamal: der Mond

Mittelreich: auch: Neues Reich; wurde vor ungefähr 1000 Jahren unter Bürgeraufständen aus dem Alten Reich herausgebrochen, heute größter und mächtigster Staat im geographischen Zentrum Aventuriens

Moha: ein Stamm von eingeborenen Waldmenschen, generell die Sammelbezeichnung für alle Ureinwohner der Waldinseln

Mohacca: ein schwerer Tabak aus dem Süden Aventuriens

Neues Reich: das Mittelreich

Noiona: Schutzheilige der Geisteskranken

Praiosauge: die Sonne

Reichsbehüter: nach dem Verschwinden Kaiser Hals verzichtete sein Sohn, Prinz Brin, auf die Krone des Mittelreichs und nahm den Titel des Reichsbehüters an, um zu zeigen, dass er die Rückkehr des gekrönten Kaisers jederzeit erwarte

Satinav: Herr der Zeit

Schivone: ›modernes‹ Segelschiff

Söhne des Horas: ein nationalistischer Bund von revolutionären Extremisten, die das Kaiserhaus stürzen und eine Gottesherrschaft etablieren wollen

Sphärenschänder: andere Bezeichnung für Borbarad

Sumu: Urriesin, aus deren Körper die Welt erschaffen wurde

Thorwaler: Volk berüchtigter, trinkfester Seefahrer und Piraten, den irdischen Wikingern ähnlich

Trollpforte: Gebirgspass

Tulamiden: südaventurische Volksgruppe, die in und um die Khômwüste ansässig ist und teilweise als Nomadenvolk, teils sesshaft lebt

Utulu: ein Waldmenschenstamm; gilt als äußerst barbarische Horde von Menschenfressern

Vinsalt: Hauptstadt des Horasreiches

Waldinseln: Inselgruppe im Süden Aventuriens, von den großen Kolonialmächten unter sich aufgeteilt; Heimat der Waldmenschen oder auch Mohas

Wunder von Beilunk: das direkte Eingreifen des Götterfürsten rettete die Stadt Beilunk vor ihrem Untergang

Yetiland: karge Eiswüste im hohen Norden, Heimat großer, bepelzter Mythenkreaturen

Personen

Adoran: Agent und Hauptmann der KGIA, Carics bester Freund

Alea: Ziehtochter einer Kräuterfrau, die verschollene Tochter des verstorbenen Emilio di Mestilio

Armand di Gravina: ein junger Marchese

Bardor von Tiefenstein: ein Inquisitor aus dem Mittelreich
Berta: Frau aus Weilersgrund
Bertrand: Haushofmeister der Cavalliera di Jazayeri
Blärte Bergut: Frau aus Weilersgrund
Boronian Garbelsbrunn: Hauptmann der Stadtwache von Wehrheim
Caric von Falkenhorst: Agent der KGIA aus niederem Adelsstand, Adorans bester Freund
Chareos: ein Spion in Diensten der KGIA
Consuela: Gesindeherrin des Granduco di Mestilio
Darar: ein alter Boronpriester
Daria: eine junge Edeldame
Eduard: ein Geck in Diensten der di Mestilios
Efferdan: Mitglied des Ordens vom Heiligen Blut, Verschwörer
Emalion Zerrutatio: Direktor der Vinsalter Oper
Emilio di Mestilio: verstorbener Bruder des Granduco Laserian
Ernswin di Mestilio: jüngster Sohn Laserian di Mestilios
Gallus: ein Streuner und Informant
Garvor di Scilaggio: Kriegsheld, hoch dekorierter Offizier im Rang eines Kapitan
Gaston: Kutscher der di Mestilios
Henghin Bärcher: Tuchhändler aus Gareth
Hesione di Mestilio: die Ehefrau des Granduco
Hilberian Strassinger: erfolgreicher Rechtsanwalt
Isora ya Verron: eine junge Beamtin des Adlerordens
Jarim di Varesa: Inspector des Adlerordens
Jedhia di Zsavar: Operndiva
Jesabela: Assistentin des Generalstaatsanwalts
Khorena von Erris: almadanische Edle in Diensten der KGIA
Lana Tarak: hoch bezahlte Kurtisane
Landro di Jazayeri: Sharielles Großvater
Laserian di Mestilio: Granduco und Erster Rat im Finanzrat der Kaiserin
Leander: Aleas kleiner Kater
Leomir Haldubrand: ein alter Magier
Leonhard: Haushofmeister des Granduco di Mestilio
Madanne: Sharielles Nichte
Marja: alte Kräuterfrau und Hebamme aus Weilersgrund
Mutter Lauria: Perainepriesterin

Olborn di Elzira: Kapitan zur See bei der horasischen Marine
Pherion di Avona: Generalstaatsanwalt des Adlerordens, gleichzeitig für den Geheimdienst tätig
Praiodane di Jazayeri: Sharielles Großmutter
Quendan: Agent der KGIA
Rinilla: Zofe im Haushalt des Granduco
Rondraja: Kompanieärztin und ehemalige Geliebte Garvors
Sanna: liberale Schriftstellerin aus dem Bürgerstand, Sharielles Geliebte
Sarianor Zornbrecht: Mitglied einer mächtigen al'anfanischen Grandenfamilie, ein Bekannter Sharielles
Selena di Mesturia: Mitglied des Kartells
Sharielle di Jazayeri: reiche Adelige im Rang einer Cavalliera; ehemalige Geheimagentin, die als Diplomatin im Konsulat für außenpolitische Fragen arbeitet. Pflegemutter der Kinder ihres toten Bruders
Silar: Frau aus Weilersgrund
Sion: Sharielles Neffe
Takate: ein Mohakrieger, Garvors Adjutant und Freund
Timotheus di Mestilio: ältester Sohn Laserian di Mestilios
Traviane: Frau eines Ketzers
Tsaiane di Mestilio: Tochter Laserian di Mestilios
Veriana Gerbronn: Adorans Verlobte, eine Freundin Carics
Wulfen: Schwertlehrer der Edlen von Erris
Yserian del Araggia: alternder Richter am Krongerichtshof in Vinsalt
Zolthan Ahringskreuz: Leutnant der Kavallerie

Das Schwarze Auge

1. Band: Ulrich Kiesow, *Der Scharlatan* · 06/6001
2. Band: Uschi Zietsch, *Túan der Wanderer* · 06/6002
3. Band: Björn Jagnow, *Die Zeit der Gräber* · 06/6003
4. Band: Ina Kramer, *Die Löwin von Neetha* · 06/6004
5. Band: Ina Kramer, *Thalionmels Opfer* · 06/6005
6. Band: Pamela Rumpel, *Feuerodem* · 06/6006
7. Band: Christel Scheja, *Katzenspuren* · 06/6007
8. Band: Uschi Zietsch, *Der Drachenkönig* · 06/6008
9. Band: Ulrich Kiesow (Hrsg.), *Der Göttergleiche* · 06/6009
10. Band: Jörg Raddatz, *Die Legende von Assarbad* · 06/6010
11. Band: Karl-Heinz Witzko, *Treibgut* · 06/6011
12. Band: Bernhard Hennen, *Der Tanz der Rose* · 06/6012
13. Band: Bernhard Hennen, *Die Ränke des Raben* · 06/6013
14. Band: Bernhard Hennen, *Das Reich der Rache* · 06/6014
15. Band: Hans Joachim Alpers, *Hinter der eisernen Maske* · 06/6015
16. Band: Ina Kramer, *Im Farindelwald* · 06/6016
17. Band: Ina Kramer, *Die Suche* · 06/6017
18. Band: Ulrich Kiesow, *Die Gabe der Amazone* · 06/6018
19. Band: Hans Joachim Alpers, *Flucht aus Ghurenia* · 06/6019
20. Band: Karl-Heinz Witzko, *Spuren im Schnee* · 06/6020
21. Band: Lena Falkenhagen, *Schlange und Schwert* · 06/6021
22. Band: Christian Jentzsch, *Der Spieler* · 06/6022
23. Band: Hans Joachim Alpers, *Das letzte Duell* · 06/6023
24. Band: Bernhard Hennen, *Das Gesicht am Fenster* · 06/6024
25. Band: Niels Gaul, *Steppenwind* · 06/6025
26. Band: Hadmar von Wieser, *Der Lichtvogel* · 06/6026
27. Band: Lena Falkenhagen, *Die Boroninsel* · 06/6027
28. Band: Barbara Büchner, *Aus dunkler Tiefe* · 06/6028
29. Band: Lena Falkenhagen, *Kinder der Nacht* · 06/6029
30. Band: Ina Kramer (Hrsg.), *Von Menschen und Monstern* · 06/6030
31. Band: Johan Kerk, *Heldenschwur* · 06/6031
32. Band: Gun-Britt Tödter, *Das letzte Lied* · 06/6032
33. Band: Barbara Büchner, *Das Galgenschloß* · 06/6033
34. Band: Karl-Heinz Witzko, *Tod eines Königs* · 06/6034
35. Band: Hadmar von Wieser, *Der Schwertkönig* · 06/6035
36. Band: Barbara Büchner, *Schatten aus dem Abgrund* · 06/6036
37. Band: Barbara Büchner, *Seelenwanderer* · 06/6037
38. Band: Hadmar von Wieser, *Der Dämonenmeister* · 06/6038
39. Band: Christel Scheja, *Das magische Erbe* · 06/6039

Das Schwarze Auge

40. Band: Linda Budinger, *Der Geisterwolf* · 06/6040
41. Band: Momo Evers, *Und Altaia brannte* · 06/6041
42. Band: Barbara Büchner, *Blutopfer* · 06/6042
43. Band: Lena Falkenhagen, *Die Nebelgeister* · 06/6043
44. Band: Karl-Heinz Witzko, *Die beiden Herrscher* · 06/6044
45. Band: Bernhard Hennen, *Die Nacht der Schlange* · 06/6045 Hardcover
46. Band: Barbara Büchner, *Das Wirtshaus* Zum lachenden Henker · 06/6046
47. Band: Karl-Heinz Witzko, *Die Königslarve* · 06/6047
48. Band: Tobias Frischhut, *Geteiltes Herz* · 06/6048
49. Band: Hadmar von Wieser, *Erde und Eis* · 06/6049
50. Band: Britta Herz (Hrsg.), *Gassengeschichten* · 06/6050
51. Band: Heike Kamaris & Jörg Raddatz, *Sphärenschlüssel* · 06/6051
52. Band: Alexander Huiskes, *Die Hand der Finsternis* · 06/6052
53. Band: Martina Nöth, *Zwergenmaske* · 06/6053
54. Band: Gun-Britt Tödter, *Koboldgeschenk* · 06/6054
55. Band: Heike Kamaris & Jörg Raddatz, *Blutrosen* · 06/6055
56. Band: Ulrich Kiesow, *Das zerbrochene Rad: Dämmerung* · 06/6056
57. Band: Ulrich Kiesow, *Das zerbrochene Rad: Nacht* · 06/6057
58. Band: Jesco von Voss, *Der Letzte wird Inquisitor* · 06/6058
59. Band: Olaf Flatergast, *Druiden-Rache* · 06/6059
60. Band: Alexander Wichert & Christian Thon, *Blakharons Fluch* · 06/6060
61. Band: Karl-Heinz Witzko, *Westwärts, Geschuppte!* · 06/6061
62. Band: Alexander Lohmann, *Die Mühle der Tränen* · 06/6062
63. Band: Thomas Finn, *Das Greifenopfer* · 06/6063
64. Band: Sarah Wippermann (Hrsg.), *Aufruhr in Aventurien* · 06/6064
65. Band: Thomas Baroli & Volker Weinzheimer, *Lichter Tag* · 06/6065
66. Band: Thomas Baroli & Volker Weinzheimer, *Die Schwärze der Nacht* · 06/6066 (in Vorb.)
67. Band: Alexander Wichert, *Sand und Blut* · 06/6067 (in Vorb.)
68. Band: Alexander Huiskes, *Der geheime Pfad* · 06/6068 (in Vorb.)

Sonderausgabe des 15., 19. und 23. Romans in einem Band:
Hans Joachim Alpers, *Die Piraten des Südmeers* · 06/9185

Sonderausgabe des 12., 13. und 14. Romans in einem Band:
Bernhard Hennen, *Drei Nächte in Fasar* · 06/9197 (in Vorb.)

Weitere Bände in Vorbereitung